「――遅すぎる、
お前の剣、
止まって見える」
――ドン。
ひのきの棒の一撃が轟く。
クレントの分厚い鎧を粉々に砕き、
その体を遥か後方へと吹き飛ばした。
「ありえない……
この僕が、
一撃……だと」
一撃の勇者 1
最弱武器【ひのきの棒】しか
使えない勇者は、
神すらも一撃で粉砕する

セラ・テルチ
かしの杖
かしの杖の祝福を受け、
帝国魔法兵団にて
落ちこぼれの扱いを受ける少女。
下級無属性魔法〈光壁〉が
唯一の得意魔法。
ネオン・グロリアス
ひのきの棒
最弱武器ひのきの棒の祝福を受け、
帝国を追放された青年。
不断の努力の末に、
あらゆる敵を一撃で屠る戦士になる。
ユキ
傷を負った幼い白龍。
帝国にその命を狙われており、
ネオンによって保護される。

クーリ・シャルテイシア
神杖ヴァナルガンド
神杖の英雄。
未来すらも見通す力を持つ。
シオン・グロリアス
聖剣エクスカリバー
聖剣の英雄にしてネオンの妹。
破格の才能を持つ最強の戦士。
ルージュ・アルトバル
石の斧
石の斧の祝福を受けた女戦士。
かつてネオンに救われたことがあり、
彼に強く想いを寄せている。

???
ネオンの夢に現れる美女。
その正体は——？
白く透き通るような肌は水を弾き、
長く伸びた純白の髪から雫が落ちていく。
身体は細くしなやかで、
腰はくびれてお尻は張りのある丸みを帯びていた。
そして豊満な胸を水滴が伝う、
その姿はこの世の美を体現したかのようだった。
「ネオン。いつもみたいにお願い」

一撃の勇者
最弱武器【ひのきの棒】しか
使えない勇者は、
神すらも一撃で粉砕する
1
空 千秋
illust.Genyaky

口絵・本文イラスト　Genyaky

CONTENTS

プロローグ

「ネオン・グロリアス。汝《なんじ》が武神から与《あた》えられた祝福、それはひのきの棒で戦う才能だ」

その一言で彼《かれ》の人生は大きく変わった。

※

深い深い森の奥《おく》――。

彼は今、薬草を採取する為《ため》に深い森の中を探索《たんさく》していた。

太陽は既《すで》に落ちて月の光が森を照らすが、密集した木々がその月明かりを遮《さえぎ》っている。

暗い森の中を進む為、太い木の棒の先端《せんたん》に布を巻き、そこに油を染《し》み込《こ》ませ火打ち石で火をつける。これで松明《たいまつ》の完成だ。

彼が森の中で探している物とは『月光草《げっこうそう》』という薬草の一種だった。昼の間はただの雑草にしか見えないが、夜になると月のような淡《あわ》い光を放つ。

松明の灯《あか》りを頼《たよ》りに森の中を進むと、小さな草が木の根元で光を放っていた。

駆《か》け寄ってその草を摘《つ》み、すぐにすり鉢《ばち》の中へと入れる。

道具の詰《つ》まった鞄《かばん》から新しい木の棒を取り出し短く折って、今度はそれをすり棒にして調合を始めた。月光草は摘んでから時間が経《た》つと、光が消えて薬草としての効能が失われてしまう。その前に効能を長持ちさせる別の物と調合しなければならない。

小さな赤い木の実に黄色の花びら、そこに月光草を合わせてすり潰《つぶ》す。

そして調合を終えたそれを革袋《かわぶくろ》へと詰め込んだ。

袋《ふくろ》の中では収穫《しゅうかく》した調合済みの月光草が神秘的な光を放ち続けている。

収穫を終えた彼は野宿を始める為に、荷物の入った大きな鞄を地面に置いた。

彼が鞄を開くと、その中には太い木の棒が何本も入っている。

それは『ひのきの棒』と呼ばれる護身用の武器。そのひのきの棒を折り、地面の上に重ねて火を付ける。ぱちぱちと音を立てて燃え始めた焚《た》き火《び》の近くで彼は座《すわ》り込んだ。

ひのきの棒は便利だ。

松明にもなれば、すり棒にもなる。薪《まき》の代わりにだってなる。だがそれだけだ。

武器としては紛《まぎ》れもなく最弱の武器。

剣《けん》にも槍《やり》にも斧《おの》にも、あらゆる武器に劣《おと》る最も弱い武器。

森の奥から耳をつんざくような魔物《まもの》の鳴き声が響《ひび》いた。

立ち上がった彼は鞄の中からひのきの棒を取り出して、鳴き声の響いた方へ身構える。

彼はひのきの棒しか使えない。

剣も槍も斧も使えない、世界の呪《のろ》いは彼にそれ以外の武器を持たせる事を許さなかった。

この世界は残酷《ざんこく》だった。だから彼は世界に抗《あらが》った。

木々を薙《な》ぎ倒《たお》して姿を現したのは、この森の主とされる魔物。ぎょろぎょろとした大きな目、口から伸《の》びる鋭《するど》い二本の牙《きば》、真っ黒な分厚い毛皮に覆《おお》われた巨大《きょだい》な猪《いのしし》のような化物。

縄張《なわば》りを荒《あ》らされた事に怒《いか》り狂《くる》い、彼に向かって飛びかかっていく。

普通《ふつう》の人間なら魔物に背を向けて逃《に》げ出した事だろう。

森の主といえば武装した屈強《くっきょう》な兵士が束でかかっても敵《かな》わない程《ほど》の凶暴《きょうぼう》な魔物。

そんな魔物を相手に一人で立ち向かうなど正気の沙汰《さた》ではないはずだった。

でも彼は逃げ出さない。ひのきの棒を強く握《にぎ》りしめ、飛びかかってくる森の主に向けて最弱の武器を全力で叩《たた》き込む。


――ドン。

彼の放った渾身《こんしん》の一撃《いちげき》が地面を揺《ゆ》らす。轟音《ごうおん》が森の中に響き渡《わた》る。

そして一瞬《いっしゅん》の静寂《せいじゃく》と共に森の主は地面へ倒れた。

彼は粉々に砕《くだ》けたひのきの棒を投げ捨て、動かなくなった森の主へと近寄る。

手触《てざわ》りの良い極上《ごくじょう》の毛皮に、槍のように鋭い牙、金属より頑丈《がんじょう》な骨も高く売れるだろう。

屈強な兵士達《たち》が束でかかっても相手にならない程の魔物を、ひのきの棒のたった一撃で倒す事が出来るのは彼が世界の呪いに抗った結果だった。

この世界には呪いがある、ただし人々はその呪いを祝福と呼んでいた。


武神の祝福――。

その祝福を授《さず》けられた者は、神から選ばれた武器しか装備出来なくなる。その代わり、その武器についての圧倒的《あっとうてき》な武の才能を得る。

剣を使える者、槍で貫《つらぬ》く者、杖《つえ》を介《かい》して魔法《まほう》を唱えられる者。


そして彼、ネオン・グロリアスに与えられた祝福は、ひのきの棒で戦う才能。

それは彼にとって神による祝福などではなく紛れもない呪いだった。

事の始まりは今から十年前に遡《さかのぼ》る。

※

——十年前。

大陸最大の国家、レインヴォルド帝国《ていこく》。

巨大な城壁《じょうへき》に囲まれた帝都《ていと》はこの大陸で最も栄える大都市。

多くの住民で賑《にぎ》わうこの街を、万を超《こ》える数の兵士達が守っていた。

この国では十五歳《さい》になると軍の兵士訓練学校へ入学出来る。

ネオンは今年十五歳となり、訓練学校へ入学して兵士となる道を選んだ。

彼の父は皇帝《こうてい》直属の騎士団《きしだん》、その団長を務める帝国最強の剣士《けんし》だった。彼の家系は代々騎士団長を務めてきた事もあり、当然ネオンも周りから大きな期待を集めていた。

「次、クレント・ヴァーシェント。前に来なさい」

今、皇帝のいる謁見《えっけん》の間で武神の祝福を授ける為の儀式《ぎしき》が行われている。

玉座には皇帝の姿があり、その横に立つ白いローブに身を包んだ大神官が声を上げた。

祭壇《さいだん》の前には兵士になる事を志した多くの少年と少女が、何列にもなって並んでいる。

入学した者はまず初めに、祝福の儀式に臨《のぞ》まなくてはならない。

この儀式によってその者は武神から選ばれた武器の才能に目覚めるのだ。

祝福で得られる才能は凄《すさ》まじく、祝福を受けたばかりの子供と祝福を持たない熟練の兵士が戦ったとしても、祝福を持つ子供が圧倒的な力の差を見せつけて勝つ程のものだった。

クレントと呼ばれた少年は水晶《すいしょう》を持った大神官の前に立つ。

大神官が水晶を掲《かか》げると少年の体を光が包んだ。

「クレント・ヴァーシェント。白銀の剣！」

少年は近くにいた若い神官から白い輝《かがや》きを放つ剣を手渡《てわた》される。

その様子を眺《なが》めていた兵士達の声が聞こえてきた。

「白銀の剣を授けられるとは、ほう凄《すご》いじゃないか」

「いずれは隊長格を任される人間やもしれないな。白銀の剣と言えばなかなかの名剣《めいけん》だ」

「この年は優秀《ゆうしゅう》な兵士が多く生まれている。おれ達もうかうかしていられないぞ」

白銀の剣で戦う才能を与えられたクレントは興奮を抑《おさ》えきれない様子だった。いずれ帝《てい》国騎士団《こくきしだん》で活躍《かつやく》している自分の姿を想像しているのかもしれない。

続いて少女が大神官の前へと立つ。

「ベレニス・リペント。紅玉の杖！」

与えられたのは魔法の才能と赤い宝石を宿す杖。

優秀な魔法使《まほうつか》いになる事が約束され、少女は手渡された紅玉の杖を抱《かか》えて喜んだ。

ネオンはこの日をずっと待ち望んでいた。騎士団長である父のように、帝国の未来を担《にな》う最強の剣士になってみせる。

やがてネオンの名前が呼ばれる。込み上げる想《おも》いに胸を熱くして、少年はその時を待った。高鳴る心臓の鼓動《こどう》を抑えきれずにいた。

（剣……頼《たの》む、武神様、ボクに剣の才能をお与えください……）

心の中で何度も願いながら、ネオンは大神官の前に立った。

そして大神官は水晶を掲げる。少年の体を白い光が包み――大神官はそこで動きを止めた。何の武器が選ばれたのか、それを言う事無く水晶の中を深く覗《のぞ》き込んでいる。

「ど、どうしたんですか、大神官様？　ボクは何の才能をもらったんですか？」

待ちきれないネオンは、水晶を覗き続ける大神官に問いかけた。

大神官は驚《おどろ》きを隠《かく》せない様子で水晶を持つ手を震《ふる》わせている。

「ま、まさか！　大神官様、ボクもしかして帝国の秘宝に選ばれたのですか⁉」

稀《まれ》に武神から特殊《とくしゅ》な才能を与えられる者がいる。それは普通の剣や槍などではない。

帝国の秘宝と呼ばれる最強の武器を与えられる者がいて、その特殊な才能を与えられた者達は歴史に名を残す英雄《えいゆう》となる。

世界征服《せいふく》を企《たくら》む邪悪《じゃあく》な魔王《まおう》の軍勢を退けた、聖剣《せいけん》エクスカリバー。

光を喰《く》らい終わらない夜をもたらす魔獣《まじゅう》を貫いた、聖槍《せいそう》ヴリューナク。

黄金の龍王《りゅうおう》を撃退《げきたい》し長きにわたった大戦に終止符《しゅうしふ》を打った、神弓《しんきゅう》アルテミス。

人々を恐怖《きょうふ》に陥《おとしい》れた黒き魔女《まじょ》を討《う》ち滅《ほろ》ぼした、神杖《しんじょう》ヴァナルガンド。

飛来した巨大な隕石《いんせき》を打ち砕き人々を救った、天斧《てんぷ》トールハンマー。


これら五つの武器こそが帝国に伝わる秘宝であり、それらの使い手が成《な》し遂《と》げた偉業《いぎょう》は伝説として今も語《かた》り継《つ》がれている。ネオンは英雄達《えいゆうたち》の活躍が記された書物を読み漁《あさ》り、その中でも聖剣エクスカリバーに一番の憧《あこが》れを抱《だ》いていた。

聖剣を手に闇《やみ》を斬《き》り裂《さ》く自分の姿を何度も何度も夢に見た。

今その夢が叶《かな》うかもしれない。

輝きを放つ水晶の向こうに、自分が望む未来が映っているのだと期待し胸が躍《おど》った。

しかし――。

「ネオン・グロリアス。ひのきの棒」

大神官の言葉にネオンの顔は青ざめ、周囲のざわめきも大きくなっていく。

「だ、大神官様、何を言ってるんですか?」

「ネオン・グロリアス。汝が武神から与えられた祝福、それはひのきの棒で戦う才能だ」

「そんな……ひのきの棒だなんて嘘《うそ》ですよね⁉」

そうだ、ひのきの棒なんてありえない。帝国の長い歴史の中でもこんな事は一度たりとも無かったはずだ。もちろん謁見の間にもひのきの棒は用意されてすらいなかった。

そんな事があるはずないと、ネオンは武器が置かれた棚《たな》に急いで駆け寄った。

剣を手にしようとした瞬間《しゅんかん》にバチリと白い火花が走り、その衝撃《しょうげき》でネオンは武器を床《ゆか》へ落としてしまう。武神の祝福、選ばれた武器の才能を与える代わりに、それ以外の武器を二度と持つ事すら許さない。

「違《ちが》う、絶対に違う……ひのきの棒なんて、嘘だ！」

剣だけではなかった。槍、弓、斧、杖。

どれを持とうとしても武神の祝福が働き、武器を手に取る事さえ出来なかった。

玉座に座っている皇帝はネオンの様子に大きな溜息《ためいき》をつき、兵士達に視線をやった。

皇帝の視線に兵士達は頷《うなず》き、彼等はネオンを取り囲む。

「皇帝陛下の御前《ごぜん》であるぞ！　ネオン・グロリアスよ、慎《つつし》みたまえ！」

兵士達がネオンの体を押《お》さえつける、もがくネオンを無視して大神官は儀式を続けた。

ネオンの夢、父のような最強の剣士になるという夢。その夢は脆《もろ》くも崩《くず》れ去る。

「嘘だろ、あいつ。ひのきの棒で戦う才能って、いくら何でも無能過ぎるだろ」

「グロリアスって帝国騎士団の団長様、テラー・グロリアス様と同じ家名よね？」

「まさかあの騎士団長様の息子《むすこ》？　それがこのような出来損《そこ》ないだったとは」

ネオンを嘲笑《ちようしよう》する声が謁見の間に響き渡った。


全身に冷たい汗《あせ》をかきながらネオンは起き上がる、辺りは既に明るくなっていた。

森の主を倒した後、ネオンは寝《ね》てしまったらしい。

「嫌《いや》な夢……見たな」

嫌な夢――それは兵士になる事を望み、武神から祝福を与えられたあの日の記憶《きおく》。

ひのきの棒で戦う才能。その祝福を、呪いを受けてから、彼の人生は大きく変わった。

帝都の人々はネオンを無能と蔑《さげす》み、出来損ないだと罵《のの》り笑った。

ネオンは周りからの声に耐《た》えきれず遂《つい》には帝都を出る事にした。

父はそれを止めはしなかった、お前は自分の息子ではないとさえ言われた。

母はネオンに銀貨の詰まった革袋を手渡した。それにはこの家を出て静かに暮らせという決別を告げる言葉も一緒《いつしよ》に込められていた。

ネオンには二つ離《はな》れた妹がいる。妹は武神から聖剣エクスカリバーを与えられ、十年経った今、最年少で帝国騎士団の団長に任命されたという話を風のたよりで聞いた。

ネオンは家族に捨てられ、帝都から離れ、この森へと移り住んだ。

だが彼は諦《あきら》めていなかった。その瞳《ひとみ》には光がある。不屈《ふくつ》の意志が宿っていた。

幼い頃《ころ》からずっと抱き続けていた憧れを、最弱の武器を与えられた今も捨ててはいない。

聖剣がなくとも、最強の剣士になれなくとも、英雄達のように強くなってみせる。

その誓《ちか》いを胸にネオンはひのきの棒を手に取った。

それからこの森で、彼は死にものぐるいで修行《しゆぎよう》を積んだ。晴れの日も雨の日も風の日も雪の日も、ひたすらにひのきの棒で魔物と戦い、強い魔物には何度も殺されかけた。

その傷を癒《いや》す為に、彼は森に生えた植物を調べ、薬学への知識を身に付けた。

その他《ほか》にも、武神の祝福は拳《こぶし》で戦う事も許さないのを知った。ひのきの棒を使わずに戦えば力が大幅《おおはば》に失われてしまう。また武器として使えない小型のナイフのような物なら、祝福の効果の範囲外《はんいがい》など様々な知識も身に付けた。

何度も何度も魔物と戦い、傷付き、その傷を薬草で癒し、ひたすらそれを繰《く》り返す日々。

最弱の武器でも強くなれる事を信じて、それを十年間、休む事なく毎日続けてきた。

そして今――。

再び森の中に獣《けもの》の声が響く。巨大な足で木々を踏《ふ》み潰し現れる魔物の姿。
昨夜に倒した森の主を更《さら》に巨大にした山のような化物。
「そうか、こっちが本命だったのか」
昨夜の魔物は前座に過ぎなかったのだ。
目の前にいるのは森の生態系の頂点に君臨する森の主——その真の名はベヒーモス。
ベヒーモスはその巨体《きょたい》からは想像出来ない程の速さでネオンに襲《おそ》いかかった。
ネオンは地面を蹴《け》り、空へ跳《と》び、ひのきの棒を魔獣の頭蓋《ずがい》へと叩き込む。

——ドン。

広大な森にネオンの一撃が轟《とどろ》いた。その一撃でベヒーモスの頭は跡形《あとかた》もなく弾《はじ》け飛ぶ。
彼にとって長い十年だった。
来る日も来る日も厳しい修行に明け暮れた、その果てに彼が手に入れた力。
それは一撃必殺。
ひのきの棒のたった一撃で、あらゆる魔物を討ち滅ぼす最強の戦士が生まれていた。

第一章

「森の主、これをどう処理しよう……」

ネオンは倒れたベヒーモスを眺めていた。

山を思わせる程の巨体。解体したとしても全《すべ》てを森の外に運び出すまで、どれくらいの時間がかかるのか見当もつかなかった。

「倒すのは簡単だけど後処理が大変だな。村に行って人手を借りるか、まず小さい方から牙だけもらっていこう」

ネオンはベヒーモスの死骸《しがい》に近付いて牙を抜《ぬ》き始める。

丸太のように太い牙。それを麻糸《あさいと》をより合わせた縄《なわ》で縛《しば》って背中に担《かつ》いだ。

収穫した月光草《げっこうそう》と一緒に売れば、かなりの金額になるはずだろう。これでひのきの棒を買い足して、森での生活に必要な物資も補充《ほじゅう》出来る。

それからネオンは森の外へと向けて歩き始めた。

そしてしばらく歩き続けて、ある異変に気付いたネオンは耳を澄《す》ます。

小さな足音とそれを追う大きな足音が、地面を伝わって遠い場所から聞こえてくる。

「大きな足音、これはリザードマンが三体か。小さな足音、これには聞き覚えがないな」

この森に十年間住み続けた事により、ネオンはこうして足音を聞くだけで大体の種族や大きさを知る事が出来るようになっていた。

そして彼の言うリザードマンとは爬虫類《はちゅうるい》のような特徴《とくちょう》を持った人型の魔獣だ。

獰猛《どうもう》で執着心《しゅうちゃくしん》が強く、見つけた獲物《えもの》を三日三晩追い続けるという。

ネオンは気になっていた、十年間住み続けている森で初めて聞くもう一つの足音。

きっと小さな足音の主はリザードマンから逃げているに違いない。

「行ってみるか。聞き覚えのない足音の方は珍《めずら》しい生き物かもしれない」

ネオンは地面を蹴る。

大木のように太い牙を背負いながら、まるで羽ばたく鳥のように空へと飛び上がった。

遥《はる》か真下に見える緑の木々、十年の修行で得た身体能力は既に人間のそれを超越《ちょうえつ》している。

そしてネオンが着地した場所、そこは木々のない開けた場所だった。

「やっぱり大きな足音はリザードマンか。小さな足音のやつ、あれは？」

それは二本の角を生やした白い龍《りゅう》の子供、簡単に抱き上げられそうな程の小さな龍だ。

リザードマンに襲われた事で体中は傷だらけで血まみれだった。

翼《つばさ》は穴が開いてぼろぼろで、あれでは飛べそうにもない。

左の目は視力を失ったように真っ白で、あれはかなり古い傷のようにも見える。

「隻眼《せきがん》の幼龍……。そうか、お前も必死に逃げてきたんだな」

幼い龍は逃げ回る体力がもう残っていないのかその場に倒れ込む。

ネオンは担いでいた巨大な牙を地面へ下ろし、鞄からひのきの棒を取り出していた。

そして全身を緑色の鱗《うろこ》が覆うリザードマンと対峙《たいじ》する。

人間より一回り大きい体、口からはシュルルと細長い舌が伸びている。

拳ほどの大きさの目玉をギョロギョロと動かしながら、リザードマンは腕《うで》を振《ふ》り上げ、鋭い爪《つめ》でネオンに襲いかかってくる。ひのきの棒を構えるネオンは体を捻《ひね》り地面を蹴った。

最小限の動きでその爪を躱《かわ》し、その胴体《どうたい》にひのきの棒による渾身の一撃を叩き込む。

ボンッ、という鈍《にぶ》い爆発音《ばくはつおん》。

ひのきの棒の一撃を受けたリザードマンの上半身は跡形もなく弾け飛び、同時にネオンの持っているひのきの棒はぼろぼろに砕け散っていた。

最弱の武器であるひのきの棒ではネオンの繰り出す渾身の一撃に耐えられない。

だからいつもひのきの棒は使い捨てだった。

鞄の中に多くのひのきの棒を詰め込んでいる理由がこれだ。

――ネオンが攻撃《こうげき》出来る回数はひのきの棒の数。

その他にも森の探索の為に様々な使い方をしているので、彼は常にひのきの棒を余分に持ち運んでいた。このリザードマンの相手をする程度なら何の問題もないだろう。

ネオンは再びひのきの棒を取り出して構えた。

「来るなら来い、そこのお仲間さんみたいにしてやるからさ」

リザードマンはたじろいだ。彼らは決して知能が低いわけではない。森の中で生き抜く為に何が必要なのかを理解している。

弱肉強食の世界、生き残る為には決して強者に手を出してはならないのだ。

ネオンという絶対的な強者を前にして、リザードマンは一目散に茂《しげ》みの奥へ消えていく。

その気配が周囲から完全に去った後、ネオンは倒れた子供の龍に近付いた。

傷だらけの体に調合した月光草を塗《ぬ》り込んでいく。すると開いていた傷がみるみるうちに塞《ふさ》がっていくのが見えた。

「ぴい……？」

「月光草さ。傷によく効く。痛みもなくなっていくだろ？」

幼い龍はネオンを見上げながら「ぴい！」と嬉《うれ》しそうに鳴いた。

龍は人間と同じように非常に高い知能を持っている。

数千年を生きる龍王にでもなれば、その知能は人を遥かに超えたものになるだろう。

幼い龍は喋《しゃべ》る事は出来ないが、リザードマンを追い払《はら》った事、こうして傷を癒してくれるネオンの姿を見て、彼に敵意がない事を理解していた。

「翼は古い傷だ、月光草じゃ治せない。その目もすまないな。俺《おれ》にはどうしようもない」

「ぴいぴい……」

真っ白に染まった目を見られた事で、子供の龍はひどく怯《おび》え始めた。

「心配するな、隻眼の幼龍だからって俺はお前を嫌《きら》ったりはしない。同じだからな、俺と」

「ぴぴい？」

色を失った左目、これは親龍が子供を巣から追い出す時に付ける傷だ。龍は優《すぐ》れた遺伝子を継いだ子供しか育てようとはしない、隻眼の龍、それは出来損ないの印だった。

「俺も出来損ないさ。だから家を追い出されて森に移り住んだ。お前もそうなんだろ？巣を追い出されてこの森に逃げてきた」

「ぴい！」

「やっぱりな。どうだ？　もし良かったら出来損ない同士仲良くしないか？」

「ぴぴぴぴいー!!」

幼龍はネオンの顔をぺろぺろと舐《な》め始める。それは龍族が親に甘《あま》える時の仕草だった。

「ははは、舐めるなって。よしよし分かった、これから俺とお前は仲間だ、よろしくな」

「ぴー！」

森に移り住んでから十年、ネオンに初めて出来た仲間だった。

甘えるように体を擦《す》り付けてくる幼龍を連れてネオンは再び森を進み始める。

そうして茂みをかき分けて広い湖へと出た。

湖畔《こはん》には草花が咲《さ》き、風が吹《ふ》くと澄んだ爽《さわ》やかな香《かお》りが鼻をかすめる。

「ぴー！」

白い幼龍は湖に駆け寄って、舌を伸ばしてぴちゃぴちゃと水を飲み始めた。

かなり喉《のど》が渇《かわ》いていたようだ。龍の巣から追い出され、森へと辿《たど》り着き、そこでもリザードマンに追われ、きっと久しぶりの水分補給だったのだろう。

「なあ、腹も減ってないか？　これ食べるか？」

「ぴい？」

ネオンが鞄の中から取り出したのはひのきの棒——ではなく干し肉だった。

それを見た幼龍はだばだばと涎《よだれ》をこぼし始める。

「こらこら。干し肉は逃げないから安心しろ」

ネオンは近付いて干し肉を幼龍に食べさせる。

無我夢中《むがむちゅう》に干し肉を頬張《ほおば》る幼龍の頭をネオンは優《やさ》しく撫《な》でた。

「家に干し肉がたくさん置いてあるんだ。俺の家まで来るか？」

「ぴいぴい！」

「よし分かった。俺の家まで行こう！」

まだ涎を垂らし続ける幼龍、よほどお腹《なか》が空いているらしい。

ネオンはそんな幼龍を抱き上げて、地面を力強く蹴り空へと跳んだ。

空へ跳び上がった瞬間に幼龍は驚いてジタバタと体を動かした。

「ぴいいいいいい⁉」

「そんな怖《こわ》がるなって。落としたら大変だろ？」

「ぴいいいい……」

大人しくなった幼龍を抱きしめてネオンは家へ急ぐ。

地面に着地すると再び跳び上がり、勢いを落とす事なく森を進み続けた。

「ここが俺の家だ」

そう言ってネオンは立ち止まった。

幼龍はネオンの家を見上げ、驚くように鳴き声を上げた。

「ぴい⁉」

ネオンの家。それは森の奥深《おくふか》くに存在している巨木《きよぼく》。その幹は塔《とう》のように太く、雲を突《つ》き抜ける程に高く、空を覆うように枝葉が広がっている。

それは『星の樹《ほしのき》』と呼ばれる大樹、その大樹に出来た洞穴《ほらあな》にネオンは家を作っていた。

幼龍を抱き上げたまま、ネオンは洞穴の中に入っていく。

彼はぶら下げていたランタンに火をつけた後、幼い龍をその住処《すみか》に招き入れた。

「どうだ、広くていいだろ？」

「ぴ、ぴい」

木の葉で作ったベッド、岩を削《けず》って作ったテーブル、それにいくつかの古びた家具があるだけで、ネオンが十年間住み続けているこの場所は家と呼ぶには程遠《ほどとお》い空間だ。

ただ初めて見つけた時からネオンにとって惹《ひ》かれる何かがあり、この場所にいるだけで何故《なぜ》かとても落ち着いて居心地《いごこち》が良かった。

「干し肉やるから待っててくれよ」

ネオンは吊《つ》るしてあった干し肉に手を伸ばす。その他にも森で取れた果物やキノコなども一緒に与えると、幼龍は尻尾《しっぽ》をぶんぶんと振りながら喜んでくれた。

「ぴいぴい！」

「ははは、そうがっつくなよ」

すっかり懐《なつ》いた様子の幼龍にネオンは頬《ほお》を緩《ゆる》ませ、それから一冊の本を手に取った。

それは以前、この森を訪《おとず》れた学者から譲《ゆず》り受けた古い本だ。

その本には様々な生き物の知識が書かれており、この本を読む事でネオンは森の生き物に関する情報、植物についての知識も得る事が出来た。

そして隻眼の幼龍が親龍から追い出された子供である事もこの本から知ったものだ。

ネオンは龍について書かれたページを開く。

この幼龍とこれから生活する、だから白龍《はくりゅう》が一体どんな生態なのか調べておきたかった。

性格や好物、成長するとどのような変化を遂げるのか、それを森での生活にどう活《い》かしてもらうべきなのか、それを確かめようと——そう思っていたのだが。

「赤龍《せきりゅう》、青龍《せいりゅう》、黄龍《こうりゅう》？　龍はこの三種族しか存在していないだって？」

ページをめくる、何枚もめくり、龍に関する記述を読み続ける。

そして最後のページ、そこにようやくそれ以外の色の龍に関する記述があった。

左のページには黒く染まった龍が稲妻《いなずま》と共に雲を割り、地上に降り立つ様子が描《えが》かれた絵。そして右のページにはその描かれた龍についての詳細《しょうさい》が書いてあった。

その黒龍《こくりゅう》とは遥か昔にこの世界へと降り立った原初の龍。

原初の龍から多くの龍が生まれ、この世界に広がっていったと書いてある。

しかし、それだけだった。白い龍に関する内容はそのページにすら書かれていなかった。新種の龍なのか、学者にすら知られていない希少種なのか、それを確かめる手段はない。

これ以上調べても埒《らち》が明かないと、ネオンは白龍について確かめるのを諦めて、幼い龍と一緒に暮らす為の準備を始める。洞穴を出て星の樹のすぐ近くに生えた木へと向かった。

勢いを付けてひのきの棒で叩くと、その木は根元から折れて倒れてくる。

この木の葉っぱはたくさん重ねるとフカフカになって寝心地《ねごこち》が良い。

木の葉を集めて洞窟《どうくつ》の中に運び、空いている場所に幼い龍が眠《ねむ》る為のベッドを作った。

「よし、出来た。それがお前の寝るベッドだ。ふかふかだろ？」

「ぴー！」

幼い白龍は木の葉のベッドへ飛び込んで、木の葉を舞《ま》わせながらはしゃいでいる。そんな可愛《かわい》らしい姿にネオンは笑《え》みを浮《う》かべ、それから共に暮らす相棒に自己紹介《しょうかい》を始めた。

「名前まだ教えてなかったよな、俺はネオン・グロリアスっていうんだ」

「ぴぴぴ・ぴぴぴぴぴ！」

「鳴いてるだけでも名前を呼んでくれたのは伝わったよ。お前には名前とかあるのか？」

「ぴー？　ぴー……」

白い幼龍は少し考えたような素振《そぶ》りを見せた後、自身の名前を告げたようなのだが。

「ぴぴぴーぴ！」

龍の言葉が分かるはずもなくネオンは首を傾《かし》げてしまう。

「ううん、それじゃあ分からないな。ぴぴぴーぴって名前じゃ呼びにくいしなあ」

ネオンは雪のように真っ白な幼龍の姿を見て名前を思いつく。

「雪みたいに白いから『ユキ』ってどうだろうか。安直か……？」

「ぴぴ！　ぴー！」

幼龍はネオンの顔をペロペロと舐め始める。

どうやらユキという名前を気に入ってくれたようだった。

「気に入ってくれたみたいで良かった。ユキ、今日からよろしくな」

「ぴ！」

こうやって自分以外の誰《だれ》かと暮らすのは十年振りの事。その相手が人間だとか龍だとか、そんな事はネオンには関係ない。胸の中がじんわりと温まっていくのを感じていた。

「それじゃあ次に、この森について説明するからさ。東側は比較的《ひかくてき》安全で、美味《おい》しい果物とか採れるんだ。逆に西は魔物が多くて危ない。あと――」

「ぴいぴい！」

ユキは赤い瞳と白い瞳をそれぞれ星のように煌《きら》めかせ、彼の話に熱心に耳を傾《かたむ》ける。

こうして楽しそうに話を聞くユキの姿が可愛くて、自然とネオンの顔は綻《ほころ》んでいった。

森の説明を終える頃には日が暮れていて、ネオンとユキは仲良く夕食を食べた後、木の葉のベッドで横になる。ユキの為にベッドを作ってあげたネオンだったが、結局寝る時は甘えるユキとくっついて同じベッドで眠っていた。ユキを抱き枕《まくら》のようにして眠るのは心《ここ》地《ち》良《よ》く、ネオンは珍しくぐっすりと熟睡《じゆくすい》してしまう。


『──ねえ、起きて』

夢の中で聞こえるのは少女の柔《やわ》らかな声だった。

ネオンは夢の世界で目を開き、その声がする方へと視線を移す。

彼のすぐ隣《となり》には頭から二本の白い角を生やした、美しくも不思議な少女の姿があった。

さらりと光沢《こうたく》のある柔らかな純白の髪《かみ》を腰《こし》まで伸ばし、その顔立ちは精巧《せいこう》に作られた人形の如く整っている。そして身に纏《まと》った服もまた美しく、飾りの付いた真っ白なドレスが彼女《かのじょ》の魅力《みりょく》を更に引き立てていた。

白い肌《はだ》は透《す》き通るように滑《なめ》らかで、宝石を思わせる綺麗《きれい》な真紅《しんく》の瞳でじっとネオンの事を見つめている。左目は怪我《けが》をしているようで色を失って真っ白だった。

年齢《ねんれい》は十六、十七歳ぐらいだろうか。まだ幼いながらも完成された美しさを持つその少女は、高い鼻梁《びりょう》から続く艶《つや》を帯びた桜色の唇《くちびる》を動かしてネオンに再び語りかける。

『ネオン、起きて』

「眠いんだ、寝かせてくれ」

『だめ、起きて』

隣にしゃがみ込《こ》んだ少女にネオンは体を揺さぶられる。

それから不安げに揺れる声が聞こえてきた。

『お願い、起きて。ネオン、炎《ほのお》が……』

その少女の言葉の後に、確かにネオンは熱気を感じ取っていた。でもこれは夢、夢の中なら熱かろうが寒かろうが、そんな事は関係ないと深く眠りにつこうとして――。

(――いや、違う。この熱さは？)

ネオンは飛び起きて洞穴の外を見た。

「な、何だ……!?」

森が赤い炎を上げて激しく燃えていた。それは夢の続きではない、紛れもない現実だ。

「ぴい！　ぴいいいい！」

ユキが必死に鳴き声を上げている、ずっとネオンを起こそうと鳴き続けていたのだろう。

「大丈夫《だいじょうぶ》か、ユキ？」

「ぴぃ！」

ユキの体に火傷《やけど》はない。幸い、燃え上がる炎は洞穴の中にまでは届いていなかった。

「どういう事だ……どうして森が燃えているんだ？」

激しい炎だった。緑の木々は黒く焦《こ》げ、辺り全体を真っ赤に染め上げている。

「ともかく逃げないと。急ごう！」

ネオンはひのきの棒が入った鞄《かばん》を背負う。そしてユキを抱き上げた。

「ごめんな、ユキ。少し熱いかもしれない、我慢《がまん》してくれ」

「ぴぃ！」

ネオンは洞穴の外に向けて走り出し、そして力強く地面を蹴った。

空高く跳び上がった彼《かれ》は空中から森の様子を見下ろした。

森全体が燃えている。端《はし》から端まで炎が上がっていた。

今までネオンが住処にしていた星の樹を炎が包み、雲にまで届く枝や葉も真っ赤に染まり、その激しい炎で辺りは昼間のように明るくなっている。

「どうして……こんな事に」

ネオンにとって二つ目の故郷。

多くの生き物が住み、様々な草花が芽吹《めぶ》く、自然に溢《あふ》れた深い森。

その森が燃え尽《つ》くされていく光景を、ネオンはただ見ている事しか出来なかった。

森の大火から逃《に》げ延《の》びた後、離れた場所でネオンは炎に包まれた森の様子を眺めていた。

星の樹と共に生命に満ち溢れた広大な森がたった一晩で消えていく。

「ぴぃ……」

心配そうな鳴き声をあげて、ユキはそっとネオンの足元へとすり寄った。

一体何が起こったというのか、昨日の時点では森の何処《どこ》にも火の手が上がっているような様子はなかった。落雷《らくらい》などで森が火事になったとしても、広大な森全体が一晩で焼き尽くされる事態になるとは考えにくい。

炎を扱《あつか》う強大な魔物《まもの》の仕業《しわざ》か、もしくは魔法を使った人為的《じんいてき》なものなのか。

ネオンは森の火事に意図的なものを感じ取っていた。

「近くに村があるんだ、そこまで避難《ひなん》しよう」

「ぴぃ！」

ネオンは炎に包まれた森に背を向けてユキを抱え走り出した。

村が見えてくる。そこは森に最も近い辺境の村。

村は騒然《そうぜん》としていた。天にまで届く巨木が燃え、夜だというのに辺りはまるで昼のように明るい。家の外に出て炎の立ち昇る星の樹の様子を、村人達は慌ただしく眺めていた。

村の喧騒《けんそう》を尻目《しりめ》にネオンはある店の扉《とびら》を開く。

「おっさん、いるか？」

その呼びかけに奥《おく》の部屋から体格の良い丸坊主《まるぼうず》の男が顔を出した。

「ネオンじゃねえか！　その様子だと無事だったんだな！」

「ああ、森の火事から何とか逃げてきた」

「ともかく上がっていけ。話は中で聞こうじゃねえか」

丸坊主の男が営む店は収穫《しゅうかく》した月光草を買ってくれるよろず屋で、ネオンは何度も世話になっている。いつも使っているひのきの棒もこのよろず屋から買ったものだった。

ネオンはユキを抱えたまま、よろず屋の中へと入っていく。

「森の大火事にネオンも巻き込まれたかと心配したが、元気な姿を見れて安心したぜ」

「一体何があったのか、おっさん知っている事はないか？」

「詳《くわ》しくは分からねえ。だがよ、随分《ずいぶん》と遠くで爆発音が聞こえたんだ。窓から外の様子を見た時には、既《すで》に星の樹から炎が上がってやがった」

「爆発音？」

「それについては森に住んでいるネオンの方が詳しいんじゃねえか？」

ネオンは首を傾げる。寝ていたとはいえ、村にまで届く程《ほど》の爆音《ばくおん》で目を覚まさないはずがない。どうして気付けなかったのか、眠っている間も周りの注意を怠《おこた》った事はなかった。

(……あの夢のせいか?)

白い二本の角を生やした美しい少女が出てきた夢。隣に座《すわ》る少女の息遣《いきづか》いも感じ取れるようなリアルなものだった。爆発音にすら気付かない程の深い眠り、とても不思議な夢。

「まあとにかくだ!　次の住処が見つかるまでオレの店に泊《と》まっていけ。お前さんもそのつもりで来たんだろ?」

「ありがとうな、急に押し掛《か》けてきたのにそう言ってくれて」

「いいんだよ!　ネオンにはオレも世話になってるからな。もう五年も前になるのか、この村に現れた化物を倒《たお》してくれたのもネオンだったじゃねえか」

「もう五年も経《た》つのか、早いもんだな」

この村の住民はネオンに恩があった。それは五年前の事。

当時から森で集めた月光草やその他の森の恵《めぐ》みをネオンはこの村に売りに来ていた。

そんなある日、村に凶暴《きょうぼう》な魔獣が現れたのだ。

その魔獣は村の衛兵が束でかかっても手に負えない程の強さで、村人達ではどうする事も出来なかった。そんな村の窮地《きゅうち》を圧倒的《あっとうてき》な力で救ったのがネオンだった。

それからというものネオンはこの村にとってなくてはならない存在となった。

ネオンに救われた村の少女の一人がその勇姿に感動し、彼のように強くなる事を夢見て軍の兵士になったという話も聞いた事があるくらいだ。

「それにな、ネオンの持って来る月光草は質が良いと評判でよ、オレも随分と儲《もう》けさせてもらったぜ。ただ、あの月光草を採ってきてもらう事は二度とないんだな……残念だ」

店主の言葉にネオンは俯《うつむ》いた。もう森に戻《もど》る事は叶わないだろう。森から立ち昇る赤い炎と黒い煙《けむり》を見て、あの森が死んでしまった事をネオンは悟《さと》っていた。

「ぴい……」

俯くネオンの手をユキが舐める。慰《なぐさ》めようとしているのが伝わってきた。

「ありがとう、ユキ」

ネオンがユキの頭を優しく撫でると、よろず屋の店主は目を丸くした。

「珍しい生き物を抱いていると思ったけどよ、龍の子供じゃねえか。どうしたんだ？」

「森で拾った。隻眼の幼龍さ」

「ほお、親から追い出された龍の子供か。でもよ、白い龍ってのは初めて見たぞ。以前に龍の鱗を使った装飾品《そうしょくひん》を一度だけ見たがよ、赤に青に黄色の鱗の立派なモンだったが、白い龍の鱗は見た事がねえな」

「学者さんからもらった本にも白龍については書いてなかったな」

「帝都《ていと》に行けば詳しく知る事が出来るかもしれねえぞ。あそこは龍について研究する学者も多くいる。と言ってもネオンが帝都に行く事はないだろうがな」

「そうだな。よっぽどの理由がない限り、あそこに戻ろうとは思わない」

戻れば罵倒《ばとう》と嘲笑を浴びるだろう。

名家から生まれた出来損ない『ひのきの棒のネオン』という不名誉《ふめいよ》な名前で彼は帝都の人々に広く知られている。帝都での生活はネオンにとって想像すらしたくないものだった。

「それにしても今日は珍しいものばかり見るじゃねえか。森の大火事、そして龍の子供、おまけに軍の兵士まで来ているなんてよ」

「軍の兵士？」

「おう。森で火事が起こる前に大勢の兵士達が村に寄っていってよ。邪悪《じやあく》な魔獣《まじゆう》の討伐《とうばつ》だとさ。大勢の兵隊を引き連れて星の樹の森に向かっていったが、あの大火事に巻き込まれた兵士も数多くいるかもしれねえな、災難な話だ」

「邪悪な魔獣の討伐？　軍が相手にするような魔獣は森の主って呼ばれてたベヒーモスくらいだろ？　今までずっと放置されてきたはずなのに、なんで急にそんな事を」

「さあな。それに五年前もそうだったろ。村に現れた魔獣を何とかする為《ため》によ、軍に討伐《とうばつ》要請《ようせい》を出したってのに全く相手にされなかった。ところが突然《とつぜん》こうして兵士が派遣《はけん》されてきたわけだからな、きな臭《くさ》い話だぜ」

「おっさん、村に残っている兵士はいるのか？」

「おう、いるぜ。星の樹の森が燃えて村が大騒《おおさわ》ぎだってのに連中は知らん顔だ。森に行った兵士達を心配する様子も、村人達に避難を促《うなが》す様子もねえんだぜ？　全く……」

「そうか、分かった。泊まっていくつもりだったけど、やっぱりちょっと行ってくるよ」

ネオンはユキを抱《かか》えて、店の外へと出ていこうとする。

「おいおい待てよ。今日はもう遅《おそ》い、ネオンも疲《つか》れただろ。二階に空き部屋がある。そこで今日はゆっくり休んだほうがいい。これからの事は明日決めれば良いだろ？」

「おっさん、悪いな。そのつもりだったんだが、ちょっと難しくなっちまった」

ネオンが扉に手を伸《の》ばした瞬間《しゅんかん》だった。

どんどんどん、と家の扉を激しく叩《たた》く音が聞こえる。

よろず屋の店主はネオンに代わり扉の前へ立った。

「おいおい、こんな夜遅《よるおそ》くにまた客か……？」

「私達は帝都から派遣された兵士だ。この扉を開けてもらいたい」

「帝都の兵士……？　森の大火事について何か話でもあるってのか？」

「森の火事など知った事ではない。目撃《もくげき》情報があった。白い龍を抱えた男がこの店の中に入っていったという話がな」

「白い龍を抱えた男……？」

店主はちらりとネオンの方を見た。ネオンが首を横に振ってそれに答えるのを確認《かくにん》して、店主は再び扉の向こうの兵士に返答する。

「……知らんね。見間違《みまちが》いじゃねえか？」

「そんなはずはない！　早く扉を開けろ！　邪悪な白龍を始末しなくてはならんのだ！」

兵士は扉を何度も強く叩いた。木の扉は今にも壊《こわ》れてしまいそうだ。

ネオンも嫌な予感はしていたのだ。

辺境の村に突然現れた軍の兵士、邪悪な魔物の討伐、森の大火事。

そしてそれに起因するように現れた白い幼龍、ユキ。

今まで平和だったこの地域に起こっている異変は全て繋《つな》がっている。

「おっさん。どうやら面倒《めんどう》事に巻き込んだみたいだ。俺とユキは二階の窓から外に出る。泊めてくれるって言ったのに悪いな」

「気にするな、ネオンには世話になってるからよ」

「また落ち着いたらひのきの棒、たくさん買いにくるから。邪魔《じゃま》したな」

軍の兵士がどうして白龍を追っているのか分からないが、ユキはネオンにとって初めて出来た相棒だ。どんな理由であっても兵士に渡《わた》すつもりはない。

ネオンはユキを抱えたまま階段を駆《か》け上がる。そして二階の窓から外へと飛び降りた。

「いたぞ!!　窓から飛び降りてきた！」

「目撃情報は正しかったな！　邪龍《じゃりゅう》を決して逃《のが》すな！」

周辺にいた兵士達がネオンに向かって集まっていく。

兵士は完全武装だった。鎧《よろい》、武器、盾《たて》、まるで戦争に出るような装備だ。

（やっぱりただ事じゃない……）

ネオンが兵士達から逃れる為に走り出した瞬間。

「――ッ⁉」

一本の矢がネオンの頬をかすめた。

振り向くと大勢の兵士が並び、ネオンに向けて弓を構えている。

「っ撃《う》てえええええ！」

その声を合図に数え切れない程の矢が一斉《いっせい》に放たれた。

「生死は問わないって事か」

ネオンは矢の動きを見ながら走り続ける。体を捻り、最小限の動きで全ての矢を瞬時《しゅんじ》に躱していた。十年の修行《しゅぎょう》の末、彼には矢の動きなど止まって見えた。

「絶対に逃すな!!　森に火まで放ったのだ、ここで逃げられるわけにはいかん!!」

兵士が上げた声にネオンは立ち止まる。そして怒《いか》りの形相で兵士達の方へと振り向いた。

「やっぱりお前らの仕業だったのか」

剣《けん》を構えた兵士がネオンに向けて襲いかかった。

ネオンはひのきの棒で振り下ろされた剣の側面を弾き返し、その兵士の腹部に向けて蹴りを叩き込む。ひのきの棒を介《かい》さない攻撃の威力《いりょく》は大幅に弱くなってしまうが、それでも兵士を倒すのには十分な一撃《いちげき》だった。蹴りを受けた兵士は泡《あわ》を吹いて地面に倒れ込む。

「何が何だか分からない。でもな、俺の住んでいた星の樹の森を、めちゃくちゃにしたお前らはぶっ潰《つぶ》す……！」

ネオンはユキを物陰《ものかげ》へと下ろし、ひのきの棒を構えた。

だが最弱の武器を握《にぎ》りしめるその姿を見て兵士達は笑い声を上げる。

「おいおい、ガキの護身用の武器じゃねえか」

「さっきの蹴《け》りはマグレか」

「お前ら弓を撃つならもっとよく狙《ねら》え。相手は雑魚《ざこ》だ」

一斉に武器を構える兵士達。与《あた》えられた任務はすぐに終わるだろうと、ネオンの持つひのきの棒を見ながらそう思っていた。だがその油断は命取りとなる。

ネオンは息を吸《す》い込み地面を蹴った。

兵士に向けて真《ま》っ直《す》ぐに跳《と》び、空気を裂《さ》く音と共に一瞬《いっしゅん》でその距離《きょり》を詰《つ》めていた。

「なっ⁉」

兵士が驚《おどろ》きに声音《こわね》を染めた瞬間、ひのきの棒の一閃《いっせん》が放たれる。

その一撃によって鎧は粉々に砕《くだ》けて兵士の体は宙を飛んだ。

「よし、俺の攻撃に反応出来ていない」

ネオンは確信した。ここにいる兵士は武神の祝福を受けていない。武神に才能を与えられ、皇帝《こうてい》に忠誠を誓《ちか》った軍の正規兵ではなく、ただの傭兵《ようへい》といったところだろう。

「何だ、今の動きは⁉」

事実、ここにいた兵士達は武神の祝福を受けていない。

そんな彼らではネオンの動きを決して捉《とら》える事など出来はしなかった。

まばたきよりも速く兵士の背後を取るネオン。

叩き込まれるひのきの棒に反応出来ず、その一撃で兵士は気絶する。

ひのきの棒を全力で振れば、その風圧だけで兵士は体を支えきれず吹き飛ばされていく。

「これで全部か？」

ネオンはいとも簡単に全ての兵士を倒し、その中の一人に近付いて胸《むな》ぐらを掴《つか》んだ。

「おい、森に火を放ったと言ってたな。どういうつもりだ、教えろ」

「っ、知るかよ。オレ達は金で雇《やと》われただけだ、白龍を殺せと……そう依頼《いらい》されただけだ」

「白龍を殺せ？　誰がそんなふざけた依頼を出した？　答えろ」

「ふ、ふへへ……もう答える必要はねえよ……」

その兵士は笑いながらネオンの背後に視線を向けている。

それに気付いたネオンが咄嗟《とっさ》に体を捻ったその直後、白い剣閃が煌めいた。

紙一重《かみひとえ》で避《さ》けた鋭《するど》い斬撃。もし咄嗟の反応が出来ていなければ、それはネオンを真っ二つに斬《き》り裂いていただろう。地面には太い一本の亀裂《きれつ》が出来上がっていた。

ネオンは跳び上がって距離を取る。

「おやおや、今のに気付くとはやりますね」

地面に刺《さ》さった白銀の剣を抜《ぬ》きながら、赤い鎧を着た男は不敵な笑みを浮かべた。

背後に立たれても気配を全く感じさせない、そして地面すら斬り裂く強力な剣閃。

ネオンはすぐにその赤い鎧の男が只者《ただもの》ではない事を理解する。

「武神の祝福か。それに剣士《けんし》って事は帝国騎士団《ていこくきしだん》の一人だな」

「ご明察。僕《ぼく》の剣を躱したただけでなく一瞬でそこまで分かるとはね。幼い白龍の討伐という話だったがとんだ邪魔が入ったものだ」

ネオンが最も警戒《けいかい》している相手。それは武神の祝福を受け、そして剣の才能を与えられた軍の正規兵。帝国騎士団に入団し、最高の環境《かんきょう》で最強の剣技を授《さず》かった彼らは魔物の比ではない凄《すさ》まじい強さを持っているはずだ。

ひのきの棒を握りしめる手に汗《あせ》が滲《にじ》む、心臓の鼓動《こどう》は速くなっていた。

赤い鎧の男はネオンの様子を見て首を傾げる。

「君、どうしてひのきの棒なんて持っているんだい？」

「お前と同じさ。他《ほか》の武器は使えないもんでね」

そのネオンの言葉に赤い鎧の男は笑い始める。

「君はもしかして『ひのきの棒のネオン』か⁉　出来損《そこ》ないで有名の！」

「やっぱり帝国騎士団の連中は俺の事を知っているのか」

「君は僕を忘れているようだな。僕は君が祝福の儀式《ぎしき》を受けた時、その場にいたよ。間抜《まぬ》けな君の姿は今もよく覚えている。剣や槍《やり》を持つ事さえ出来ず泣き喚《わめ》く姿は傑作《けっさく》だったな」

「あの場所にいた？」

「僕はクレント・ヴァーシェント。君が祝福の儀式を受けるその前に、白銀の剣で戦うという優れた才能を武神から与えられたのさ。思い出してくれたかい？」

ネオンの頭がズキズキと痛みだす。それはネオンにとって最悪の記憶《きおく》だ。

武神の祝福を受けたあの日、謁見《えっけん》の間でネオンより先に武神の祝福を受けていた少年の姿と、白銀の剣を握る赤い鎧の男の姿が重なった。

「お、お前……」

「帝都から追放された後、自殺しただとか魔物に食われて野垂れ死んだとか、色々な噂《うわさ》は聞いていたがまさか生きていたとはね」

赤い鎧の男、クレント・ヴァーシェントは白銀の剣を構えた。

「よく帝都から追放された後も生き延びたものだ。しかし、皇帝陛下から直々に受けた白き邪龍討伐《じゃりゅうとうばつ》の任。それを邪魔した時点で君にはここで死んでもらう」

クレントはネオンに向けて飛びかかる。白銀の軌道《きどう》を描きながら放たれる鋭い剣閃。

それはまさに疾風《しっぷう》だった。一切《いっさい》の無駄《むだ》の無い完璧《かんぺき》な剣撃。

(嘘《うそ》だろ——)

ネオンは心の中でそう叫《さけ》んだ。

クレントは十年前に帝国騎士団へ入団し、同じ志を持つ兵士達と共に、恵まれた環境で剣技の修行に明け暮れたはずだ。その一方でネオンは十年の歳月《さいげつ》を厳しい自然の中で孤独《こどく》に生き抜いてきた。劣悪《れつあく》な環境で魔物と戦い続けた。来る日も来る日も修行に明け暮れた。

最強の剣士の足元に僅《わず》かでも届くように、ひのきの棒で少しでも強くなれるように。

そう願いながらずっと、ほんの小さな希望にしがみついてここまで生きてきた。

そんなネオンに向けてクレントの白銀の剣が届こうとする、その瞬間。

ひのきの棒を握る手に力が滾《たぎ》った。


——ドン。


ひのきの棒の一撃が轟《とどろ》く。

クレントの分厚い鎧を粉々に砕き、その体を遥《はる》か後方へと吹き飛ばしていた。

ひのきの棒を振《ふ》り切った姿勢のまま、ネオンはその場に立ち尽くす。

そして心の中で叫んだ言葉の、その続きを声にした。

「——遅すぎる、お前の剣、止まって見える」

「あり得ない……この僕が、一撃……だと」

そう言い残して意識を失うクレントを見下ろしながら、ネオンはようやく理解した。

武神の祝福による剣の才能。帝国騎士団。そこでの辛《つら》く苦しい剣技の修行。

そんなものではネオンの足元にも及《およ》ばない。彼が積み重ねてきた地獄《じごく》のような十年の前では、帝国騎士団の十年など何の意味も成してはいなかった。

「ぴいい！」

クレントを倒した後、物陰に隠《かく》れていたユキが飛び出してきた。

「大丈夫か、ユキ？　お前を追っていた連中は全部倒したけど」

ユキはネオンが差し出した手を嬉《うれ》しそうに舐め始める。

その可愛らしい姿に心を落ち着かせながら、ネオンは倒した兵士達の様子を眺《なが》めた。

クレントは皇帝からの任と言っていた。

ユキを、この幼い龍《りゅう》を殺す為に森を焼き払い、軍の最高戦力である帝国騎士団の一人まで送《おく》り込んだ。その理由は一体何なのか、いくら考えても答えは出て来ない。

「ユキ、人間に追われるような事した覚えあるか？」

「ぴーぴ」

ユキは首を横に振る。

「当たり前か、ユキが人に危害を加えるふうには見えないしな」

どうして軍がユキを追うのか。原初の龍と正反対の色を持つ純白の龍、それが意味するものとは一体なんなのか、確かめる必要がある。ネオンはそう感じていた。

「おい！　大丈夫か⁉」

大声と共によろず屋の中から店主が駆け寄ってきた。

ぜえはあと息を切らしながらネオンの前に立つ。

「この通り、俺《おれ》もユキも無事だ。巻き込んじゃって悪いな、おっさん」

「いいって事よ。よく見ると軍の兵士と名乗っていた連中の大半が、この近くじゃ荒《あら》くれ者で有名な連中だ。むしろネオンがぶっ飛ばしてくれてスカッとしたぜ」

「殆《ほと》んどが金で雇われた傭兵だった。正規兵も混じっていたけどな。帝国騎士団の剣士だ」

ネオンは地面に倒れているクレントに視線を向けた。

「これで俺も今日からお尋《たず》ね者か。軍の正規兵をぶっ飛ばしたのと、ただの傭兵をぶっ飛ばすのじゃわけが違《ちが》う」

「騎士団《きしだん》の一人を無傷で倒せるネオンなら大丈夫だ、簡単には捕《つか》まらねえよ。それにしても帝都から追放され森に住み着いて、今度はお尋ね者として追われる事になるなんてな」

店主はひのきの棒が詰まった袋《ふくろ》をネオンに渡した。

「オレからの餞別《せんべつ》だ、持っていけ」

「こんなにたくさん……本当に良いのか？」

「どうせネオン以外にひのきの棒を買う客はいないからな。この村にもしばらく戻ってはこれないだろ？　騒《さわ》ぎを聞きつけた軍の連中でしばらく村も面倒な事になりそうだしよ」

「そうだな、急いで村を出る必要がある。この村に迷惑《めいわく》をかける訳にもいかないからな」

「だがよ、何処に行くつもりなんだ？　出来ればこの国を離《はな》れた方が良いと思うが」

「何処に行くかは、もう決めてあるんだ」

ネオンはユキを抱《だ》き上げる。そして真っ直ぐに帝都へ続く東の空を見つめた。

「俺は帝都に向かう」

「て、帝都だと⁉　帝都に行けばどうなるのか分かってんのか⁉」

「分かってるさ。あそこには帝国騎士団だけじゃない、もっと強い奴《やつ》らだっている」

ネオンがひのきの棒で戦う才能を与えられた後、帝都では国の秘宝、伝説の武器で戦う才能を与えられた英雄《えいゆう》が何人も生まれた。その中にはネオンの妹もいる、聖剣《せいけん》エクスカリバーを使い最年少で騎士団長になった最強の剣士。

その英雄達《えいゆうたち》の強さは想像を絶する程の別次元の領域にあるはずだ。帝都に行くのがどれだけ危険な事なのかネオンは分かっている、それでも彼の瞳《ひとみ》に迷いはなかった。

腕《うで》の中で甘《あま》えるユキを撫《な》でながらネオンは言った。

「俺はどうしてユキが軍に追われているのか、その理由を確かめたいんだ」

長い月日を共にした星の樹の森は既にない。

生命溢れる美しい森はユキを殺す為に軍が放った炎によって焼き払《はら》われた。

そして一連の出来事は全《すべ》て皇帝の命令によるものだ。

皇帝がユキを殺す為に星の樹の森を焼き払うよう画策したのは、帝国騎士団のクレントの発言からも分かっていた。つまり皇帝を凶行《きょうこう》に走らせる程の何かがユキにはある。

ネオンは星の樹の森の唯一《ゆいいつ》の生き残りとして、森を襲《おそ》った悲劇の正体が何なのかを確かめたかった。だから事の真相に繋がるユキを連れ、帝都に向けて旅立とうと決意したのだ。

「ユキ、俺は真実を知る為に帝都へ行こうと思う。それにはユキの協力が必要だ。長い旅になると思うがお前も付いて来てくれるか？」

「ぴぃ！」

ユキはネオンの胸の中で元気な声を出して頷《うなず》いた。

「そうか……。止めはしねえ、だが死ぬなよ」

「ありがとう、おっさんも達者でな。それじゃあ行ってくる」

ネオンは店主へ別れを告げた。

そして彼は帝都に向けてユキと共に歩き出す。


——この旅立ちは、やがて世界に災《わざわ》いをもたらす禍根《かこん》を断《た》ち、世界を救う為の旅となる。

一撃の勇者と呼ばれ、伝説に名を残す彼の冒険《ぼうけん》はこの時、こうして始まったのだ。

第二章

地面から飛び出した不気味な魔物が、ネオンのひのきの棒による一撃で肉片《にくへん》となって辺りに飛び散っていた。

巨大《きょだい》な紫《むらさき》のミミズのような姿。目は付いておらず、大きな丸い口から巨大な牙《きば》を生やした魔物。森でも見た事がない異形の怪物《かいぶつ》。

帝都に向かう為の道中で、ネオンとユキは何度もその魔獣に遭遇《そうぐう》していた。

倒しても倒しても、しばらくすると別の個体が地面を突《つ》き破《やぶ》って現れる。

「今のでもう五体目か」

ネオンはそう言いながら砕けたひのきの棒を投げ捨てた。これではキリがない。

星の樹《き》の森を離れた今、いつも世話になっていたよろず屋に頼《たよ》る事も出来ない。

この旅の生命線とも言えるひのきの棒の無駄遣《むだづか》いは避けたかった。

「次に襲いかかってきたら無視して逃げるか」

彼が森で過ごした十年の間に、外で活動する魔物も随分と変わってしまったようだった。

今進んでいる場所は緑に覆《おお》われた平原だ。

平原の魔物と言えば、ウサギなどの草食動物が魔物になり大型化したもの、スライムなどの比較的弱い魔物など、油断していなければ誰でも倒せるようなものばかり。

だが、さっきからネオンが倒している怪物は平原の魔物とは思えない程に凶暴だった。

「またか？」

激しく地面が揺《ゆ》れた後、地面を突き破って再びミミズのような魔獣が現れる。

そして巨大な牙でネオンに襲いかかった。

「ユキ、跳ぶぞ」

「ぴぃ！」

ネオンはユキを抱き上げて地面を蹴り、一気に魔獣との距離を取った。

ミミズのような魔獣はネオンが空へ跳んだ後、諦《あきら》めたように地面の中へ潜《もぐ》っていく。

地面に着地して周囲の様子を窺《うかが》うが魔獣の気配はなく、これ以上は追ってこないようだ。

「帝都に着くまでにずっと襲われていたら面倒だな。この平原の地下に巣でもあるのか？」

根こそぎ駆除《くじょ》してやりたい気持ちもあったが、ひのきの棒をこれ以上減らすわけにもいかない。早めに平原を抜けて先を急ごうと、ネオンが歩き出そうとした時だった。

「ぴぃ！」

ユキがネオンのズボンを引っ張った。

引っ張る方向には人よりも大きな岩がいくつも転がっている。

「どうしたんだ、ユキ。あそこに行きたいのか？」

「ぴぃぴぃ！」

ユキが何かを見つけたのかもしれない。ネオンはその岩が転がっている場所に向けて歩き始める。そしてその先で誰《だれ》かの悲鳴が聞こえた。

「誰かいるのか？　急ごう」

「ぴぃ！」

ユキは誰かが魔獣に襲われているのを教えようとしていたらしい。

岩の隙間《すきま》を抜け、音と振動《しんどう》を感じる方に視線を向けると、そこには巨大な紫のミミズのような魔獣と、その魔獣から這《は》いつくばって逃げようとする人の姿があった。

「あれは？」

三角帽子《ぼうし》を頭に被《かぶ》り、黒いローブを纏う人物。その装備に刻まれているのは国旗の印だ。

その印は軍の正規兵である証。武神の祝福を受けて軍の兵士となった人間は、装備の何処かに国旗の印を付ける事を義務付けられている。

昨晩戦ったクレント・ヴァーシェントの赤い鎧にもその印が刻んであった。

あの人物が軍の正規兵なら武神の祝福も受けているはずだ。

「ユキ、戻ろう。あれは軍の兵士だ。助けても意味がない」

ネオンは軍に追われる立場、それはユキも一緒《いっしょ》だ。軍の兵士達は皆《みな》、白龍討伐《はくりゅうとうばつ》について知っている可能性が高い。助けたとしても仲間を呼ばれて取り囲まれるだろう。

「ぴい！　ぴい！」

ユキは戻ろうとするネオンのズボンを再び引っ張った。

「戻るなって言いたいのか？」

「ぴい！」

ユキは尻尾《しっぽ》をぱたぱたと振りながら頷いた。

「どうなっても知らないからな」

ミミズのような魔獣が巨大な口を開き、そこから地面すら溶《と》かす程の強力な酸の唾液《だえき》を垂らしていた。黒いローブの兵士はぶるぶると震《ふる》えながら、もう逃げられない事を悟ったように体を丸くする。そしてミミズの化物が容赦《ようしゃ》なく襲いかかろうとした、その瞬間。

――ドン。

まるで大砲《たいほう》を撃ち放ったかのような轟音《ごうおん》が響《ひび》き渡る。

それと同時にミミズの魔獣の肉片がバラバラと辺りに飛び散った。

「……え？」

ローブの兵士は何が起こったのか分からない様子で辺りを見回した。

その瞳に映るのは粉々に砕けたひのきの棒を投げ捨てるネオンの姿と、地面に倒れる魔獣の亡骸《なきがら》。その光景はローブの兵士にとって信じられないものだったに違いない。

だがひのきの棒の青年が自分を助けてくれた事だけは分かったようだ。

「あ、あの……！」

高い声が聞こえた。

兵士は被っていた三角帽子を取ると、ネオンに駆け寄って勢いよく頭を下げた。

「た、助けてくださってありがとうございました!!」

ネオンが助けた兵士は青色の短い髪《かみ》の、あどけなさを残した可愛《かわい》らしい少女だった。

長いまつ毛に縁《ふち》取られた大きな青い瞳は星のように煌《きら》めき、潤《うる》んだ唇《くちびる》が柔《やわ》らかく微笑《ほほえ》む。

ネオンはその兵士の姿に驚き目を丸くする。

少女である事に驚いたのではなかった、軍の兵士には老若男女《ろうにゃくなんにょ》問わず多くの兵士がいる。

ならどうしてネオンは驚いたのか。

その理由——それは少女が『かしの杖《つえ》』を取り出していたからだった。

かしの杖。

それは魔《ま》法《ほう》を使う者にとって最弱の武器。


魔法は扱う杖の性質で引き出せる魔力《まりょく》が大きく変わってくるが、かしの杖では引き出せる魔力が少なく、殴《なぐ》って戦った方がまだまともに戦えると言われる程に弱かった。

どうしてそんな杖をこの少女が持っているのか、ネオンには理解出来なかった。

国旗の印が刺《し》繍《しゅう》されたローブを着ているという事は軍の正規兵で間《ま》違《ちが》いない。

そして正規兵なら武神から強力な武器で戦う才能を授けられている。

かしの杖という最弱の武器を装備するはずがないのだ。

「お前、軍の正規兵だよな?」

「は、はい！　訓練校に入学したばかりで、正式にはまだ配備されていない未熟者ですが」

「兵士見習いか。つまり武神の祝福も受けているって事だな?」

「受けています！　入学式の日に、武神様から祝福を！」

「なら、どうしてかしの杖なんだ?　武神はもっと強力な武器の才能を与えるはずだ」

「あはは……それがあたし、この杖しか使えないんです」

「かしの杖しか使えない……？」

「は、はい。あたしが与えられた祝福は杖の才能で間違いないのですが、ただ……装備出来るのはかしの杖だけみたいで」

それはネオンと似た祝福——いや、呪《のろ》いだった。

ネオンが十年前に『ひのきの棒』で戦う才能を与えられ、その十年後に『かしの杖』で魔法を扱《あつか》う才能を与えられた少女が現れた。

これは何の偶然《ぐうぜん》なのか、武神は一体何を考えているのだろうか。

「あ……！　助けてくれたお兄さんにお礼しなくちゃ。今、隊長を呼んできます！」

「いや、その必要はない。俺はもう行く」

この少女はネオンを助けてくれた恩人としか思っていない。しかし、呼ばれてくるのが隊長となれば話は別だ。面倒な事になるのは目に見えている。

岩陰《いわかげ》に隠れていたユキを抱き上げて、ネオンは岩の隙間を抜けようとする。

「え？　あ、あの……行っちゃうんですか？」

「ああ、その隊長とかいう奴が来たら面倒だからな」

「せ、せめてお名前を……」

「名乗る名前もない」

「そんな……せっかく助けてくださったのに。ま、待ってください」

ネオンは呼び止めようとする少女を無視して岩の向こうへと姿を消した。

その様子を見つめる少女は肩《かた》を落とす。

「せめて、お名前だけでも聞いておきたかったな……」

少女は俯きながら呟《つぶや》いて、とぼとぼと兵士達《たち》が集まる方へと歩いていった。


少女がたどり着いた先は山のように巨大な丸岩の前。

丸岩には大きな穴が開いており、その穴は地下へと繋がっていた。

「おっそい!!　あなた何やっているのかしら⁉」

地下へ続く大穴の中には大勢の兵士の姿が見える。

その中から赤いローブを着た女性が姿を現した。

「ベレニス様すみません……その、地下に降りる前におトイレを済ませようと思って」

少女はベレニスと呼んだ女性の前で身をすくめた。持っているかしの杖が震えている。

ベレニスは怒りの形相を浮《う》かべながら手を振り上げ、少女の頬《ほお》を強く叩いた。

叩かれた頬は赤く滲み、少女の青い瞳には涙《なみだ》が浮かぶ。

「このグズ！　あなた一人の為にどれだけ待たせるつもりなの⁉」

「す、すみません……ベレニス様」

「私達、帝国魔法兵団《ていこくまほう》の邪魔をするつもり⁉　白龍討伐は帝国騎士団に任されている、その傍《かたわ》らで私達は平原の魔獣討伐《まじゅうとうばつ》……。このままでは他の連中に手柄《てがら》を全て持っていかれる！　さっさと魔獣を討伐して、いち早く白龍討伐に参加しなければならないのに‼」

　ベレニスは息を荒らげて再び少女の頬を叩く。

　その場で崩《くず》れるようにしゃがみ込《こ》んだ少女に向けて、ベレニスは罵声《ばせい》を浴びせながら踏《ふ》み潰すように蹴りを入れ始めた。

「人手不足とはいえ、こんなかしの杖しか使えないグズが来るとは夢にも思っていなかったわ！　まるで十年前の出来損ない、ネオン・グロリアスのようね！　あなたも兵士なんて諦めて、ひのきの棒のネオンのように何処《どこ》へでも行ってしまえば良かったのよ！」

　ベレニスは何度も何度も少女を蹴り続けた。

　少女は頭を抱えて身を小さくして必死に耐《た》え続ける。

　他の兵士は助けようともしなかった。それどころか周囲には笑い声が響いた。

「何かあったらすぐに置いていくわ、私達は足手まといが魔獣に襲われても助ける事はない。せめて囮《おとり》くらいにはなりなさいよね！」

ベレニスは最後に強い蹴りを少女に向けて放つ。蹴飛《けと》ばされ地面を転がる少女を背にして、彼女《かのじょ》は他の兵士達と共に地下へと続く洞窟《どうくつ》の中に消えていく。

少女は痛みに震えながらゆっくりと起き上がり、重い足取りでその後を追った。


――その様子を、ネオンとユキは岩陰に隠れながら見ていた。

「十年経《た》って俺みたいな武器の才能を与えられた人間の扱いも変わったかと思ったが、そうじゃなかったみたいだな」

「ぴぃぃ!!」

ユキは牙を剥《む》き出しながら怒《おこ》っていた。ネオンも同じだった、自分と同じ境遇《きょうぐう》の人間を、まるで人間のように扱わない様子に怒りがこみ上げてくる。

洞窟の周囲には魔法で倒《たお》されたと見られるミミズの魔獣の死骸《しがい》がいくつも転がっている。

あの洞窟の奥《おく》に魔獣の巣があるのだろう。

魔法兵団はその魔獣の討伐を任され、巣穴を破壊《はかい》しようという作戦なのかもしれない。

だが、あのままではかしの杖の少女が魔獣の餌食《えじき》になってしまう。

足手まといのグズと罵《のの》り笑った他の兵士達、彼《かれ》らは決してあの少女を助けようとはしないはずだ。囮として使い、彼女が死んでしまっても構わないと思っている。

「行くぞ、ユキ」

「ぴぃ！」

魔法兵団の姿が見えなくなった後、ネオンはユキを連れて地下へと続く穴の中に入っていく。ひのきの棒を松明《たいまつ》の代わりにしながら深い暗闇《くらやみ》の中へと踏み込んだ。

ネオンはひのきの棒で戦う才能を与えられてから、あの少女のように心無い言葉を周囲の人々から浴びせられてきた。その度《たび》に心は荒《すさ》み、瞳は濁《にご》っていく。

かしの杖の少女の姿を見て、自分の過去の姿が重なり、胸が締《し》め付けられる。

自分と同じ境遇の少女に、自分と同じような苦しい思いをさせてはならない。

ネオンはあの少女を助けたかった。

※

それはかしの杖を持つ少女が、軍の兵士訓練学校に入学する前日に遡《さかのぼ》る。

今日も少女は帝都《ていと》の中の広い空き地で魔法の特訓を始めていた。

少女が魔法の特訓を始めたのは僅か五歳《さい》の時。

それから晴れの日も雨の日も風の日も雪の日も、少女は決して欠かす事なく毎日のようにこの広い空き地で魔法の特訓を続けている。

そして十五歳になり明日には訓練学校への入学式があるというのに、少女は今日も空き地を訪《おとず》れていた。

武神の祝福が存在するこの国で、軍の兵士訓練学校に入学する前から魔法の特訓を始める者はこの少女の他にはいない。それには理由があった。

「いやねえ、あの子また魔法の練習をしているわ」

「あれで武神様から杖以外の祝福を授けられたらどうするつもりなのかしらね？　魔法も使えなくなるはずなのに」

「それに武神様から杖の祝福を授けられれば、すぐにでも上級魔法まで扱えるようになるはず。ああやって一人で魔法の練習に打ち込むだけ無駄なのだがな」

藁《わら》で作った的に向かって魔法を撃ち込む少女の姿を見て帝都の人々は不思議がった。

武神の祝福を受ける前からどれだけ修行に明け暮れても、与えられる祝福が剣や槍の祝福なら魔法の才能は失われてしまう。もし杖の祝福を与えられたとしたら、その時点で一流の魔《ま》法使《ほうつか》いとしての才能に目覚める。

武神の祝福を与えられる前から始める魔法の特訓に意味はない。

そう思っている帝都の人々がその少女に向ける反応は当然のものだった。しかし、そんな白い目を気にする事なく、少女は藁で作った人型の的に向けて魔法の特訓を続ける。

それには彼女なりの理由があった。

「火球《ファイアボール》！」

少女の持つ小さな鉄の杖から赤い炎《ほのお》がメラメラと燃え、それは火の玉となって遠く離れた藁人形に放たれる。しかし、その火の玉は藁人形に届く前に四散して消えてしまった。

その様子を見ながら少女は大きく肩を落とす。

「はあ、どうしてあたしは下級魔法の一つも扱えないんでしょうか……」

火属性魔法『火球《ファイアボール》』それは帝国《ていこく》の魔法兵団に所属する魔法使いなら誰もが使える下級魔法。少女は十年の特訓を経ても、いまだにその下級魔法ですら使いこなせていなかった。

その場にしゃがみ込み、分厚い魔法書を開き始めた。

この世界にはいくつもの魔法がある。

それぞれの魔法の強弱によって分類され、下級魔法、中級魔法、上級魔法、最上級魔法、賢王級《けんおうきゅう》魔法、神格《しんかく》魔法、といったように多くの魔法が存在した。

そして少女の放った火球《ファイアボール》、風刃《ウインドカッター》、電撃《サンダーボルト》は最も扱いが簡単とされる下級魔法。しかし、どの下級魔法も少女は上手《うま》く扱えない。

いくら詠唱《えいしょう》してもその魔法は標的に届く前に消えてしまう。

「この本に書いてある通りなら……魔力の属性変換《へんかん》プロセスと形状変換プロセス。そのどちらも詠唱を通してちゃんと行えているはずなんですが……」

魔法というのは、自身に秘《ひ》められた魔力を様々な属性や形に変換して使用する。

火球《ファイアボール》なら火の属性と球のような形状に、風刃《ウインドカッター》なら風の属性と刃のような形状に。

それが出来る事で初めて魔法としての効果が成立する。

そのどちらも出来ているはずだった。

しかし、その魔法は十年の修行を経た今でも一度も成功した事はない。

「武神様から杖の祝福を与えられない限り、魔法を扱うのは無理なんでしょうか……」

兵士訓練学校への入学を明日に控《ひか》えている。

明日、その入学式で与えられる武神の祝福で全てが決まる。

杖の祝福を与えられさえすれば、一流の魔法使いとしての才能に目覚めるが、もし他の武器の祝福を与えられてしまったとしたら……この十年の修行は全て無駄になってしまう。

「あ！　あのポンコツ魔法使い！　また魔法の練習やってるぜ！」

「うへっ！　下手くそ魔法しか使えないポンコツだ！」

魔法書を読む少女の近くに帝都の子供達が現れる。

その姿を見た少女は魔法書を閉じると慌《あわ》てて立ち上がった。

「ううう……また来ましたね……」

時々こうして少女が魔法を練習している時に現れる子供達。

魔法を上手く扱えない彼女の姿を見て子供達は大声を上げて笑った。

「ばーか、ポンコツ魔法使い。ろくに魔法を使えないくせに今日もやってんのかよ！」

「あいつを見てると下手くそな魔法がおれ達にもうつっちゃうぜ！」

「それならこうだ！」

子供達は小石を拾い上げそれを少女に向けて投げた。

だがその様子に動じる事なく、少女はすかさず杖を構える。

「光壁《プロテクション》！」

少女を光の壁が覆い、投げられた小石はその壁によって防がれていた。

「チッ！　またあれだよ！」

「防御魔法《ぼうぎょまほう》だけは使えるんだもんな、あのポンコツ魔法使い」

「下手くそ魔法のくせに！　悔《くや》しかったら攻撃魔法《こうげきまほう》で反撃《はんげき》してみろよー！」

子供達の嘲笑《ちょうしょう》が響き渡《わた》る中、少女はその声を無視して藁で作った的の方に振り向いた。

再び詠唱を始めるが、彼女の放った風の刃はまたしても的に届く前に消えてしまう。

「明日、あいつ兵士訓練学校に入学するんだろ？」

「どうせ武神様から杖の祝福なんてもらえねーよ、あいつポンコツだし」

「それよりも帝国騎士団見に行こうぜ！　明日の式に向けて公開練習してるらしいし！」

「いいね！　行こう！」

子供達が走り去っていく様子を横目で見ながら、杖を持つ少女の手は震えていた。

「そうですね……あたしは下級魔法も使えないポンコツの魔法使いです」

唯一使えるようになったのは属性変換を必要としない無属性魔法。

少年達が投げた石を防いだ『光壁《プロテクション》』という下級の防御魔法だ。

属性変換が必要な魔法はどれだけ特訓しても上達しなかった、だが無属性魔法だけはこの十年で上達し続けている。しかし無属性魔法というのは防御《ぼうぎょ》にしか使われず、いくら無属性の防御魔法だけ上達しても、それだけで魔法兵団に入って活躍《かつやく》するのは難しい。

「明日になれば……あたしだって杖の祝福を武神様から授けられて、きっと色んな魔法が使えるようになって、そしたらすぐにでも魔法兵団に配属されて……あたしはお父様を、絶対に見つけ出すんです」

明日の入学式、武神から杖の祝福を授けられるのを信じるしかない。

少女はその希望を胸に抱き、魔法の特訓を再開した。

※

雨が降っている――。

軍の兵士訓練学校への入学式を済ませ、武神から祝福を授けられたはずの少女は雨に打たれながら今日もまた、いつも魔法の特訓を繰《く》り返していたあの場所に立っている。

傘《かさ》もささずに呆然《ぼうぜん》とその場に立ち尽《つ》くし、少女の青い髪も着ている服も酷《ひど》く濡《ぬ》れていた。

そして彼女の手にはいつもの練習用の杖ではない、かしの杖が握《にぎ》られている。

「火球《ファイアボール》……」

かしの杖から放たれる魔法、それは少女のか細い声のように雨に打たれてかき消される。

他《ほか》の属性魔法も詠唱するが、その全てが的に届く事はない。

少女は持っていたかしの杖を地面に落とした。白い頬を雨粒《あまつぶ》だけでなく涙が伝う。

「どうして……どうしてなんですか……？」

少女が授《さず》けられたのは確かに杖の祝福だった。しかし、それは本来の杖の祝福とは異なるもの。魔法使いにとって最弱の武器『かしの杖』で戦う才能を少女は与《あた》えられていた。

そして祝福を与えられたはずの今も、昨日と変わらず下級魔法すら使えない。

特訓を積んだ彼女がろくに魔法を扱えず、初めて杖を手にしたような子供達が上級魔法を使いこなす。その様子を皆が笑った、出来損ないだと罵った。

その声に耐えきれず、彼女は宮殿《きゅうでん》を飛び出していた。

雨で全身は酷く濡れ、泣き叫ぶ少女に人々は冷たい視線を向ける。

「あれが例の。終末の魔獣《まじゅう》によって帝国が大変な時に、あんな出来損ないが生まれるとは」

「確か三人目、でしたよね。全く……かしの杖の才能なんて……」

「ネオン・グロリアスのように帝都から追放されて、野垂れ死ねば良いのに」

その声は全て少女に届いていた。だが何一つ言い返す事は出来ない。

彼等が言うように自分はどうしようもない出来損ないで、武神から最弱の武器を与えられたのは当然の事だったのではないかとさえ思えてしまう。

（このままじゃ魔法兵団の団長になるどころか、お父様を見つける事だって……）

少女が武神の祝福を授けられる前から、魔法の特訓を始めたのには理由があった。

それはこの世界の何処《どこ》かにいる父親を見つけ出す為《ため》。

訓練校での修行《しゅぎょう》が始まる前から魔法の鍛錬《たんれん》を積み実力をつける。

そして強くなって魔法使いとしての実力を魔法兵団の長に認めさせたかった。

それから成果を上げ、いつか魔法兵団の団長に選ばれさえすれば、帝国各地を自由自在に行き来出来るようになる。

そうなれば世界中を飛び回る父親と会える日がいずれ来るはずだと、そう思って少女は特訓を始めていた。しかし与えられたのは最弱の武器で戦う才能。

そんな自分が周囲から認められる事はない。

魔法兵団の団長になるというその夢も既《すで》に途絶《とだ》えてしまっていた。

少女はかしの杖を拾い上げ、藁で作った的に背を向ける。

ここで魔法の特訓をする事は二度とないだろう。

少女が雨に打たれながら帝都を去ろうとした時だった。

「ああ、ようやく見つけた。こんな所にいたんだねえ」

「え……えっと、どちら様ですか？」

少女の前に赤いローブを身に纏《まと》う女性の姿があった。

その女性は傘を差しながら少女に歩み寄る。

赤いローブに刺繍されているのは国旗の印、そして腰《こし》にそえられた小柄《こがら》の杖。

それは彼女が魔法兵団に所属している事を意味していた。

「あ……魔法兵団の方ですか？」

「そうそう。わたしはルシア・ラフルゥ。今日は式の為に帝都へ来たけど、普段《ふだん》は帝都から離れたリディオンという都市に駐在《ちゅうざい》しているから、君がわたしを知らなくて当然だよ。魔法兵団では副団長の肩書《かたが》きだから、君の上官という事になるかな」

「副団長様……。もしかして下級魔法も使えないあたしに、訓練校への入学が取り消されたのを伝えに来てくださったのですか……？」

ルシアは小さな杖を指でくるくると回しながら答えた。

「まさか。軍は人手不足でね、かしの杖の才能を与えられた君でも必要としているんだよ」

「ほ、本当ですか……!?」

「そう。それで帝都から去ろうとしている君を引き止めに来たわけかなあ。どうだい、もし良かったら任務を引き受けてくれないかい？　その任務で戦果を上げられるなら、君の評価も覆《くつがえ》ると思うけど？」

その言葉に喜ぶ少女だったが――自身の持つかしの杖を見て俯《うつむ》いた。

「下級の防御魔法しか使えないあたしが戦果を上げるなんて、無理ですよ……」

「ふうん。防御魔法だけでも戦い方はあると思うけどねえ。それに任務の内容も簡単なものさ。平原に現れた魔獣討伐に参加して、他の兵士達の援護《えんご》に回るだけで良い。それでもやってみる気にはならないかい？」

「あたしなんかでも、役に立てるんですね……？」

「もちろんさ。平原の魔獣討伐には紅玉の杖の使い手、ベレニス・リペントも参加する。彼女は優秀《ゆうしゅう》な魔法使いだ。その戦い方を見れば参考になる事もあると思うけど？」

「分かりました……ルシア様がそこまで仰《おっしゃ》ってくれるのなら、あたしやってみます！」

「ふふ、その意気だよ。それじゃあ城にまで戻《もど》ろう、付いてきて」

真《ま》っ直《す》ぐで純粋《じゅんすい》な少女はその言葉を信じてしまう。

その任務で少女が一体どのように扱われるのか、どのような魔獣が待ち構えているのかを知らずに、少女は嬉々《きき》とした表情でルシアの後を追うのだった。

※

魔法兵団は暗く長い洞窟の中を進んでいた。

先頭には隊長であるベレニスがいて、彼女の後ろを多くの兵士達が続く。

その一番後ろには緊張《きんちょう》した面持《おもも》ちでかしの杖を強く握りしめる少女の姿があった。

洞窟内《どうくつない》は広く、何処までも続き、曲がりくねり、時にはいくつも枝分かれし、方向感覚を失わせる。そんな複雑な道を隊長であるベレニスは迷う事なく進み続けた。

「この穴は魔獣を生み出している親が掘《ほ》った穴のようね」

「あのミミズのような化物の親……ですか。洞窟の周囲で倒した化物も大木のように太い体でしたが、この穴の様子を見ると更《さら》に大きいようですな」

「こんな化物が平原の地下に巣を張り巡《めぐ》らせるだなんて。これも終末の災厄《さいやく》の影響《えいきょう》かしら」

「我々で一刻も早く地下に巣食う魔獣を倒し、白龍討伐に加わらなくてはいけませんな」

「ええ、さっさと済ませたいわね。戦いやすいように囮を使いましょう」

ベレニスは振《ふ》り返り、かしの杖を持つ少女に向けて言った。

「あなた、私達の前を進みなさい」

「え……？　あたしですか……？」

「あなた以外に誰がいるっていうの？　下級魔法もろくに使えないんだから、せめて魔獣の囮になりなさいよね。グズなんだから囮の役割くらいしか出来ないでしょ、あなた」

「そんな……」

ベレニスの命令で他の兵士が少女の腕を引く、そして戸惑《とまど》う少女を先頭に立たせた。

「囮にしかならないグズ、全く……とんだハズレくじを引いたものね」

「ルシア・ラフルゥの差し金かと。無能な人材を派遣《はけん》する事で我々の邪魔《じゃま》をし、白龍討伐の手柄を横取りしようと考えているはずです」

「ちっ……ルシアめ。よっぽど私に昇進《しょうしん》されるのを恐《おそ》れているのね」

「ベレニス様の魔法は帝国内でも随一《ずいいち》ですからね。武神様から帝国の秘宝、神杖《しんじょう》ヴァナルガンドを与えられるのはベレニス様でもおかしくなかったはずですが……」

「神の杖がなくとも、この私ベレニス・リペントが帝国最強の魔法使いだという事を証明するだけよ。その為にもさっさと魔獣の討伐《とうばつ》を済ませる。急ぐわよ」

かしの杖を持った少女を先頭に立たせたまま、魔法兵団は洞窟の奥へと進んでいく。

少女は灯《あか》りを持たされていない。足元に落ちていた石に気付かず躓《つまず》き転んでしまう。

「何やってんのよ！　早く行きなさい！」

「は、はい……」

少女が立ち上がろうとした瞬間《しゅんかん》だった。洞窟が揺れる。そして岩の壁を突き破り、紫のミミズのような魔獣が魔法兵団の前に姿を現した。

少女は恐怖《きょうふ》で上手く立ち上がれない。そんな少女に向けて魔獣は大きな口を開いた。

「ひっ……⁉」

「炎　弾《フレイムバレット》‼」「風　撃《ウィンドインパルス》‼」「雷　圧《ショックウェーブ》‼」

少女の背後から複数の魔法が同時に放たれミミズ型の魔獣を直撃《ちょくげき》する。

魔獣は傷を負い、不気味な鳴き声を上げて壁の中に逃《に》げていった。

「地上にいたのより強いわ。更に成長して凄《すさ》まじく硬《かた》い外皮を獲得《かくとく》してるのね」

「あれを野放しにしているわけには行きませんな」

「まあ、それにしても。いい感じに囮になってくれているじゃない。鈍《にぶ》くてとろいからちょうど良いわ、この子」

ベレニスはかしの杖の少女を見て笑う。他の兵士達の笑い声も洞窟内に響いた。

かしの杖の少女はゆっくりと立ち上がり奥へと歩き始める。

震える体を両腕《りょううで》で押《お》さえつけながら、少女は必死に恐怖に耐えていた。

そして、しばらく進むと巨大なドーム状の空洞《くうどう》へとたどり着く。

「あら、ここだけ随分《ずいぶん》と広いのね」

「ベレニス様、紫の卵がいくつもあります。どうやらここが魔獣の巣ではないかと」

「親の姿がないわね。あなた達はその卵を魔法で破壊していなさい。私は親を探すわ」

「はっ、分かりました」

兵士達が魔法で卵を破壊する横で、かしの杖の少女もその手伝いをしようとしていた。

そんな少女にベレニスは近付き、彼女の青い髪を乱暴に引っ張る。

「い、痛いです……ベレニス様！」

「いちいちうるさいわね。あなたはこっちに来なさい」

ベレニスは少女の髪を引っ張りながら空洞の中心へと向かった。

「この辺でいいわね」

次の瞬間、少女は腹部に強い衝撃《しょうげき》を受け、そのまま後方へ蹴《け》り飛ばされる。

地面に倒れて苦痛に顔を歪《ゆが》める少女、そんな彼女を見下ろしながらベレニスは笑った。

「……っう。べ、ベレニス様？　ど、どうして？」

「あなた、かしの杖なんか大事にして恥《は》ずかしくないの？　自分がろくに魔法も使えない、落ちこぼれだって分かってる？」

「あ、あたしは……少しでも、ほんの少しでも皆さんのお力になりたくて……」

「ふうん、少しでも力になりたいっていうのなら、仕事を頼《たの》まれてくれるかしら」

「し、仕事……ですか？」

「魔獣の親がいないのよ、親を倒さなくちゃ任務は終わらない。だから餌《えさ》を撒《ま》きたいの」

「餌……？　そんな、もしかして――」

ベレニスは紅玉の杖を掲《かか》げる。すると先端《せんたん》の赤い宝石に光が集まっていった。

「風刃《ウインドカッター》」

放たれるいくつもの風の刃が、悲鳴を上げる少女の体の表面を切り刻んだ。

体から真っ赤な血が滴《したた》り、その痛みに少女はうずくまる。

「あなたが餌になってよ。どうせ、それくらいしか役に立たないんだから」

ベレニスは傷付き怯《おび》える少女から視線を外し、魔力の込められた杖を空洞の奥へ向けた。

「ほら、早速《さっそく》来たじゃない。やっぱり血の匂《にお》いに敏感《びんかん》なのね」

洞窟内が揺れ始める。それはまるで地震《じしん》のように激しいものだった。同時に何か禍々しいものが岩の壁の向こうから近付いてくるのを、その場に居た多くの兵士達が感じ取る。

「想像していたのより……やばいのが来たわね」

そして岩の壁を突《つ》き破《やぶ》り、この洞窟の主と思われる魔獣が姿を現す。

それはミミズのような三つの首を生やした巨大《きょだい》な紫色《むらさきいろ》の化物だった。

人を容易《たやす》く丸呑《まるの》み出来る程《ほど》の大きな口、そこにびっしりと生えた鋭《するど》い牙《きば》、分厚い外皮からにじみ出る液体は僅《わず》かに発光しているようだった。

兵士達は魔獣の全身から溢《あふ》れ出る膨大《ぼうだい》な魔力とその禍々《まがまが》しい姿に圧倒《あっとう》される。

「いつまで見ているの!!　一斉攻撃《いっせいこうげき》よ!!」

ベレニスの声を合図に、兵士達は三つ首の魔獣に向けて一斉《いっせい》に魔法を放った。

巨大な炎の塊《かたまり》、風の刃の嵐《あらし》、圧縮された稲妻《いなずま》。

その魔法による衝撃でかしの杖の少女は吹《ふ》き飛ばされ壁に叩《たた》きつけられる。だが傷付き倒れる少女に誰も手を貸す事なく、魔法兵団はひたすらに魔法を放ち続けた。

そして複数の魔法が重なり合った事で起きた爆発《ばくはつ》。

その爆煙の中から姿を現す魔獣の体には傷一つ付いていなかった。

「嘘《うそ》でしょ……無傷⁉」

魔獣は大きく息を吸《す》い込んだ。同時に魔力が集まっていくのが見える。

「上級防御魔法を展開しなさい‼　早く‼」

ベレニスが叫《さけ》んだ瞬間だった。魔獣の口から放たれる真紅《しんく》の閃光《せんこう》。

「……っ！　光輝の盾《ライトニングシールド》‼」

間一髪《かんいっぱつ》、強力な魔法障壁《まほうしょうへき》を発動させる事が出来たベレニス。

半数の兵士はベレニスと同じ魔法障壁を張る事が出来たが、防御魔法を発動させられなかった兵士達は魔獣の放った真紅の閃光に飲まれていく。

兵士達の悲鳴が聞こえた。跡形《あとかた》もなく消えていく、灰すら残す事なく。

「つ、強すぎる……」

ベレニスは魔法兵団の中でも屈指《くっし》の実力者だ。武神の祝福によって与えられた紅玉の杖の才能で強敵を難なく葬《ほうむ》ってきた。そんな彼女ですら体が震える程の威圧《いあつ》感、目の前にいる魔獣は今まで戦ったどの敵よりも強いと本能が告げていた。

「反撃よ！　皆、全力を出し切りなさい！」

生き残った兵士達は恐怖に顔を歪ませながら反撃を試みる。だがその反撃を嘲笑《あざわら》うかのように、魔獣は長い首を鞭《むち》のようにしならせて兵士達を薙《な》ぎ払《はら》った。その攻撃《こうげき》に巻き込まれた数人の兵士が宙へ吹き飛ばされ、体をひしゃげながら地面に落ちていく。

　その絶望的な光景を目にして、一人の兵士がベレニスに駆《か》け寄った。

「ベレニス様、増援《ぞうえん》を呼びましょう!!」

「バカ言ってんじゃないわよ。こんな凄まじい魔獣をこの手で倒せたのなら、白龍討伐《はくりゅうとうばつ》どころじゃないわ、神杖に選ばれたあの女より私が優秀だと知らしめる事が出来るじゃない」

「しかし、このままでは……」

「賢王級魔法を使うわ。それなら確実に倒せるでしょ?」

「ベレニス様の賢王級魔法……！　確かにそれならあの魔獣でも！」

　魔獣との戦闘《せんとう》により天井《てんじょう》が崩れ始めていた。この場所はもう長くはもたない。

「う、うう……誰《だれ》か、助けて……」

　崩れ落ちる岩の下にかしの杖の少女の姿があった。

　岩が少女の足に落ち、その足は潰《つぶ》れ、身動きする事さえ出来なくなっていた。

「あら。あなた、下級魔法もろくに使えないくせに、魔獣の攻撃の中を生きていたの?」

「光壁《プロテクション》が間に合って……。でも、動けないんです。足が、潰れて……」

「ふうん、その様子じゃもうおしまいね。言ったでしょ、足手まといは助けないって。私は賢王級魔法の詠唱を始める。そのままそこでのたうち回っていなさい」

ベレニスは紅玉の杖を掲げた。白い光がその杖に向けて集まっていく。

「皆《みな》、私を援護しなさい！　賢王級魔法は発動させるまでに時間がかかるわ！」

ベレニスの命令に従い、生き残った兵士達も魔法の詠唱を始めた。

いくつもの魔法が三つ首の魔獣に放たれるが、魔獣はその全《すべ》てを弾《はじ》き飛ばしてしまう。

だが兵士達の攻撃はあくまでも時間稼《かせ》ぎ。全てはベレニスの使う賢王級魔法の為だ。

賢王級魔法は魔法兵団に入団した中でも特に優秀な者にしか会得《えとく》出来ないもので、その威力《いりょく》は絶大で巨大な龍《りゅう》ですら一撃《いちげき》で葬るとされている。

神々《こうごう》しいまでの光がベレニスの持つ紅玉の杖の先端で輝《かがや》く。

その眩《まばゆ》いまでの輝きは賢王級魔法の発動準備が整った合図。

「行くわよ！　これが賢王の生み出した最強の魔法よ！」

ベレニスの持つ紅玉の杖から強大な魔法が放たれた。

「真なる浄化の秘法《ホーリージャッジメント》!!」

神々しい白い光が三つ首の魔獣を包み込む。その光はあらゆる物を消滅《しょうめつ》させる浄化の光。

ベレニスは勝利を確信し、その口元を歪めた。

賢王級魔法で倒せない魔物《まもの》など存在していなかった——今この瞬間までは。

「嘘……そ、そんな馬鹿《ばか》な……」

聖なる光の収縮と共に目の前に広がる光景。

ベレニスの顔から血の気が失《う》せる。彼女は魔獣の姿を見上げながら驚《おどろ》き、一歩二歩と後ずさった。最強の魔《ま》法《ほう》ですら傷一つ付ける事の出来ない、三つ首の魔獣の姿を前にして。

その魔獣は巨体《きょたい》を揺《ゆ》らし、それぞれの首を動かし、周囲にいた兵士達に襲《おそ》いかかる。

必死にこの場から逃げ出そうとする者、魔法障壁を張って耐える者、どちらも出来ず食い殺される者。魔力《まりょく》を大量に使い疲弊《ひへい》しきった兵士達ではこれ以上の戦闘は不可能だった。

「べ、ベレニス様！　撤退《てったい》の許可を!!」

「くっ……撤退よ!!　総員、通路へ退きなさい!!」

ベレニスの声を合図に全ての兵士が逃げ出した——ただ一人を除いて。

「ま、待って……置いて、置いて行かないで!!」

かしの杖《つえ》の少女だけは逃げる事が出来なかった。

必死に逃げようとしても足は岩で潰されて一歩も動けない。

「ベレニス様……助けてください！」

少女の悲痛な叫びにベレニスは足を止める。そして振り返りながらにたりと笑った。

「ちょうど良いじゃない。あなたが餌になっている間に逃げる時間を稼げるわ」

少女は絶句した。ベレニスは少女を助けるどころか、入り口へと続く細い通路に魔法障壁で壁を作る。それは三つ首の魔獣の侵入《しんにゅう》を防ぐ為のものではなかった。

少女が逃げ出せないよう閉《と》じ込めて、少女を魔獣の餌にしている間に自分達が逃げる時間を稼ぐ為のもの。

「役立たずのグズにはお似合いの最後ね。さようなら」

ベレニスは笑いながら通路の向こうへと消えていった。

「あ、あ……あ」

取り残された少女は声にならない悲鳴をあげる。

その悲鳴に気付いた三つ首の魔獣は、必死にもがく少女に向けて大きな口を開いた。

少女はかしの杖で必死に抵抗《ていこう》した。何度も何度も魔法を放つ。自身の知る全ての攻撃魔法を使った。しかし、その魔法は魔獣に届く前に四散して消えてしまう。

恐怖に怯えながら魔法を詠唱し続けるが、それが何一つ意味のない事だと理解した。

そもそもベレニスの賢王級魔法でもびくともしなかった三つ首の魔獣を、かしの杖を介《かい》した魔法で止められるはずがない。少女はガタガタと震《ふる》えながら大粒《おおつぶ》の涙をこぼし、誰も助けがくるはずのない地下空間で絶望の底に沈《しず》んだ。

兵士達が投げ捨てていった何本もの松明が三つ首の魔獣を照らす。

「何も……見えなかったら、良かったのに……」

死の恐怖を前にして、少女がせめてもの抵抗に目を瞑《つぶ》った、その瞬間だった。

空洞の壁が凄まじい衝撃と共に砕《くだ》け散る。そしてその向こうから声が聞こえてきた。

「入り組んでて迷っちまった。ユキ、大丈夫《だいじょうぶ》か？」

「ぴい!!」

少女は目を開き、その声の方を見た。

砕けた壁の向こうから現れたのは魔獣ではない――人間だった。

少女は涙でおぼろげになっている視界を腕《うで》でぬぐう。

そしてその人物の姿をはっきりと見た。壁を砕いて現れたのは洞窟の外で魔獣から少女を救った青年と小さな白い龍――ネオンとユキだった。

彼らは迷路《めいろ》のように入り組む洞窟の中で少女の足取りをずっと追っていた。

そして魔獣との戦いによる振動《しんどう》を察知して、ひのきの棒で壁をぶち破りながら真っ直ぐに突き進《すす》み、ようやくこの空洞へと辿《たど》り着いたのだ。

「かしの杖の子。生きてたな、良かった」

「ぴいぴい！」

ネオンとユキが現れた直後、三つ首の魔獣はけたたましい咆哮《ほうこう》を轟《とどろ》かせる。

長い首を彼らに向かって伸《の》ばし、鋭い牙で激しく襲いかかった。

魔獣は瞬時《しゅんじ》に理解していたのだ。ネオンから溢れ出る恐ろしいまでの力に。

その一方でかしの杖の少女は、最弱の武器ひのきの棒を持つ青年の姿を見て、このままでは彼が食い殺されてしまうと、そう思って必死に声をあげていた。

「あ、あの人は……。お、お兄さん、逃げてください!! その魔獣は魔法兵団でも倒せなかった程の強大な魔獣で……!」

「逃げるかよ。俺《おれ》はお前を助けに来たんだ」

鋭い牙がネオンに襲いかかる。だが彼はその様子を涼《すず》しい顔で見ていた。

「何だこれ、邪魔」

ネオンがひのきの棒を振った瞬間。

「え……?」

少女は目の前で起こった事が信じられず呆然と呟《つぶや》いた。

鈍い音が響《ひび》くと同時に、ネオンに襲いかかった魔獣の頭の一本が粉々に飛び散っている。

ベレニスの放つ最強の魔法ですら傷一つ付かなかった魔獣の頭が、最弱の武器ひのきの棒の一撃で弾け飛んでいる光景をかしの杖の少女は目を点にしながら見つめた。

三つ首の魔獣の頭の一本がなくなり、魔獣は悲鳴に似た鳴き声を上げる。

そして残った二つの頭に魔力が集まり始めた。

魔法兵団の兵士達《たち》を消し飛ばした真紅の閃光が再び放たれようとしている。

ネオンは砕けたひのきの棒を捨て、新しいひのきの棒に手を伸ばした。

「そうか、こいつが平原で襲ってきたミミズの親玉か。こいつを倒《たお》せば一件落着って事だな。ユキ、少し離《はな》れてろよ」

「ぴぃ！」

ユキが岩陰《いわかげ》に隠《かく》れたのを確認《かくにん》してネオンはひのきの棒を構えた。

魔獣の鳴き声が轟き、放たれる真紅の閃光。

それをネオンはひのきの棒を振った風圧でいとも容易く消し去り、そして彼は魔獣に向けて跳《と》び上がる。残った二本の頭、その片方に向けて再び一撃を与える。

その衝撃でひのきの棒と魔獣の頭は粉々に弾け飛んだ。

「これで最後だ」

再び取り出したひのきの棒を振り上げ、最後の頭に全力の一撃を叩き込む。


――ドン。

渾身《こんしん》の一撃が轟く。

その衝撃は頭から胴体《どうたい》へと伝わり、魔獣の全身は爆発したように飛び散った。

肉片《にくへん》となって周囲に散らばる三つ首の魔獣。

そして地面へと着地するネオンの後ろ姿を見て少女は思った。


絶望的な瞬間に現れ、強大な魔物を一撃で倒す圧倒的《あっとうてき》な力。

自身の前に現れた青年の姿は、誰もが憧《あこが》れる勇者そのものだった。


ネオンは砕けたひのきの棒を投げ捨て少女のもとに駆け寄った。

「もう大丈夫だぞ」

彼《かれ》は優《やさ》しく声をかけながら少女の足の上に落ちていた岩を持ち上げる。

全身の切り傷は月光草《げっこうそう》の治癒《ちゆ》薬を塗《ぬ》って応急処置をしたが、足の方はかなりの重傷で大きな街の医者の元へと連れて行って治療《ちりょう》する必要がある。

「ぴぃ！」

そんな大怪我《おおけが》を負う少女に向けてユキが寄り添《そ》うように近付いた。

「ユキ、どうしたんだ？」

「ぴぴぃ！」

ユキは鳴き声を上げた後、少女の潰れた足を舐《な》め始める。

突然《とつぜん》の事に驚くネオン。それを止めようと慌ててユキを抱《だ》き上げて気付くのだ。

ユキに舐められた部分、少女の潰れた足がまたたく間に回復している事に。

「ユキ、この子の足を治せるのか？」

「ぴぃぴぃ！」

ユキはネオンの腕から飛び降りると、再び少女の足を舐め始めた。

その仕組みについてはネオンにも分からないが、ユキは舐めた相手の傷を治癒させる能力を持っているようで、少女の砕けた骨が、潰れた足が、元の綺麗《きれい》な状態に戻っていく。

やがてその顔色も良くなっていき、少女は回復した足でその場に立ち上がった。

「すごい……舐められた場所が綺麗に治って痛くも何ともないです！」

「ユキにこんな力があったなんて。偉《えら》いぞ、ユキ！」

「ぴー♪」

褒《ほ》められたユキは嬉《うれ》しそうに鳴いた後、尻尾《しっぽ》をぱたぱたと振ってみせた。

それから少女はネオンとユキに向けて深々と頭を下げる。

「あ、ありがとうございます！　二度も助けてくださって、怪我《けが》の治療までしてくれるだなんて。本当に……どうやってお礼したらいいか……」

「話の続きはこの洞窟《どうくつ》を出てからにしよう。こんな場所で立ち話するのもなんだしな」

「ここを出てからですか。でも……あたし達が来た道は魔法障壁で塞《ふさ》がれてしまっていて」

少女は魔法で塞がれた通路を見つめながら俯いた。

「魔法で塞がれているあの穴の向こうから来たのか？」

「はい、あそこが洞窟の入り口と繋《つな》がっているんです。兵士の皆さんもあの穴に向かって逃げていきました」

「そうか。じゃあ魔法兵団の連中はもう外に出られないかもな」

「え？」

「魔法ばんばん使ってただろ？　あの衝撃でいろんな場所が崩落《ほうらく》していて、入り口に通じていた穴はもう通れないんだ」

「それじゃあ、あの穴を通っても外には出られないのですか？」

「そういう事だ。崩《くず》れてなくなった入り口を求めて、迷路みたいに入り組んだ地下の洞窟を延々と歩き回るハメになる。それにミミズの魔獣もまだ残っているんだ。魔力を使い切った魔法兵団じゃ、全員が魔獣の腹の中に収まるだろうな」

兵士達が岩の下敷《したじ》きになっていた少女を置き去りにせず、助けようとこの空洞に残っていれば、ネオンが来た事で兵士達は生き残れたはずだった。しかし、か弱い少女を見捨てて自分の事だけを考えて逃げた結末は自業自得《じごうじとく》そのものだ。

遠い向こうから悲鳴が聞こえた。複数のミミズ型の魔獣が兵士達を襲っているのだろう。

魔法の衝撃が空洞まで伝わってきたがそれもすぐになくなる。

それは兵士達の魔力が完全になくなった証拠《しょうこ》。

そして最後に女性の金切り声が聞こえて洞窟の中は静かになった。

「あれが連中の末路だ。あいつらに優しい心があれば、その結末も違《ちが》ったはずなのにな」

「ぴい……」

少女を救おうともせずに見捨てた時点で彼らの命運は尽きていたのだ。

そんな兵士達の最後にすら心を痛め、顔を俯かせる少女の頭をネオンは優しく撫《な》でた。

「ともかくここを出よう。これ以上はここにいても仕方ないしな」

「でもどうやって出るのですか？　魔獣もいて入り口も崩れているのですよね？」

「俺が作った穴から戻る、そっちの方は魔獣もあらかた倒しておいた。新しい入り口もぶっ飛ばして作ればいい、行くぞ」

「入り口をぶっ飛ばして作るって……ちょ、ちょっと待ってください！」

少女は慌《あわ》ててネオンの後を追った。

ネオンが作った道は足元に大きな石が散乱していて歩きにくい。

「転ばないように注意しろよ、足場が悪い」

「は、はい！　気を付けま――あっ⁉」

ネオンが言った直後に少女は石に躓いて転んでしまう。

地面にぶつけてしまった鼻を赤くして、少女はそれを誤魔化《ごまか》すように笑ってみせた。

「……鈍《どん》くさいんだな、お前」

「あはは……はい、さっきもそれで囮《おとり》に使われちゃって」

「エリート意識の特に強い、魔法兵団の連中が思い付きそうな事だな」

「えっと、お兄さんは軍について詳《くわ》しいんですか？」

「まあな。十年前は帝都《ていと》で暮らしていて、軍の兵士に志願した事もある」

「そうだったんですね。でも、あんなにお強いのに兵士をされていないんですか？」

「兵士の道は諦《あきら》めた。お前も名前くらい聞いた事あるだろ？　ネオン・グロリアス、十年前にひのきの棒で戦う才能っていう、ふざけた祝福を与えられた落ちこぼれの話だ」

「知っています。私と同じように最弱の武器の祝福を受けた方、ずっとお会いしたいと思っていたんです！　じゃあまさか本当に、あなたがネオン様なのですか⁉」

「ああ、そうだ。俺がひのきの棒のネオンで間違《まちが》いない」

ネオンがそう答えると、少女は星のように煌《きら》めく青い双眼《そうがん》で彼を見上げた。

「ああっ、嬉しい。あたしを二度も助けてくれた方がネオン様だったなんて感激です！」

「感激って、ちょっ、手を掴《つか》まないでくれ！」

「あたし、セラ・テルチと言います！　もしよろしければ、あたしをネオン様の旅に同行させてもらえませんか？　あたしもネオン様みたいに強くなりたいんです！」

「強くなりたい、って言われてもな。俺はただひのきの棒を使って全力で殴《なぐ》ってるだけで。それにセラは魔《ま》法使《ほうつか》いだろ。俺は魔法の使い方なんて知らないぞ」

「それならネオン様みたいに、この杖でポカって殴ります！　あたしだってネオン様みたいに一撃で魔獣を倒せるくらいになりたいんです！」

どうしてもセラはネオンと旅をしたいようだった。しかし、彼女《かのじょ》は見習いであっても軍の兵士。ネオンとは敵対する関係だ。

「セラは聞いてないのか？　俺が帝国騎士団《ていこくきしだん》の兵士を一人ぶっ飛ばしたうえに、軍が狙《ねら》っている白龍《はくりゅう》を連れて逃げ回っている話を。今回はセラの事が気がかりで助けただけだ。本来なら俺はセラの敵、それを分かっているのか？」

「あたしは見習いです。帝国騎士団を倒した話も、軍が白龍を狙っている事も詳しくは知りません。あたし、強くなりたくて軍の兵士に志願したんです！」

セラはかしの杖をぎゅっと握《にぎ》りしめる。

「あたしは立派な魔法使いになりたくて、小さい頃《ころ》からずっとずっと魔法の特訓をしていました。でも武神様から与えられた祝福は、最弱の武器で魔法を扱《あつか》う才能……。だから諦めていたんです、魔法兵団の団長になる事を」

「セラ、お前……」

ネオンは思い出す。帝国騎士団の団長を夢見て、それが打ち砕かれたあの瞬間を。

絶望で全てが染まって見えて、彼は深い森の中へと逃げ込《こ》んだ。

そんな自分の姿とセラの姿が重なって見えた。

だから彼女を助けたいと強く願い、ネオンは暗い洞窟に飛び込んだのだ。

「俺に付いてくれれば、お前も軍から狙われる事になる。それでも良いんだな？」

「はい、あたしに戦い方を教えてください！　ネオン様のように強くなれたのなら……きっとあたしは夢を叶《かな》えられるはずなんです！」

セラには夢がある。それはこの世界の何処かにいる父親を見つけ出す事。

かしの杖しか使えなくなった事で、魔法兵団の団長になるという道は断《た》たれた。だが魔法兵団の団長という立場になって国の援助《えんじょ》を受けずとも、ネオンのように強くなり自由に世界を旅する事が出来るようになったなら、彼女の夢はまだ決して途絶えてなどいない。

ネオンはセラから強い意志を感じた。

少女の瞳《ひとみ》から感じる輝きに目を細める、それは眩《まぶ》しい程だった。

「俺は魔法が使えない。だからお前に戦い方は教えられない」

「そう……ですか。ですよね、こんな事、急に言われても……」

ネオンは壁の前に立った。松明《たいまつ》にしていたひのきの棒を壁に向けて振り上げる。

「でも、生き方なら教えられる。武神から最悪な祝福を与《あた》えられて、周りから蔑《さげす》まれて心が荒《すさ》んでいく。そんな残酷《ざんこく》な世界に抗《あらが》う方法なら、俺にでも教えられる。抗ったから今の俺があるんだ。セラだってその方法さえ分かればきっと強くなれる。だから――」

ネオンは目の前の壁を松明にしていたひのきの棒で叩き壊《こわ》す。

その瞬間、暗い地下空間に明るい光が差し込んだ。


「俺について来い」

ネオンはセラに向けて手を差し伸べる。

彼女はまるで太陽のような笑顔《えがお》でそれに応えた。

第三章

ネオン達は今、木陰《こかげ》の下で休んでいた。

ユキが草原を飛ぶ蝶《ちょう》を追いかけて遊んでいる様子を眺《なが》めながら、ネオンとセラは鞄《かばん》の中に入れていた赤い果実を頬張《ほおば》る。

しゃくしゃくと音を立てながら食べていく二人の表情は何処《どこ》か満足げだ。

「こうしてネオン様と旅が出来るなんて、まるで夢を見ているようです」

「夢を見ているよう……って大げさじゃないか？」

「大げさなんかじゃないです。同じような祝福を与えられたあたしにとって、ネオン様は憧れの存在ですから」

セラはそう言いながら柔《やわ》らかな笑《え》みを浮《う》かべる。

青い瞳を細めながらじっとネオンを見つめ、それから色々な話をしてくれた。

家族の話、仲の良かった友達の話、それから好きな食べ物について、趣味《しゅみ》の事など――。

そんな他愛《たあい》もない会話の中でセラは気になる話を口にする。

「本当にネオン様と出会えて良かったです。あとはネオン様に続いて、もう一人の方ともぜひお会いしてみたいですね」

「もう一人？　俺とセラ以外にも、最弱の武器で戦う才能を与えられた奴《やつ》がいるのか？」

「はい。今から五年前に石の斧《おの》で戦う才能を与えられた方が現れた、というお話です」

「石の斧……。そいつは今何をしている？」

「ネオン様のように帝都を出たそうです。その後の消息は分かりません」

「そうか、数百年も続く帝国《ていこく》の歴史で、俺達《おれたち》みたいなのは一度も現れた事はなかったはずだ。それが十年の間に三人……。やはり何か裏があるのかもしれないな」

「ネオン様はそれを調べる為《ため》に旅をしているのですか？」

「確かにそれも気になるが、俺の旅の理由はまた別なんだ。この国の皇帝《こうてい》に用がある。俺の住んでいた森を焼き払い、ユキを殺そうと奴は軍を動かしている。その理由を確かめる為に、俺はユキを連れて帝都に向かってるんだ」

「森を焼き払う……というと星の樹《き》の森ですか？　あたしが聞いていた話だと、白龍が帝国騎士団を追い払う為に放った炎《ほのお》で森が焼き尽《つ》くされたと聞きました」

「あのユキにそんな事が出来るように見えるか？」

草原の上を跳び回って蝶と戯《たわむ》れるユキの姿を見てセラは首を横に振る。

「あたしの傷を癒《いや》してくれたのを見て、優しい子だっていうのも知っています。とてもじゃないですがユキちゃんが森を焼き払うだなんて、そんなふうには見えないです」

「軍が森に炎を放ったんだ。ユキを殺す為にな」

「どうしてユキちゃんを狙う為にそこまで……」

「それを皇帝から直接聞き出すのさ。奴ならその全てを知っているはずだからな」

「長い旅になりそうですね。帝都はかなり遠いですし、今は至る所に『終末の魔獣《まじゅう》』が現れていますから、向かう道中も危険が多くなりそうです……」

「シュウマツの魔獣？　なんだそれ」

「ネオン様は知らないんですか？　さっきネオン様が倒したような凶暴《きょうぼう》な魔獣が帝国の各地に発生しているんです。軍の人達はそれを『終末の災厄《さいやく》』と呼んでいました」

「終末の災厄……か。俺は殆《ほとん》ど星の樹の森から出なかったからな。森の周辺にあんな不気味な魔物はいなかった。森から離れた場所はそんな事になっていたのか」

「はい、終末の魔獣が現れ始めたのは今から十年程前だと聞いています。凶暴で繁殖力《はんしょくりょく》が高く、いくら倒しても増える一方らしくて……」

「十年前……ちょうど俺がひのきの棒で戦う才能を与えられた時くらい、って事か」

「そういう事になりますね。終末の魔獣は年々増えていて、今やこの国にとって最大の脅威《い》と言われる程になっています。多くの兵士が終末の魔獣の討伐《とうばつ》に駆り出されているのですが人手が足りず、あたしのような兵士見習いの人の多くも駆り出されています」

「なるほど、それなら道中の危険も多くなる。ひのきの棒の補充《ほじゅう》が必要だな」

ネオンはひのきの棒の残数を確認する。よろず屋の店主からたくさんのひのきの棒を譲《ゆず》り受けたが、セラを助ける為にかなりの数を消費した。残りは決して多くない。

「この近くに村があります。そこで買っていくのはどうでしょうか？」

「俺とユキは村には入れない。お尋《たず》ね者だからな」

「それならあたしが買ってきます！　あたしがネオン様とユキちゃんと行動を共にしているのは、軍にだって知られていないはずですから！」

「良いのか？　そんな使い走りみたいな事させて」

「はい！　ネオン様のお力になれるなら、あたしどんな事でもやりたいんです！」

「じゃあお願いしよう。これで買えるだけのひのきの棒と、今後の食料を買ってきてくれ」

「分かりました！　行ってきます！」

ネオンが銀貨の入った袋《ふくろ》を手渡《てわた》すと、セラは近くにあるという村へ走り出した。

「俺は野宿の準備でも始めるか。いつもならひのきの棒を薪《まき》に使うが、そんな贅沢《ぜいたく》な使い方はもう出来そうにないな」

ネオンにとって唯一《ゆいいつ》の攻撃手段であるひのきの棒は消耗品《しょうもうひん》。終末の魔獣という驚異《きょうい》が大量発生している帝国を旅する以上、いくら安価で手に入りやすいと言っても無駄遣《むだづか》いは避《さ》けたいところだ。

蝶と遊び終えたユキがネオンのもとへと駆け寄ってくる。

「ぴいぴい」

「ユキ、手伝ってくれるのか？」

「ぴい！」

「ありがとう。それじゃあ薪になるものを拾いに行こう」

ネオンとユキはすぐ近くに見える小さな林の中へと向かう。

それから日暮れまで薪になる枯《か》れ木《き》を集め続け、ようやく焚《た》き火《び》を起こす事が出来た。

「近くにある、ってセラは言っていたけど……なかなか帰ってこないな」

ネオンとユキが夕暮れで赤く染まった景色を眺めながら、焚き火の横でセラの帰りを待っていると――馬の足音とそれに引かれる車輪の転がる音が聞こえてきた。

「ネオン様ー！」

老人が手綱《たづな》を引く簡素な荷馬車からセラが笑顔で手を振《ふ》っている。

荷馬車はネオンの前で停《と》まり、村で買った物を麻袋《あさぶくろ》に入れたセラが荷台から飛び降りた。

「ごめんなさい、ネオン様。近くの村だとひのきの棒が五本しか売ってなくて……」

「五本もあれば十分だ。それより、その馬車に乗ってきた爺《じい》さんは何者なんだ？」

「この方は村長様です！　凄腕《すごうで》の冒険者《ぼうけんしゃ》を探しているという話を聞いたので、ぜひネオン様にお会いしてもらおうと思って」

「いやいや、待て。凄腕の冒険者って……」

冒険者というのは国中の村や街を渡《わた》り歩き、住民達が抱《かか》える問題を解決する職業の事だ。

確かに言われてみれば冒険者に見えなくもない。

野宿する為のキャンプ用具、村を転々と移動する為に最適な軽装。

それに携《たずさ》えた武器——といっても冒険者も装備する事はない最弱の武器ひのきの棒だが。

ネオンは慌ててセラを引き寄せて耳元で囁《ささや》いた。

「俺がお尋ね者だって分かっているのか？　村長にそれを知られていたら……」

「それは大丈夫です。あの村にはまだユキちゃんの情報も、ネオン様が軍から追われている、というお話も伝わっていないのを確認しました」

「だからって、俺達は一刻も早く帝都に向かう必要があって」

「少しで良いので話を聞いてください、あの村の方すごく困っているらしいんです」

「おいおい、俺を勇者か何かと勘違《かんちが》いしてないか？」

「そこをなんとか……。村長様の話を聞いていたら居ても立ってもいられなくなって」

セラは青い瞳を潤《うる》ませて、すがるようにネオンを見つめてくる。

その話を聞いていたユキもネオンの足をつつき、セラへ同意するように鳴き声をあげた。

「ぴいぴい」

「ユキ、お前も村長の話を聞け、って言うのか？」

「ぴい！」

「……分かった、多数決で二対一だ。話は聞く、それからどうするかはまた別の話だが」

ネオンの言葉にセラとユキは顔を見合わせて喜んだ。

それから焚き火を囲んでネオンは村長の話に耳を傾《かたむ》ける。

村の近辺には『虹色《にじいろ》の神殿《しんでん》』と呼ばれる遺跡《いせき》があり、村人達は代々その遺跡を管理してきたそうだ。しかし、つい最近になって怪《あや》しい邪教《じゃきょう》の集団が遺跡を占拠《せんきょ》するようになり、村人達は近寄る事すら出来なくなってしまったらしい。

「遺跡に住み着いた邪教の集団を追い払え、というのが依頼《いらい》の内容か。だが、そういうのは軍に頼《たの》むものじゃないのか？」

「それが数ヶ月前に一度依頼《いらい》を出したのですが、兵士が派遣《はけん》される事はなく……。最近になって魔法兵団の方が平原に出向いたそうなのですが、その平原の任務が終わればまた更《さら》に重要な任務があるという話でした。その重要な任務が済めば私達の依頼を受けてくれるかもしれませんが……それではいつになるかも見当がつかず」

平原に向かった魔法兵団はセラを残して全滅《ぜんめつ》した。それを村長は知らない。

そして軍は終末の魔獣の討伐で人手不足だ。

村に新たな兵士が派遣されるのがいつになるのか、ネオンにも見当がつかなかった。

「軍の兵士はあてにならないと冒険者や傭兵《ようへい》を雇《やと》って、神殿に向かってもらったのですが返り討《う》ちにあってしまいまして」

「死んだのか、そいつらは」

「ええ、恐《おそ》らく……。唯一《ゆいいつ》戻《もど》ってきた冒険者の一人も傷だらけで虚《うつ》ろな表情のまま、ただ『紫《むらさき》に輝く龍《りゅう》』を見たと言い残し、村の外へと消えて行ってしまいました」

ネオンは足元でくつろぐユキを見た。

龍というのは遥《はる》か北にある龍王国という場所に住んでおり、人間の住む場所にやってくる事は殆どない。もしくはユキのように国を追われた隻眼《せきがん》の龍がはぐれ龍として各地に散らばっているが、それでも龍に出会う事は稀《まれ》だった。

そして龍というのは、赤龍《せきりゅう》、青龍《せいりゅう》、黄龍《こうりゅう》の三種族しかおらず紫の龍というのは存在していないはず。ただしユキのように純白の龍がいるのを見ると、例外的な龍が複数存在しているのかもしれない。

「ともかく邪教の集団は村が代々管理してきた神殿で何やら怪しげな事をしているようなのです！　どうかあの邪教の集団を追い払《はら》って頂けないでしょうか！」

村長が頭を下げる。その横でセラとユキが祈《いの》るようにネオンを見つめていた。

ネオンは仲間達の様子を見て小さな溜息《ためいき》をつく。

「セラ、ユキ。何度も言うようだが、この旅は人助けをする為のものじゃない。だからこの依頼を受ける必要はない。分かっているな？」

「はい……分かっています」

「ぴい……」

「だけど、今回は特別だ。俺がセラによく言っておかなかったのも悪かった。村長にわざわざこんな場所まで来てもらったしな。受けるぞ、この依頼」

その言葉にセラとユキは飛んで跳《は》ねるように喜んだ。村長も頭を下げて感謝を告げる。

「ありがとうございます、邪教の集団を排除《はいじょ》してくれましたら報酬《ほうしゅう》をお渡しします！」

「ああ、その報酬についてなんだが」

「金額の話でしょうか？」

「金はいらない。ひのきの棒を用意しておいてくれ、村にある分を全部だ。住民の家にある物もありったけ集めてきてくれ」

「ひ、ひのきの棒をありったけ……ですか？」

「ああ。ひのきの棒が足りなくなると旅が出来なくなるからな」

「わ、分かりました。村中の住民に声をかけ、ひのきの棒を全て集めてまいります！」

ネオンの変わった報酬に困惑《こんわく》する村長だが、依頼を受けてもらえた事に安堵《あんど》したようだ。

村長は目的地の神殿までの道のりが描《えが》かれた地図を手渡して村へ戻《もど》っていく。

それからセラは嬉しさを抑《おさ》えきれない様子でネオンに笑いかけた。

「ネオン様、ありがとうございます！　やっぱりネオン様は勇者様です！」

「俺は勇者じゃないって。今回の依頼も気分で受けた。それだけだ」

ネオンは焚き火を背にして、その場で横になった。

「明日の朝になったらすぐに出発するぞ。お前らも早く寝《ね》ろ」

「はい！」「ぴぃ！」

セラとユキが横になった後、ネオンは星々が煌めく夜空を見上げる。

ネオンは気分で受けた、と言ったがその実は違った。

依頼の内容がミミズの魔獣の討伐やら単に邪教の集団を追い払えというのなら、彼は依頼《より》を断っていただろう。だが気になったのだ、神殿に現れたという紫に輝《かがや》く龍《りゅう》の話。

学者から渡された本の通りなら、紫色《むらさきいろ》の龍とは本来存在しないもの。

その龍について調べれば、純白の龍であるユキがどうして軍から追われるのか、何か分かるかもしれないと思ったからだ。村長の依頼を受けたのはそれを確かめる為でもあった。

小さな寝息《ねいき》を立てて眠《ねむ》るユキを抱きしめた後、ネオンは明日に備えて夢の中へと意識を手放す。彼は深い夢の世界へと落ちていった。


真っ暗な空間が何処《どこ》までも続く不思議な世界で、ネオンは横になって眠っていた。

桃《もも》のような甘《あま》い香《かお》りを感じて彼はゆっくりと目を開く。

そこには純白の髪《かみ》を伸ばし、二本の白い角を生やした美しくも不思議な少女が、ネオンに膝枕《ひざまくら》をしながら優しく頭を撫でていた。目を合わせると少女はふわりと微笑《ほほえ》む。

左目は白く塗り潰《つぶ》されている。右目に宿る真紅《しんく》の瞳には慈愛《じあい》に満ちた光が浮かんでいた。

森が燃えたあの日に見た夢の中で、ネオンに語りかけていた少女が今もまたそこにいる。

柔らかな膝枕の感触《かんしょく》と子供をあやすような優しい手付き。ネオンはその温《ぬく》もりに包まれて、いつまでもこうしていたいと思った。だが、そんな幸せな夢は唐突《とうとつ》に終わってしまう。

声が聞こえて、体を揺《ゆ》さぶられるのを感じて――。

「――ネオン様、起きてください。もう朝ですよー？」

セラの声でネオンは飛び起きた。

「俺、ずっと寝ていたのか……？」

「お疲《つか》れだったのですね。昨日もあたしを助けるのに頑張《がんば》ってくれていましたし」

「すまない、俺とした事が……。そうだ、ユキはどうした？」

辺りを見回すがユキの姿がない。

もしかして寝ている間に何処かに行ってしまったのかと、ネオンは心配したのだが。

「大丈夫ですよ。ネオン様、ユキちゃんを枕《まくら》にして寝ていましたから」

「え……？」

さっきまでネオンの頭があった場所で、ユキがすぅすぅと寝息を立てて眠っている。

「俺、ユキを枕にしていたのか……」

「はい。ネオン様もユキちゃんも、それはもう気持ち良さそうに眠っていましたよ」

「ユキを枕にしたから、あんな夢を見たのか？」

「あんな夢、ですか？」

純白の髪の少女、ユキのように左目だけが白く染まった姿が頭の中に思《おも》い浮かぶ。

「……いや、夢は夢だ。ユキを起こしたら朝食にして、すぐに例の遺跡へ向かおう」

ネオンに体を優しく揺さぶられ、ユキは大きなあくびをしながら目を覚ます。

「ぴぃぃー」

ユキは体を伸ばした後、ネオンに向けてふわりと微笑んだように見えた気がした。


朝食を取ったネオン達は村長から渡された地図を頼《たよ》りに、虹色の神殿へ向けて進んでいた。草花の生えた広い草原の道、所々に小さな岩や木々があるだけで視界はとても良い。爽《さわ》やかな風を受けながらネオンは隣《となり》を歩くセラへ話しかける。

「そういえばセラはこの周辺の地理に詳しいんだな。村がある事も知っていたし」

「あたしは帝都出身ですけど、お母様の実家がこの近くにあって。それでこの周辺には何度か訪《おとず》れた事があるんです」

「今向かっている虹色の神殿については何か知っているか？」

「大地に生命をもたらしたとされる『三大神』を崇《あが》める為の神殿の事ではないでしょうか。この周辺にはまだ僅《わず》かに三大神信仰《しんこう》が残っているという話を聞いた事があります」

「三大神？　初めて聞いたぞ、そんなの」

「ネオン様が知らないのは当然です。今の帝国では戦いの神である武神を信仰しています。

武神を信仰するようになったのは数百年も昔の話ですから。あたしも帝国の歴史を研究していたお父様から聞いた話で、三大神信仰については殆どの方が知らないと思います」

「武神については幼い時から教えられていたが、ずっと昔は別の神様を信仰していたのか」

帝国が強大な軍事力を持ち始めたのは数百年前。当時の皇帝が武神と呼ばれる強大な神の召喚《しょうかん》に成功し、その時に武神と契約《けいやく》を交《か》わしたのが全《すべ》ての始まりとされる。

武神との契約によりもたらされたのが『武神の祝福』と『伝説の武器』であり、その二つの力は圧倒的で周辺の国をあっという間に侵略《しんりゃく》し、今の巨大《きょだい》な帝国を築いたそうだ。

大陸にあった複数の国家の殆どは帝国の支配下となり、人間よりも遥かに強大な存在であった龍族の国ですら遥か北にある極寒《ごっかん》の地へ追いやられたと聞く。

今の帝国が絶対的な力を持っているのは全て武神との契約によるもので、国の繁栄《はんえい》は全て武神に支えられていると言っても過言ではない。

そんな帝国の人々が三大神を忘れ、武神に信仰を向けるのは当然のようにも思えた。

「邪教の集団っていうのが何の神様を信仰しているかは知らないが、今はそれよりさっさと追い払って帝都への旅を続けよう。俺達の旅はまだまだ長いからな」

「はい！」「ぴい！」

元気良く返事をする仲間達を連れ、ネオンは神殿のあるという場所へ急いだ。

歩き続けると平原にいくつもの建造物の跡《あと》のようなものが見え始める。白い石で建てられたボロボロのそれは遥か昔の様式のようで、今の時代の建物とは異なっていた。

セラはその光景を目にすると、周囲にあった朽《く》ちた建造物に駆《か》け寄った。

「神殿の近くにあった集落、といったところでしょうか。朽ちて風化しているのを見るとかなり古い物のように思えます。他《ほか》にも似た物が近くにたくさんありますね」

「もしかするとここは今の帝国とは別の国の建物かもしれない。戦争が始まる前はこの大陸にはかなりの数の国があったって話だ。昔はここも立派な街だったのかもな」

ネオンが遺跡を見回していると、瓦礫《がれき》の隙間《すきま》に赤い何かが落ちているのを見つける。

それを拾い上げて思わず息を飲んだ、それはルビーのような赤い宝石だった。

掌《てのひら》の半分程《ほど》の大きさで、まるで炎をそのまま閉《と》じ込めたかのように煌めいている。

「わわっ、ネオン様。なんですか、それ！」

「星の樹の森でも見た事がない宝石だな……ん？　何か文字が書いてある……？」

手にした宝石の裏側にはネオンが言うように文字が刻まれていた。

『アリフェオン王国の友へと捧《ささ》ぐ――』

ネオンはその文字を読み上げて首を傾《かし》げた。

「アリフェオンか。聞いた事のない国の名前だな。友に捧げるってどういう事だ？」

「何か特別なものなのかもしれませんね。周囲が瓦礫になっているのに、こんなに綺麗な状態で残っていますし、実はものすごい宝石なのかもしれませんよ、ネオン様！」

「確かにそうかもな。せっかくだし持って帰るか」

世話になっていたよろず屋の店主に鑑定《かんてい》して貰《もら》えば、価値がある物かどうか分かるのだが、しばらくあの村には帰れそうにない。それまで大切に取っておこうとネオンは思った。

それからネオン達《たち》は再び歩き始め、その先で一際《ひときわ》目立つ大きな建物を見つけた。

朽ちてボロボロになっているが崩れてはおらず、誰《だれ》かが管理していた様子も残っている。

「あれが村長の言っていた虹色の神殿じゃないか？　虹色の要素は一つもないけどな、ただの石の建物って感じだが」

白い石材で建てられた大きな建築物。

太い円柱が四周を囲み、岩を削《けず》って作られた大きな屋根をその柱が支えていた。

ネオンは近付いてその建造物を見上げる、入り口の上には三つのエンブレムが彫《ほ》られているようだったが、風化してそれが一体何なのかまでの判別は付かない。

セラも続いてその彫刻《ちょうこく》を見上げるが、彼女はそれが何なのか知っているようだった。

「ここが三大神を崇める神殿だとしたら、あの風化したエンブレムに彫られているのは『妖精《ようせい》』と『獣《けもの》』と『龍』のものだと思います」

「それが三大神なのか？」

「はい、それぞれが大地に生命を与えたとされる神です。まず第一の神『妖精王ティターニア』が植物をこの世界に芽吹《めぶ》かせ、その次に第二の神『神獣《しんじゅう》アセナ』が動物を生み出しました。しかし、妖精の神と獣の神が生み出した生命は弱く、最後に第三の神『原初の龍バハムート』が力強く生きるよう、生命へ知恵《ちえ》や魔力《まりょく》を与えたとされています」

「龍の神か。俺《おれ》も本で読んだ事がある。原初の龍が天を裂《さ》いて現れて、その龍からたくさんの龍族が生まれたって話だったけどな」

「はい、ネオン様の仰《おっしゃ》るとおりです。今の龍族は全て龍の神、原初の龍の子孫にあたります。つまりバハムートはユキちゃんのご先祖様という事になりますね。龍族は神の血を色《いろ》濃《こ》く継《つ》いだ種族です、だから人間よりも遥かに強大な力を持っているんですよ。それにしてもネオン様が原初の龍についての知識も持っているなんてびっくりしました」

森で出会った学者からもらった本で覚えた事だった。ユキに出会わなかったら龍族について詳しく書かれたページを読む事もなかっただろうが。

「それにしても邪教の集団が居着いている、って話だったが人の気配はないな」

ネオンは周囲の様子を窺《うかが》った。

神殿の周囲から感じるのは小動物の気配くらいで人間や魔獣の気配は全くない。

邪教徒が住み着いたという話は、何かの間違いなのではないかとさえ思えてしまう。

「ぴー‼」

突然《とつぜん》、ユキが鳴き声を上げて神殿の中へ走り出した。

「どうしたんだ、ユキ⁉」

ネオンは慌ててユキを追いかける。それにセラも続いた。

神殿の中は瓦礫が転がっているだけで、やはりここにも邪教徒の姿はない。

「ぴぃ！　ぴぃぴぃ！」

ユキが神殿の中央にある大きな瓦礫の前で鳴いていた。

ネオンは鳴き止《や》まないユキを抱えあげる。

「だめじゃないか、ユキ。中に何があるのか分からないんだ、危ないだろ？」

「ぴぃ！　ぴぃー‼」

ユキはしきりに大きな瓦礫に向かって鳴き続ける。

セラはその瓦礫を不思議に思ったようで、近付いてその様子をじっと見つめ始めた。

「ネオン様、これ！」

セラは瓦礫の下を指差した。そこにネオンも視線を落とすと、瓦礫の下に何やら紋様《もんよう》のようなものが刻まれている事に気付く。

ネオンはユキを下ろし、その瓦礫を紋様の上からどかしてみるのだった。

「これ、魔《ま》法陣《ほうじん》か？」

瓦礫の下に刻まれた紋様はひと目見て魔法陣と分かるものだった。

魔《ま》法《ほう》は発動する際に詠唱《えいしょう》を必要とするが、予《あらかじ》め詠唱と同じ効果を持つ紋様を刻み、そこに魔力を込める事で簡単に術を発動させる事が出来る。発動の条件は術者が任意に設定可能で、戦闘《せんとう》ではその特性を活《い》かして罠《わな》のような手段に用いられる事が多い。

「間違いなく魔法陣です。複雑で何の魔法陣なのかまでは分かりませんが」

「邪教の連中が設置したものだとしたら発動させるのは危険だな。一旦《いったん》引き返して――」

ネオンがそう言って、入り口まで戻ろうとした瞬間《しゅんかん》。

「ぴい！」

ユキがその魔法陣の上に跳《と》び乗ったのだった。

「ユキ⁉」

魔法陣が光を放ち始める、それは刻まれた魔法の発動を告げる合図だ。

ネオンは魔法の発動からユキを守ろうと、その小さな体を抱《だ》きしめる。

強くなる光に全身を包まれて、そのあまりの眩しさにネオンは思わず目を閉じた。

「ぴぴい！」

ユキの鳴き声で目を開けると、そこには見た事もない景色が広がっていた。

黄色く発光する草木、宝石のように赤い輝きを放つ蝶が舞《ま》う。流れる水はオレンジ色に透《す》き通っており、その川を泳ぐ魚は緑色の鱗《うろこ》を持っていた。地面は藍色《あいいろ》で、転がる石は紫色、空だけが変わらず青く広がっている。

「今のは転移魔法なのか、そしてここが――虹色の神殿」

ネオンは呆然《ぼうぜん》とその場に立ち尽くしていた。

何処までも続く極彩色《ごくさいしき》の空間。地面に降りたユキは赤い蝶を追いかけて飛び跳ねる。

「ネオン様、ユキちゃん！　大丈夫《だいじょうぶ》ですか⁉」

遅《おく》れてセラも転移してきた。彼女もその瞬間に目を丸くして辺りの光景を見渡《みわた》し始める。

「ここが虹色の神殿……ですか？　とてつもない魔力の濃《こ》さです。ここは神殿というより聖域、と呼んだ方が良いかもしれません」

「聖域か。俺達は転移魔法で何処か遠くに飛ばされたんだな」

「そうですね。あの神殿はこの聖域と繋《つな》げる為に建てられたものなんでしょう。転移の魔法陣があったのもその為だと思います。こんな場所が世界の何処かにあっただなんて、目の前にした今でも信じられませんけど」

聖域、それは魔力の特に濃い場所に生じる特別な空間。

その魔力の濃さから空間の境目が曖昧《あいまい》で、この世界とは別の世界に干渉《かんしょう》してしまう事があるそうだ。その特性を利用し異界の存在を呼び出す際に利用される事もあるそうだが、異界の存在を呼び出すのは禁忌《きんき》として伝わっている。

「邪教の集団がどうして虹色の神殿に住み着くようになったのか分かったな。聖域を悪用して何かとんでもない事をやらかそうとしているんだろう」

「そうでしょうね。邪教というのならその信仰する神を呼び起こそうとしているのかもしれません。早めに邪教の集団を見つけて手を打たないと……」

ネオンは蝶を追いかけるユキを抱き上げた。

「ここに来てから俺達以外の気配を感じるんだ。その気配のする方へ急ぐぞ」

ネオンは人の気配を感じたという方向に走り出した。セラも慌《あわ》てて彼《かれ》の後を追う。

その先には三体の大きな彫像《ちょうぞう》が立っている。

転移前の建造物のように風化している様子もなく、空に向かって真《ま》っ直《す》ぐ延《の》びていた。

「あれが……三大神の石像か？」

「はい、間違《まちが》いないでしょう。あれは三大神を象《かたど》ったものだと思われます」

妖精の像、獣の像、龍の像が並んでおり、その像の真下に漆黒《しっこく》のローブをまとう複数の人間の姿が見えた。数は全部で八人、全員が像の前で祈りを捧げている。

「ユキはここで隠《かく》れていてくれ。戦いに巻き込むと危険だからな」

「ぴい！」

ネオンは黄色く発光する木々の後ろにユキを下ろした。

そしてセラと共に再び駆け出し、ローブの集団の近くで立ち止まる。

それに気が付いたのか、ローブを纏《まと》った男の一人がネオン達の方へと振り向いた。

「ほう、招かれざる客人か。儀式《ぎしき》の最中だというのにとんだ邪魔《じゃま》が入ったものだ」

その男の顔には複雑な紋様が刻まれ、動物の頭蓋骨《ずがいこつ》で出来た装飾品《そうしょくひん》で全身を飾《かざ》っていた。

「お前らが邪教の集団で間違いなさそうだな。何をやっている？　三大神様にお祈りか？」

ネオンが鋭《するど》い視線を向けると、邪教徒の男は不気味に笑うのだった。

「三大神に祈りだと？　馬鹿馬鹿《ばかばか》しい。我々は終末教。終末教が祈りを捧げるは世界に破《は》滅《めつ》をもたらす存在。この世は終末の魔獣によって終わりを告げ、新たな歴史が始まるのだ」

「あの気持ち悪いミミズの魔獣の事か。ならお前らが聖域を悪用して、そこら中にあの魔獣を放っているってわけだな？」

「あの程度の下等な魔獣を我々が呼び出すはずがないだろう。我々が呼び出そうとしているのはそう、もっと強大な存在！　偉大《いだい》なる存在によって生み出された最強クラスの魔獣！　その魔獣を召喚し、この世界に更なる混乱を引き起こすのだ！」

「へえ、随分《ずいぶん》と饒舌《じょうぜつ》じゃないか。洗いざらい話してくれるとは思わなかったぞ」

「ここに立ち入った時点でお前達が死ぬ事は決まっている。聞かせたところで何の障害にもならん、我々の偉大な計画を聞いて死ねる事に感謝するといい」

邪教徒達はローブの中からそれぞれ鋭利《えいり》な武器を取り出した。

対峙《たいじ》するネオンが取り出すのは一本のひのきの棒。セラも続いてかしの杖《つえ》を握《にぎ》りしめる。

二人が最弱の武器を構える様子を見て、周囲の邪教徒達は笑い始めていた。

「わっはははは！　何だ貴様ら、ここでチャンバラごっこでも始めるつもりなのか？」

「前回来た冒険者とは比べ物にならんな！」

「ごっこ遊びに構っている暇《ひま》はない、一瞬《いっしゅん》で片付けるぞ」

その嘲笑にネオンはもう慣れていた。最弱の武器を持つ姿を馬鹿《ばか》にされても何も感じない。見せつけてやればいい、最弱の武器を扱《あつか》う自分の強さがどれ程のものなのかを。

邪教徒達が刃物を手に襲《おそ》いかかってくるが、武神の祝福を受けていない連中の動きなどネオンにとっては躱《かわ》す必要すらないものだった。

ネオンはセラを守るように立ち、突《つ》っ込《こ》んできた男に向けてひのきの棒を叩《たた》き込む。

その衝撃《しょうげき》はローブの下に着込《きこ》んでいた鎧《よろい》すら貫通《かんつう》し、男は激しく宙へ吹《ふ》き飛ばされた。

今の一撃《いちげき》でひのきの棒が砕《くだ》けた直後、武器を失ったネオンへ二人の男が飛びかかる。

だがネオンは冷静に相手の動きを見極《みきわ》めながら、二人の男のローブを掴《つか》んでまるで棍棒《こんぼう》のように振り回し、周囲にいた他の邪教徒ごとぶっ飛ばした。

地面へと叩きつけられる邪教徒達はもがきながら何とか立ち上がる。

「こやつの動き、只者《ただもの》ではないぞ‼」

「あと一歩の所で我々の邪魔を……！」

「話と違《ちが》うではないか！　軍の兵士や優秀《ゆうしゅう》な冒険者は各地に現れた終末の魔獣討伐《まじゅうとうばつ》で、ここに来る余裕《よゆう》などないはずだぞ⁉」

ネオンの動きを見て邪教徒達は途端《とたん》に焦《あせ》り始める。

終末の魔獣の討伐で軍が人手不足になっているのはネオンも知っていた。

武神の祝福を受けた軍の兵士という脅威《きょうい》が現れる事はない。だから終末教は聖域を利用し、強大な魔獣を呼び出す絶好の機会だと計画を立てていたのだろう。

終末教の集団の中で最も多くの骸骨《がいこつ》の装飾《そうしょく》で飾っている男が口を開く。

「静まれ。既《すで》に我らは数ヶ月の準備のもと、召喚の儀《ぎ》の準備は済ませているのだ。以前の傭兵や冒険者が来た時はその一部しか召喚出来なかったが、今ならその完全体を呼び出せる。その後は転移魔法で外へと完全体を放ち、帝国中を焼け野原に変えるのだ」

男が刻印の入ったナイフを取り出すと、それに続いて他の邪教徒達も同じ刃物を構えた。

ネオンは邪教徒の言う召喚方法は分からない。

だが彼らの持つ刻印のされた刃《やいば》を見て嫌《いや》な予感がしていた。

「召喚なんてさせるかよ！」

ネオンは地面を蹴《け》り、その男に向かって飛びかかった、瞬間。

「もう遅《おそ》い」

邪教徒達は自らの喉《のど》を刻印の入った刃物で掻っ切った。

その光景にセラは思わず目を逸《そ》らすが、ネオンは倒《たお》れる邪教徒達から目を離《はな》さない。

邪教徒達の体から紫の煙《けむり》が立ち上り、それが三大神の石像の上へと集まっていく。

同時に青い空を黒い雲が覆《おお》い尽くし、辺りに激しい雷鳴《らいめい》が轟《とどろ》く光景をネオンは見上げた。

「召喚の発動方法がこれか」

強大な魔獣を召喚するのに必要なのは周辺の魔力と、召喚する者の願い、そして召喚者達の命。周辺の魔力が濃ければ濃い程、召喚する者の願いが強ければ強い程、命を断った召喚者の数が多ければ多い程、強大な存在を召喚出来る。

命を絶った召喚者の数は八人。そして雷鳴を纏う黒い雲を裂き現れる魔獣の姿は。

「八つ首の蛇《へび》の魔物《まもの》か」

空を覆う程の巨大な胴《どう》に八つの頭を生やす紫の大蛇《だいじゃ》がネオン達の前に降り立った。

ネオンはその禍々《まがまが》しい姿を眺《なが》めながら、村長の言っていた事を思い出す。

邪教の集団の排除に向かった冒険者や傭兵を返り討ちにしたという紫に輝く龍。

邪教徒は冒険者を追い払う際にその一部を召喚したと言っていた。

つまり冒険者の言っていた紫の龍の正体とはこの八つ首の大蛇だったのだ。

「当てが外れたみたいだな」

紫の龍について調べる事で、どうして軍が白龍《はくりゅう》であるユキを追うのか、その理由に繋がる糸口を掴めるのではないかとネオンは考えていた。

だが召喚されたのが龍ではなく蛇の魔物だというのなら話は別だ。

セラとユキを連れてここから避難《ひなん》しようと、ネオンは思ったのだが――。

八つ首の大蛇の鋭い眼光がネオン達を捉《とら》える。

大蛇は周囲に咆哮《ほうこう》を轟かせ、それは衝撃波《しょうげきは》となりネオン達に襲いかかった。

ネオンは咄嗟《とっさ》にセラの前に立って、その衝撃波を全身で受け止める。

ただの鳴き声だというのに全身を強く叩きつけられたかのような凄《すさ》まじい威力《いりょく》だった。

「……っ。セラ、大丈夫か？」

「あたしは大丈夫です！　ネオン様こそ大丈夫ですか⁉　ボロボロじゃないですか⁉」

「終末教の言っていた最強の魔獣っていうのを甘く見ていたのは確かだな」

「聖域の魔力が根こそぎなくなっています。おそらく彼らは長い時間をかけて聖域全体に巨大な魔法陣を刻み、聖域全ての魔力を利用してあの大蛇を召喚したんだと思います」

「異界の魔獣か……とんでもないものを呼び寄せてくれたわけだな」

ネオンは鞄《かばん》に手を伸ばす。

ひのきの棒の残数はちょうど八本。一度の攻撃《こうげき》でひのきの棒は砕けてしまうが、ストックしている八本全てを使えば大蛇の頭を全て破《は》壊《かい》出来るはずだ。

「セラ、いいか。お前は魔法でとにかく自分の防御《ぼうぎょ》に徹《てっ》しろ。大蛇の相手は俺がする」

「ですが、それではネオン様が……」

「任せとけ。このレベルにやばい魔物は初めて見たが、きっとどうにかなる」

「分かりました。死なないでくださいね、ネオン様……」

セラが魔法障壁《まほうしょうへき》を発動させた後、ネオンは八つ首の大蛇に向けて飛びかかった。

八つの首はそれぞれがまるで別の生き物のように動き回り、鋭い牙《きば》でネオンを喰《く》らおうと襲いかかる。ネオンは空中で体を捻《ひね》り、複雑に絡《から》み合う大蛇の攻撃を躱し続けた。

そして手に持ったひのきの棒を振り上げる。

ドン!!　という激しい音と共にネオンの一撃が大蛇の頭に炸裂《さくれつ》し、その凄まじい威力によって大蛇の頭の一本が肉片《にくへん》となり周囲に飛び散った。

「よし！」

ネオンは砕け散ったひのきの棒を投げ捨てながら確信した。

自身が放つ渾身《こんしん》の一撃なら八つ首の大蛇にも通用する。

粉々に飛び散った頭が再生する様子はなく、これなら残っているひのきの棒で倒す事が出来るとネオンは戦いの中で勝機を見出《みいだ》していた。

再びひのきの棒を取り出して、迫《せま》り来る二つ目の頭に向けて振り上げた。

叩き込まれた渾身の一撃は空を揺らし、その衝撃を大地にすら轟かせる。

大蛇の頭は肉片となって飛び散り、痛みにもがき苦しむかのように激しく暴れ始めた。

いける、最初はその姿に圧倒《あっとう》されたがこのまま行けば確実に――。

「――まさか⁉」

空中を舞いながらネオンは気付いた、大蛇の頭の動きに変化が現れている事に。

先程《さきほど》まではどの首も別々の生き物のように襲いかかっていた。だが、今はその全てが動きを合わせて一斉《いっせい》にネオンの方へ向き、同時に大きく息を吸《す》い込んでいるのだ。

そしてネオンには大蛇の狙《ねら》いが読めていた。

大蛇の今までの動きは『ネオンを捕食《ほしょく》対象』として見ていたに過ぎず、二つの頭を落とした事で彼は大蛇から単なる餌《えさ》ではなく『脅威』として認識《にんしき》された。

つまり大蛇は驚異を迅速《じんそく》に排除する為《ため》に、最強の攻撃を放とうとしているのだ。

膨大《ぼうだい》な魔力と共に真紅の光が残った六つの頭に集まっていく。

セラを助けた時に見た三つ首の魔獣《まじゅう》が放ったものと似ているが、集まっていく魔力の濃さは三つ首の魔獣とは比べ物にならない。

ひのきの棒を全力で振り、その衝撃波で大蛇の真紅の閃光《せんこう》を相殺《そうさい》する事は可能だろうが、ひのきの棒ではその衝撃に耐《た》えきれず粉々に砕け散るだろう。

そうなればひのきの棒が足りなくなり、この大蛇を倒す事は出来なくなってしまう。

これ程の魔物を野放しにすればどうなってしまうのか。想像も出来ないような悲劇が待っているに違いない――ここで仕留める、絶対に倒さなければならないのだ。

迫り来る大蛇の攻撃を前にしてネオンは覚悟《かくご》を決めた。

彼はひのきの棒を守ろうと全身に力を込めて身構える。

武器を失えば勝機はない。ひのきの棒だけは守らなくてはならないが、ネオンの全身が真紅の閃光に耐えられるのかは全くの賭《か》けだった。

そして大蛇から真紅の閃光が放たれ、ネオンを飲《の》み込もうとした、瞬間――。

「――光壁《プロテクション》!!」

声が聞こえた。同時にネオンは自身の周囲に起こっている異変に気付く。

ネオンの全身を包み込んだのは真紅の閃光ではなかった。

彼を包み込むのはガラスのように透き通った白い球状の光。

「セラ⁉」

ネオンの視線の先にはかしの杖を空へと掲《かか》げるセラの姿があった。

「良かった！　間に合いました！」

ネオンを真紅の閃光から守ったのはセラが展開した防御魔法《ぼうぎょまほう》、光壁《プロテクション》。

光の壁によって真紅の閃光は防がれ、それを見たネオンは再びひのきの棒を構える。

そこからは怒涛《どとう》の反撃《はんげき》だった。

次々と襲いかかる大蛇の攻撃を躱し、ネオンは渾身の一撃を叩き込んでいく。

大蛇は最後の足掻《あが》きと言わんばかりに暴れ回り、膨大な魔力の込められた真紅の閃光を何度も放つが、セラの光壁《プロテクション》は全ての攻撃を無力化していった。

ネオンの一撃が空中で何度も炸裂し、その度に大蛇の頭は肉片となり飛び散っていく。

そして彼は最後のひのきの棒を取り出した。


――ドン。

渾身の力を込めて放たれた最後の一撃。

その衝撃は大蛇の全身を肉片に変えただけではない、空を覆う黒雲すらも消し飛ばす。

勝利を祝福するかのように陽光が降り注ぐ。

そしてネオンは満面の笑顔《えがお》で駆け寄るセラと共に、勝利の喜びを分かち合うのだった。

※

――皇帝《こうてい》の間。

その玉座にはヒゲをたくわえた白髪《はくはつ》の老人の姿があった。

宝石があしらわれた黄金の冠《かんむり》を被《かぶ》るその老人は、レインヴォルド帝国《ていこく》を統《す》べる皇帝。

皇帝の前には軍をまとめる幹部の男が立っていた。

「陛下、平原の魔獣討伐に向かったベレニス・リペントとの連絡《れんらく》が途絶《とだ》えました。また同行していた兵士達の消息も不明となっています。周辺で白龍討伐《はくりゅうとうばつ》の任に当たっていた帝国《ていこく》騎士団《きしだん》の兵士クレント・ヴァーシェントから報告がありました」

「ふむ。ベレニス・リペント、紅玉の杖の使い手か。あやつは魔法兵団の四番手と、かなりの実力者であったはずだ。あの者の消息が分からなくなるとは」

「また魔法兵団が向かった平原の村で、ひのきの棒が買い占《し》められているという情報が入っています。やはりクレント・ヴァーシェントの報告通り、ベレニス・リペントの件も例の男が関係しているかと」

「十年前、我らの前に現れた最弱の武器の才能を与《あた》えられた者、ネオン・グロリアス。白龍討伐の邪魔だけでは飽《あ》き足らず、我《わ》が国《くに》の魔法兵団にまで手をかけるとは」

「ですが、陛下。あのベレニス・リペントがひのきの棒しか使えない男に負けるとはとても考えられない事です。平原の魔獣にやられたという可能性も……」

「ふん、事実など知った事か。奴《やつ》が魔法兵団を皆殺《みなごろ》しにした事にせよ。捕《と》らえた際の賞金に上乗せして構わん。一刻も早くあの者を始末し、白龍を討伐《とうばつ》せねばならんのだ」

「既にネオン・グロリアスおよび白龍の捜索《そうさく》の為に大規模な討伐隊を結成しております、いずれ捕《つか》まるでしょう」

「いずれ、では駄目《だめ》なのだ。白龍を野放しにしていれば我が国の存亡に関《かか》わる。あの龍の封印《ふういん》が解き放たれる前に討伐せねばならん。その為に星の樹《き》の森まで焼き払ったのだ」

「では、どうすれば良いのでしょうか、陛下」

「既にその方法を武神様は示されている、見よ」

皇帝はローブの下から青い水晶《すいしょう》を取り出す。

それは祝福の儀式でも扱われる特別な水晶で、武神との交信を可能にするものだった。

そして水晶の輝きと共に映るのは星空のような美しい世界。

そこに佇《たたず》む一人の女性が水晶を持つ皇帝へと語りかける。

『英雄《えいゆう》の力を使え』

その言葉に皇帝は力強く頷《うなず》いた。

「武神様のお告げの通りだ。帝国の秘宝に選ばれた英雄なら確実に白龍討伐の任を完遂《かんすい》出来るだろう。あの者達は今どこにいる？」

「聖剣《せいけん》の英雄は魔獣の討伐任務の為に大都市リディオンへ向かっており、聖槍《せいそう》の英雄と神《しん》弓《きゅう》の英雄も強大な魔獣と戦闘中。天斧《てんぷ》の英雄は帝都《ていと》周辺の防衛任務に当たっています」

「ならば神杖《しんじょう》の英雄はどうした？」

「神杖の英雄は帝都で魔法研究の最中であるはずですが、あの方はどうにも神出鬼没《しんしゅつきぼつ》でして。帝都の何処にいるかはっきりとまでは……」

「急いで探すのだ！　事は一刻を争う！」

「はっ！」

その命令で幹部が皇帝の間を出ようとした時だった。

「――大丈夫ですわ。既にわたくしはここにいます」

二人しかいなかったはずの皇帝の間に突然女性の声が響《ひび》いた。

石柱の陰《かげ》から姿を現すのは、純白のローブに身を包み、光の束を集めたような金色の髪をなびかせる美しい女性。

彼女《かのじょ》が持つ白金色に輝く杖こそが帝国の秘宝にして最強の魔法杖《まほうじょう》、神杖ヴァナルガンド。

「白龍討伐の任を与えられるのは知っておりました。故にこの場で待機しておりました」

「流石《さすが》は伝説の武器を与えられし者よ。武神様のお告げについても知っておったか」

「はい。帝国に仇《あだ》なす不届き者に天罰《てんばつ》を、そしてこの国に終末をもたらす白龍を、この神杖ヴァナルガンドで討《う》ち滅《ほろ》ぼせ、という事ですわね」

「うむ。おぬしならば必ず奴らの首を持って戻《もど》ってくると信じておるぞ」

「承知いたしました。この神の杖に誓《ちか》って、その成功を約束いたしましょう」

不敵な笑《え》みを浮《う》かべる神杖の英雄は再び影の中に溶《と》けていく。

ネオン達に最強の武器の使い手という最大の驚異《きょうい》が迫ろうとしていた。

——だが、そんな事を知る由もないネオン一行は。


「どんどん食べてください！　邪教《じゃきょう》の集団を排除《はいじょ》して下さった報酬《ほうしゅう》です、どうぞ！」

村に戻ってきたネオン達はテーブルに隣《とな》り合って、村長からのお礼を受けていた。

「あたし、こんなご馳走《ちそう》は久しぶりに見たので、食べ過ぎちゃうかもしれないです……」

「ぴぃぴぃぴぴぃぴぃぴぴー!!」

「あんまり食べ過ぎるなよ――とは言ったものの、これは確かに美味《うま》そうだな」

テーブルに並べられた豪華《ごうか》な食事を、セラとユキは目を輝かせながら眺めている。

報酬にひのきの棒だけでは申し訳ないと、村長が好意で振《ふ》る舞ってくれた料理だった。

村長は木のコップにぶどう酒を注ぎ、それをネオン達の前に並べた。

「村長、気持ちはありがたいんだが、酒なんて飲んだ事ないぞ」

「あ、あたしもです」

ネオンは森の中でずっと過ごしていたので酒などの嗜好品《しこうひん》に疎《うと》く、セラも真面目《まじめ》な性格でそういったものに縁《えん》がなかった。しかしユキだけは出されたぶどう酒に興味津々《きょうみしんしん》の様子で、尻尾《しっぽ》をふりふりしながら匂《にお》いを嗅《か》いでいる。

そんなネオン達を前にして村長は話を始めた。

「この度《たび》は本当にありがとうございます。セラさんの言っていた通り、ネオンさんは一流の腕前《うでまえ》をお持ちのようだ。達成困難だったあの依頼《いらい》をこうも早く解決して頂けるとは」

「はい、凄《すご》いんです！　終末教が召喚した大蛇も、ネオン様があっという間に――むぐっ」

ネオンは勢い良く立ち上がると慌ててセラの口を塞《ふさ》ぎ、村長に聞こえないよう彼女の耳元で囁《ささや》いた。

「セラ、あの大蛇については秘密にしておけって言っただろう」

「は、はい……つい舞い上がってしまって」

強大な魔獣を倒したネオンの実力が広まれば、遠方から依頼をしようとやってくる人間も現れるだろう。帝都へ急がなければならない状況《じょうきょう》でそれは避《さ》けておきたいものだった。

それにネオンは軍から追われる身、目立つ行動は取りたくない。

今回の依頼も終末教という邪教の集団を追い払《はら》った、という評価に留《とど》めておきたいのだ。

（どちらにしろ、八つ首の大蛇の話は信じてもらえそうにないけどな）

ネオンが八つ首の大蛇を倒した後、その亡骸《なきがら》は霧《きり》のように消えてなくなっていた。

今となっては八つ首の大蛇を倒したという証拠《しょうこ》はこの世界の何処《どこ》にも残っていない。

「それにしても……あの魔獣の攻撃を防ぐ防御魔法を使えるなんてな。正直驚《おどろ》いたよ」

「えへへ。五歳《さい》くらいの時から魔法の特訓を始めたおかげか、無属性魔法の光壁《プロテクション》だけは得意になったんです。でも、他の魔法兵団の方と違って属性魔法は苦手で……」

「属性魔法って火球《ファイアボール》とか、よく攻撃に使われるあの魔法か？」

「はい。あれは自分の魔力をその属性に変換《へんかん》して放出する魔法なんですが、あたしどうしてもその属性変換のプロセスが苦手で……。武神様から祝福を与えられれば使えるようになるのかなと思ったんですが、どんなに頑張《がんば》っても下級魔法ですら扱えませんでした」

セラは杖の祝福の仕組みについて詳《くわ》しく説明を始めた。

本来なら武神から杖の祝福を与えられる際に、その属性変換を扱う技術が大幅《おおはば》に上達する事で魔法兵団の人間はその全てが多種多様な魔法を扱えるようになる。しかし、かしの杖の才能を与えられたセラだけは、その技術が上達する事はなかったそうだ。

「その属性魔法とやらが使えなくても、あれだけの魔力を防げる魔法障壁を展開出来るんだ。それだけでも凄い事だと思うぞ」

「でも、変なんですよね。魔法兵団の皆《みな》さんは無属性魔法の方が扱うのは難しいと言っていました。無属性魔法は放出する際に魔力が凄く弱まってしまうそうで。なので無属性魔法はせいぜい防御魔法としてしか扱われません。あたしの得意な光壁《プロテクション》は下級魔《ま》法扱《ほうあつか》いですし、上級魔法以上となると光輝《ライトニング》の盾《シールド》などの防御魔法になりますが……効果の割には魔力の消費量が膨大で、身の危険が迫った時以外では滅多《めった》に使われないんです」

「魔法っていうのは難しいな。俺には魔法の学はないから、そうやってセラが魔法を扱えるだけでも凄く見えるよ」

「えへへ、ありがとうございます。今までの特訓が役に立って本当に良かった」

「ありがとうは俺のセリフさ。あの時はセラの魔法のおかげで助かった、礼を言うよ」

ネオンが感謝を告げながらセラの頭を優《やさ》しく撫《な》でると、彼女は目を細めて気持ち良さそうな表情を浮かべた。ふにゃりと頬を緩ませるその様子に、ネオンも笑みをこぼす。

そうやって仲睦《むつ》まじく話をする二人の姿を眺めながら村長が口を開いた。

「少しよろしいでしょうか、お聞きしたい事がありまして。ネオンさんはもう少しこの村に滞在《たいざい》していかれますか？　他にもいくつか依頼をしたいのです。報酬は弾《はず》みますよ」

「悪いな、村長。俺達《おれたち》は先を急いでいる。明日の朝には村を発《た》つつもりだ」

「そうですか……まあそうでしょうな」

村長は残念そうな顔をして肩《かた》を落とし、それから真剣《しんけん》な眼差《まなざ》しをネオンに向ける。

「ネオンさん、あなた軍から追われているのでしょう？」

「……っ、どうしてそれを⁉」

村長に知られているというのなら、既にここは安全ではない。

この豪華な食事も全《すべ》てはネオン達を村に留まらせる為の罠で、家の外には軍の兵士が潜《ひそ》んでいるのではないかと警戒《けいかい》するのだが。

「安心してください。あなた方は村で物資を買い集めた後、すぐに村を離れたと兵士には伝えてあります。彼らが村に来た時はようやく村の依頼を受けてくれると喜んだものでしたが、彼らはひのきの棒で戦う青年と、白い龍《りゅう》の情報を聞くと村を去っていきました。去り際にも村の為に力になって欲《ほ》しいと頼《たの》んだのですが、聞く耳を持ってはくれなかった」

軍は終末の魔獣の討伐や白龍討伐の任務を優先し、村人の依頼なんて何一つ受けてはくれない。ネオンが世話になっていた森の近くの村もここの村と似たようなものだった。

「終末の魔獣の被害《ひがい》は深刻ですが、私達の住むような小さな集落では他《ほか》にも問題が山積みです。以前は軍の兵士達も些細《ささい》な依頼でも協力してくれていたんですがね」

村長はぶどう酒の入った木のコップに手を伸ばし、それを一気に飲み干した。

「それに色々な冒険者《ぼうけんしゃ》にも頼みましたが、誰も邪教の集団を追い払えませんでした。八方塞がりで困っていたところにセラさんがやってきたんです。私達に一流の冒険者を紹介《しょうかい》してくれるという事でね、それを聞いた時はとても嬉《うれ》しかったんですよ」

「村長は村に来たばかりの誰かも分からない人間の言葉を信じたのか？　その後、軍の兵士が来たっていうのなら、身柄《みがら》の拘束《こうそく》に協力をした方が村にとっても得になるはずだ」

「あなたの言う通り、軍の兵士に協力する事も考えました。ですがこちらは別の可能性に賭ける事にしたのです。そう思わせてくれたのはセラさんのおかげですがね」

村長はセラが村を訪《おとず》れた時の事を思い出していた。

「セラさんから聞きました。魔獣から襲われた時にネオンさんは颯爽《さっそう》と現れて、魔獣から彼女を助けてあげたそうじゃないですか。セラさんは言っていましたよ。自分にとってネオンさんはかっこよくて尊敬する憧《あこが》れの勇者様なんですと。それはもう目を輝《かがや》かせて言っていてね、私はその目を見てセラさんの言う勇者様を信じてみたくなったんですよ」

ネオンは村長の話を聞きながらセラの方を見る。

彼女は顔を真っ赤にして恥《は》ずかしそうに俯《うつむ》いていた。

「はっきり言って今の軍の動きには何かときな臭《くさ》いものを感じています。リディオンという街では荒《あら》くれ者や盗賊《とうぞく》であった者など、戦力になりそうな者なら経歴問わず集めていると。全ては終末の魔獣を討伐する為とは聞きますがどうにも信用ならない。それならば純《じゅん》粋《すい》な少女の言う勇者であるあなたを、私達《たち》は信じてみようと思ったんです」

村長は上着の中から一枚の青い紙を取り出し、それをネオンへと手《て》渡《わた》した。

「私はあなたを信じて正解でした。あなたは邪教の集団を虹《にじ》色《いろ》の神殿《しんでん》から排除し、こうして無事に戻ってきた。あなたは明日にはこの村を発ち、また別の場所で困っている人の手助けをし続けると私はそう信じています。だからその紙をあなたに託《たく》そうと思うのです」

「村長、この青い紙は？」

「あなた方が帝都に向かっているという話はセラさんから聞いています。帝都にたどり着く為には、その道中で金色山脈《こんじきさんみゃく》を越《こ》えなくてはなりません。しかし金色山脈には凶悪《きょうあく》な魔人が住み着くようになったらしく、一般《いっぱん》の方の通行が禁じられている。その青い紙は冒険者の実力を証明するもので、それを見せれば金色山脈の道が開けるはずです」

ネオンにとって願ってもない事だった。

金色山脈を通らず回り道をすれば、帝都への道はずっと遠く険しいものになっていただろう。村長が渡《わた》してくれた証明書さえあれば、最短ルートで帝都に向かう事が出来る。

「それとこちらもどうぞ。村の木工職人に作らせたものです」

村長が差し出したのは背中に担《かつ》ぐ事の出来る大きめの木箱だった。

「軍はネオンさんが連れている白龍を追っているそうですね。その白い龍は長い旅では少し目立ち過ぎると思ったのです。人目のつく場所では木箱の中に隠れていてもらえれば、より安全に旅を続けられると思ったのですがどうでしょう?」

「村長、わざわざありがとう。助かるよ」

村長の言う通り、ユキの姿は目立ってしまう。帝都に向かうには大きな街にも寄りながらひのきの棒などの物資を買い集めて行かなくてはならない。かといってユキを置いて街に入るのも危険で、ネオンと行動を続ければいずれセラも軍から追われる事になるだろう。

そうなれば彼女を一人で買い出しに行かせるわけにもいかない。だが、この木箱さえあればあとは変装するだけで常に全員で行動を共にする事が出来るはずだ。

「旅の無事を願っております。今夜は我が家《や》での休息を楽しんで頂ければ幸いです」

村長の話が終わった後、静かに話を聞いていたユキがネオンにすり寄った。

嬉しそうに鳴き声をあげ、ネオンの肩に飛び乗って頬ずりをし始める。

「こらこらユキ、食事中だぞ？」

「ぴぴーい♪」

困り顔のネオンと甘《あま》えるユキ。その微笑《ほほえ》ましい光景にセラは頬を緩ませた。

「ユキちゃんもとっても喜んでいますね。これも全部ネオン様のおかげです。みんながこうやって笑顔でいられるのも、美味《おい》しい夕食を食べられるのも、旅が順調に進んでいるのだって、ぜーんぶネオン様が頑張ってくれたおかげです」

そう言いながら隣《となり》に座《すわ》るセラもネオンの肩に体を寄せる。

「ネオン様、お慕《した》い申し上げます。ネオン様は世界で一番の、憧れの勇者様です」

「そ、そんなことないって。俺《おれ》はただ、やるべき事をやっただけだ」

セラの真っ直ぐな言葉を聞いて、ネオンは照れくさそうに頬をかく。

最弱の武器を与えられたあの日から、こうして誰《だれ》かから褒《ほ》められる事はネオンにとって殆《ほとん》どなくて、それが何だかくすぐったい。けれど胸の中は心地《ここち》良《よ》さに満たされていく。

小さな村での小さな宴《うたげ》は優しくて温かな笑顔に溢《あふ》れ、それは夜遅《よるおそ》くまで続いたのだった。

第四章

「金色山脈《こんじきさんみゃく》。良質な鉱石が採れるという事で多くの鉱夫が働いている場所です。金色という名前の由来は採掘《さいくつ》出来る鉱石からではなく、色んな場所から噴《ふ》き出す瘴気の影響《えいきょう》で遠くから見ると山が金色に輝いて見えるからなんですよ」

セラのその説明を聞いて、ネオンは目の前に広がる山々を見上げた。

黄色の雲が覆い被さる大きな山脈。太陽の光が反射して黄金色《こがねいろ》に輝いているようだった。

村長の家で久々のご馳走と温かなお風呂《ふろ》、そしてふかふかのベッドでの熟睡《じゅくすい》を堪能《たんのう》したのは数日前。ネオン一行は金色山脈の麓《ふもと》に辿《たど》り着いていた。

フードを深く被り口元には布を巻いて変装を済ませ、山を登り始める為の準備は既に整えている。ユキは村長からもらった木箱の中でぐっすりと眠《ねむ》っており、ネオンはその木箱を背中に担いでいた。

「山から噴き出す瘴気か、それなら瘴気に気を付けて通らないといけないかもな」

「瘴気は僅《わず》かに毒性を含《ふく》んでいるそうですが、大量に吸い込んだとしても人体に殆ど影響はないそうです。鉱夫の方が長年の作業で不調を訴《うった》える事はあるそうですが、帝都に向かう為に通る程度なら無害と言っても大丈夫《だいじょうぶ》だと思います」

金色山脈の説明を聞きながら、ネオンはセラの博識さに改めて感心していた。

この地方で遥《はる》か昔に信仰《しんこう》されていた三大神の事や、これから向かう金色山脈についても様々な知識を持っている。魔法使《まほうつか》いではなく学者としての道を選んだとしても、その才能を発揮したのだろうなと思いながら彼女の話を聞いていた。

「金色山脈には殺生石《せっしょうせき》という大岩があるんです。遥か昔に伝説の魔獣が山に住んでいたらしくて、その魔獣が討伐された後に殺生石という大きな岩になったという伝承なんですが、瘴気が噴き出すのはその魔獣の怨念《おんねん》……という事らしいです」

「セラは凄いな。確か親父《おやじ》さんが学者なんだっけ。それも全部教えてもらったのか？」

「は、はい。以前もお話しましたが、あたしの知っているものというのは、その殆どがお父様から教えて頂いたものです」

「学者っていうのは凄いよな。俺が森で会った学者のおっさんも色んな事を教えてくれたっけ。あの人がいなければ薬学の知識もないまま、俺は森の中で野垂れ死んでいたかもしれない。セラの親父さんはどんな研究をしていたんだ？」

「あたしのお父様は、考古学だけでなく薬学、生物学や魔法《まほう》学など色々な分野に精通している凄い学者様だったと聞いています」

「ん？　なんだか親父さんについても、誰かから教えてもらったように聞こえるけど」

その言葉にセラは俯き、視線を地面へ落とした。

まずい事を聞いてしまっただろうか。ネオンがそんな不安を抱《いだ》いた時、セラは何処《どこ》か寂《さび》しげな表情を浮かべながら顔を上げて、やがて静かに口を開いた。

「すいません……ネオン様。あたし嘘《うそ》をついていました。以前に三大神のお話をした時も『お父様から聞いた』と言ったじゃないですか。あれ本当はお父様が残していった本を読んで覚えた事なんです。金色山脈についても同じで、この知識もお父様から直接教えて頂いたものではありません」

セラはローブの下から一冊の分厚い本を取り出した。

「お父様は世界中を旅していて、あたしが生まれた時も遠い何処かで研究を続けているとお母様から教えてもらいました。なのでお父様の顔もあたしは知りません。ですが、お父様の残したこの本をお父様の代わりだと思って、毎日ずっと読み続けていたんです」

「そうだったのか。セラにも複雑な事情があるんだな……変な事を聞いてすまなかった」

申し訳なさそうに頭を下げるネオンを見て、セラは慌《あわ》てて首を横に振る。

「気にしないでください、ネオン様。いつかはネオン様にも聞いて欲しいと思っていた事ですし、今こうやって自分の秘密を打ち明ける事が出来て良かったくらいなんです」

セラは父親の本を大事そうに抱《かか》え直し、それを見つめながら話を続けた。

「お父様は以前から終末の魔獣についても調べていました。終末の魔獣は従来の魔獣と全く違う性質を持っているようで、お父様は大陸を駆《か》け回りながら今も調査を続けています。こうしてネオン様との旅を続けていたら、案外ばったりお父様と会えるかもしれません」

「そうだといいな。帝都までの道のりは長い、これから色々な街や場所に寄っていく。セラの言う通り、何処かで親父さんとも会えるかもしれないな」

「はい、その時が楽しみです。ではそろそろ金色山脈を登り始めましょう」

笑顔のセラに手を引かれて、ネオンは金色山脈の登山口へと向かう。

登山口では山に登る為の手続きが行われているようで多くの人が並んでいた。その殆どが鉱夫や行商人で、門番と話をしているが誰もが山へ登る許可が下りずに引き返していく。

「村長様が言っていた通りですね。金色山脈に魔人《まじん》が住み着くようになって、危険だから通行の許可が下りないと」

「ああ。村長からもらったこの青い紙が役に立てばいいんだが」

冒険者としての実力を証明するという青い紙。

村長の話ではこれさえあれば金色山脈を登る事が許可されるそうだ。

ネオン達は登山口に入る為の列へと並ぶ。彼《かれ》らの番はすぐに回ってきた。

門番はじろじろとネオン達の姿を見る。ネオンは手配犯、既にこの集落にも軍からの手配書が回ってきており、厳重に身元を確認《かくにん》されるかもしれないと思ったのだが。

「駄目だねえ。悪いけどあんたらを通すわけにはいかないね。その身なりじゃ山に登ったところで魔人にぶっ殺されちまうよ」

門番はネオンの持つひのきの棒と、セラの抱えるかしの杖《つえ》を見て溜息《ためいき》をついた。

どうやらこの様子だと軍からの手配書は門番の手元にはまだ届いていないようだ。

「あんたらなあ、その武器じゃあ丸腰《まるごし》同然もいいとこだ。金色山脈に登るっていうのならもっとまともな武器を持たなくちゃならんよ。さあ帰った帰った、出直しな」

「これを持っていても駄目なのか？」

ネオンはそう言って村長からもらった青い紙を取り出した。

その紙を見た途端、門番は驚きに声音《こわね》を染める。

「あんたこれ、冒険者証明じゃねえか！　しかも青なら相当な腕前って事だ！」

さっきまでの態度と打って変わって大喜びで青い紙を受け取る門番。

彼はその紙をじっくり見ると、満足げに何度も首を縦に振った。

先程まで門前払《もんぜんばら》いしていた人間とは思えない程《ほど》に愛想《あいそ》の良い笑顔を見せている。

「ようやくあの魔人をぶっ倒してくれる凄腕《すごうで》が来てくれたって事かい、弱っちい武器を持ってるからって勘違《かんちが》いしてすまねえ！　門を開けるからちょっと待ってくれよな！」

喜ぶ門番から青い紙を返してもらったネオンとセラは笑顔で頷き合った。

それから大きな木製の門が門番の手によって開かれる。

こうして無事に入山許可を得た二人は金色山脈へと足を踏《ふ》み入れた。

「良かったですね、ネオン様。無事に金色山脈へ入る事が出来て」

「ああ、ひのきの棒にかしの杖。武器を理由に追い返される所だったが、村長からもらった冒険者証明のおかげで何とかなった。あの人には感謝してもしきれないな」

あの村で依頼をこなしていなければ、自分達は金色山脈へ入る事は出来なかっただろう。

二人は改めて村長に感謝しながら山道を登り始めた。

「残る問題は金色山脈に住み着く魔人とやらだな。魔人っていうのがどんなものかは知らないが、それが危険な存在だっていうのなら気を引き締《し》めていかないと」

「お父様の本に書いてあった通りなら、魔人というのはこの世界とはまた別の世界である『魔界《まかい》』に住む悪魔《あくま》と契約《けいやく》する事で、強大な力を得た人間の総称《そうしょう》だそうです。契約する悪魔が強力であればある程、契約者《けいやくしゃ》の力も増していきます。武神の祝福に似たような内容ですが、契約した際に悪魔の持つ邪悪《じゃあく》な性質も受け継《つ》がれてしまう為、肉体が悪魔のように変化したり精神に異常をきたして人間ではなくなってしまうそうです」

「人でありながら悪魔との契約で人の域を超《こ》えた者……。ちょうど良いじゃないか」

ネオンは帝都までの長い旅路の中で、伝説の武器を持った英雄達《えいゆうたち》と必ず対峙《たいじ》する事になる。金色山脈に住み着いた魔人が人の域を超えた強さを持つというのなら、その魔人との戦いで自身の実力が英雄達にも通じるかを確かめる事が出来るかもしれない。

そんな想《おも》いを秘《ひ》めながら山を登り続けていると、辺りに卵の腐《くさ》ったような臭《にお》いが漂《ただよ》い始めていた。見上げると黄色の瘴気が霧のように辺りを漂っている。

「これが瘴気か。そこまで有害じゃないらしいが、あまり長居はしたくないな」

「この先に山の向こうへ続くトンネルがあるはずです。そこに急ぎましょう」

ネオン達は急いで登山道を進んでいく。周囲の様子を眺めるが、この山には木々が生えておらずゴロゴロとした岩が転がる味気のない景色が続いていた。

「どうして魔人はこんな殺風景な場所にやってきたんだろうな」

「山から噴き出す瘴気が魔人にとって居心地《いごこち》の良いものなのかもしれませんね」

「魔人はこんな腐ったような臭いが好きなのか、やっぱり変わっているな」

そうして話をしながら進み続けると、ある場所を通り過ぎた途端《とたん》に瘴気が薄《うす》くなっている事に気付いた。霧のように漂っていた黄色の瘴気が次第《しだい》に晴れていく。

「この辺りだけ瘴気が薄いな、どうなっているんだ？」

「ネオン様、あれ見てください！」

セラの指差す先に大きな岩があるのが見えた。

その岩を中心に瘴気が消えて、澄《す》んだ空気が心地良い。

セラはその岩に近付き、その様子をくまなく調べ始めた。岩には紋様《もんよう》が刻《きざ》み込《こ》まれており、彼女はそれを見ながら父親が書いた本をぺらぺらとめくり始める。

「これがきっと殺生石です。お父様の本にもこれと同じ岩のスケッチがあります」

「どれどれ、俺にも見せてくれよ」

そのページには確かに目の前の岩と同じものが描《えが》かれていた。

殺生石、伝説の魔獣が岩と化したもの。

岩の中ではその魔獣が今も眠り続けている、と書いてある。

「この岩の中に伝説の魔獣っていうのが眠っているのか？」

ネオンはその岩にそっと手を触《ふ》れた。

——温かい。岩の中からどくん、どくん、と鼓動《こどう》のようなものが感じられた。本に記された通り、伝説の魔獣が眠っているというのは事実なのかもしれない。

そしてこの岩に触れていると心の底から落ち着くような不思議な感覚がある。

ネオンはこの感覚を知っていた。それはネオンが森の中で住処《すみか》にしていた星の樹の洞穴《ほらあな》の中にいた時に感じたもの、あの場所にいると全身から力が抜《ぬ》けて心が安らいだ。

「ネオン様？　ぼーっとして、大丈夫ですか？」

「あ、ああ。すまない、いつまでも殺生石を調べているわけにはいかないな。先を急ごう」

ネオンがセラを連れて殺生石から離《はな》れようとした、その時だった。

「——その身なり、冒険者？　よく来たわね、こんな所まで！」

ネオン達がその声の方に振り向くと、少し離れた場所に誰かが立っている。

そこにいたのは緋色《ひいろ》の長髪《ちょうはつ》を三つ編みにした褐色肌《かっしょくはだ》の女性。

その背には斧のようなものを担いでいた。

「お前が魔人か？」

「あー、もしかして麓の集落じゃそういう話になってるのかしら？　全くもう、山に登ってくる冒険者の相手を少ししたら、私を魔人呼ばわりして逃《に》げてしまうんだもの。それにあんたも私が魔人に見える？　どう見てもただの人間でしょ？」

セラの言っていた魔人の特徴《とくちょう》、それは契約した悪魔の邪悪な性質によって肉体に変化が表れ、姿形も悪魔のようになってしまうというものだった。しかし、緋色の髪《かみ》の女は至って普通《ふつう》の人間そのもの。

ネオンはその様子に大きく肩を落とした。

「魔人がいるって聞いていたのに、ただの人間だったのか。期待していたのにがっかりだ」

ネオンは緋色の髪の女性に背を向けて、そのまま登山道に戻り始める。

「ちょ、ちょっと！　あんた達、何処に行こうっていうのよ⁉」

「さっさと山を抜けるんだよ、俺は魔人に用があったんだ。自分の実力を確かめる為にな」

「実力を確かめる為、ねえ。それなら私があんたの実力、確かめてやってもいいわよ！」

「悪いが、俺が戦いたいのは人の域を超えた強さを持つ相手で――」

「――それなら、私がぴったりだと思うけど！」

緋色の髪の女が地面を蹴《け》った瞬間《しゅんかん》、彼女は既《すで》にネオンの眼前に立っていた。

彼女は武器を振り上げる、その武器は太い木の枝の先端《せんたん》に縄《なわ》で石を縛《しば》り付けて作った斧。

「ネオン様⁉」

「大丈夫だ、セラ。お前は手を出すな」

ネオンは瞬時《しゅんじ》に彼女の攻撃《こうげき》を躱《かわ》してみせる。振り下ろされた石の斧が山の斜面《しゃめん》に大穴を開け、それと同時に縛り付けてあった石の刃《やいば》は粉々に砕《くだ》け散っていた。

「今の攻撃を躱すとかやるじゃないの！　いいわ、燃えてきた！」

緋色の髪の女は嬉々《きき》とした表情でネオンを見つめる。

彼女は周囲に落ちていた石を拾い上げ、それを太い木の枝にすぐさま縛り直した。

「ネオン様、もしかしてあの方は……！」

「ああ、こんなに早く会えるとは夢にも思わなかった」

石の斧――製鉄技術の進歩によって廃《すた》れてしまった原始的な武器。今となっては木の伐《ばっ》採《さい》にすら使われず、戦闘《せんとう》においても紛《まぎ》れもなく最弱とされる武器の一つだ。

そんなものを愛用する変わり者はこの世界で一人しかいない。

彼女は五年前、武神から最弱の武器『石の斧で戦う才能』を与えられたのだ。

ネオンはユキの隠《かく》れている木箱をセラに預けると鞄《かばん》の中へ手を伸ばす。

対峙する緋色の髪の女性に向けて、彼もまた最弱の武器ひのきの棒を構えた。

「ええぇ？　剣《けん》とかないの？　ひのきの棒って冗談《じょうだん》でしょ？」

「お前もそうだろ。石の斧って、原始人が使うような武器じゃないか」

「私はこれしか使えないのよ！　使えるならもっと頑丈《がんじょう》な斧を使うわ！」

「そうか。やっぱりお前も俺達と一緒《いっしょ》か」

「一緒？　それならあんたも最弱の武器の才能を武神から？　だからひのきの棒なんて使ってるわけ？」

「そういう事だな。俺は『ひのきの棒で戦う才能』を、隣の女の子は『かしの杖で戦う才能』を武神から与えられたのさ」

「へえ、私以外にも居たなんてびっくりね。かしの杖に、ひのきの棒。ん……ひのきの棒？」

女は何かに気付いたようにネオンの姿を見つめ始める。

石の斧を持つ女の瞳《ひとみ》には驚きと喜びが入り混じっているように見えた。

「うそ……。あんた、五年前の勇者様？」

「は？　勇者様？」

突然《とつぜん》の勇者という言葉にネオンが首を傾《かし》げた瞬間だった。

彼女は石の斧を構え直すと、再び地を蹴りネオンへ襲《おそ》いかかる。

「どうして襲ってくる⁉　最弱の武器の才能を与えられた者同士、俺達が戦う理由なんてないはずだ！」

「あんたにはないかもしれない！　でも私にはあるのよ、あんたが五年前に私を助けてくれた、あの勇者様なのか確かめる為《ため》にもね！」

「何の話なのか知らないが、本当に戦うつもりなら俺は石の斧相手でも手加減しないぞ！」

「いいわよ、全力でかかってきなさい！」

女は体を回転させながら石の斧に遠心力を加えて、激しい勢いでネオンに飛びかかった。

その一撃《いちげき》はネオンを捉《とら》え、彼の腹部へと叩《たた》き込まれる。

ネオンは後方へと吹《ふ》き飛ばされるが、痛みを感じる仕草も見せずに軽々と着地した。

「私の一撃が全く効いてないなんて。やっぱりあんたはあの勇者様……？」

「さっきから何で俺を勇者呼ばわりする？　わけが分からないぞ！」

「忘れているのか、別人なのか。ううん、考えるのは後。ともかく戦えば分かる事よ！」

緋色の髪の女は再び石の斧を振り上げた。

凄《すさ》まじい速さだった。その速度は常人を遥かに凌駕《りようが》し、並の戦士では反応さえ出来ない程のもの。しかし、いくら速かったとしてもネオンにはその動きが完全に見えていた。

横薙《な》ぎに放たれた石の斧を容易《たやす》く避け、ネオンは再び緋色の髪の女との距離《きより》を取る。

「凄い、私の動き……完璧《かんぺき》に見えているのね！」

「何言ってんだ。もっと速く出来るだろ、手加減してるのバレバレだぞ」

「今のでそこまで分かるの？　ふふ、嬉しい。ドキドキしてきちゃった！」

女は再び石の斧を構える。すると女の体から赤い光のようなものが溢れ始めていた。

それは『闘気』と呼ばれるオーラ。視覚化される程の闘気はそれだけ密度が濃《こ》く、その人物の実力が高い事を証明している。その闘気を利用する事で肉体の防御力《ぼうぎよりよく》を向上させたり、武器に用いれば威力《いりよく》は数倍にも膨《ふく》れ上がる。

「凄い闘気だな。それを見て山に来た連中は、お前を魔人と見間違《みまちが》えたってわけか」

「この闘気を見た途端、この前の冒険者もその前も、その前の前も尻尾巻いて逃げてしまったの。あいつらと違《ちが》ってあんたは全く動じない、流石ね！」

女が斧を振り上げると、赤い闘気が石の刃に集まっていくのが見えた。

渾身《こんしん》の一撃で勝負を決めようとしているのだろう。

「この一撃で全てを確かめる。あんたがあたしを助けてくれたあの勇者様なのか。もし私が思っている通りなら、全力の私なんて簡単にやっつけちゃうはずよね！」

「勇者様じゃないって。でも全力で来るっていうなら俺も遠慮《えんりょ》しない、腰を抜かすなよ」

「ふふっ、望むところよ！　それじゃあ行くわっ‼」

女の体が闘気によって赤く輝いた、彼女は全力を込めた石の斧《おの》の一撃を放つ。

そしてネオンも迫《せま》りくる女に向けて、渾身の力を込めてひのきの棒を振り上げた。

二人の全力がぶつかり合おうとする瞬間。

「――あっ」

女は声を漏《も》らす。眼前に迫るひのきの棒を見て感じたのだ。自身の振る石の斧よりも遥かに速く繰《く》り出される一撃。それがどれ程の威力を秘めているのか瞬時に理解する。

自身に迫るひのきの棒が、空を覆《おお》い尽《つ》くす程の巨木《きょぼく》に見え、自分がその一撃の前では全く無力である事を感じ取った。

そして、その先にあるのは――絶対の敗北。

だが彼女《かのじょ》は何処か清々《すがすが》しい気持ちになっていた。

自分は今負けようとしているはずなのに心は満たされていく。

彼の放った一撃は紛れもなく、彼女が待ち望んでいたものだったからだ。

そしてひのきの棒の一撃が振り下ろされる直前――。

「――ほらな。腰抜《こしぬ》かさないように、って言っただろ」

ひのきの棒は彼女に触れる寸前で止まっていた。

女はその光景を眺《なが》めながら、ぺたりとその場に崩《くず》れるように腰をつく。

彼の凄まじい一撃を前にして全身の力が抜けてしまったのだ。

そんな彼女に向けて、ネオンは笑みを浮かべながら手を差し伸べた。

その手を取って立ち上がり、女は五年前の光景を思い出す。

「あの時に似ているわね。五年前もあなたはこうして手を差し伸べてくれたわ。魔物《まもの》に襲われて動けなくなった私を助けてくれて、それで……」

「悪いな、覚えてない。でも人違《ひとちが》いじゃないんだろうな」

「そうね、人違いじゃないわ。あなたは私を助けてくれた勇者様、ずっとあなたの背中を追いかけて私は強くなろうと思ったの」

「俺を追いかけて強くなろうとした……か。凄かったよ、石の斧でここまでやれるなんて。どれくらい修行《しゅぎょう》したんだ？」

「五年よ。石の斧で戦う才能を与《あた》えられてから、金色山脈にこもってずっと修行してたの」

「なるほどな、俺も星の樹《き》の森で十年修行したんだ。お前も相当頑張ったんだな」

「あなたに比べたら全然よ、だって何一つ通用しなかった。私の思い出のまま、あなたは誰よりも強くてかっこいい。ふふっ、負けちゃったのに嬉しすぎてドキドキしてる」

「負けて嬉しいって変な奴《やつ》だな。顔も真っ赤になってるし」

「当然でしょ、だって好きな人に負けたんだから」

「え……？　好きな人？」

突然の言葉に戸惑《とまど》うネオン。しかし、その意味を尋《たず》ねるより先に女は言葉を続けた。

「自己紹介がまだだったわね。わたしはルージュ・アルトバルよ」

「俺はネオン・グロリアス。最弱の武器の才能を与えられた者同士、よろしく頼むよ」

「うん、よろしく。そう、ネオンっていうのね。すごく素敵《すてき》な名前」

ルージュが優しく微笑んだ直後だった。

柔《やわ》らかな感触《かんしょく》がネオンを包み込む。それはとても心地《ここち》の良い温《ぬく》もりであり、鼻腔《びこう》をくすぐる甘い匂いがネオンの思考を停止させた。

一瞬《いっしゅん》何が起きたのか分からず、その温もりを確かめようとすると——自分がルージュから抱き着かれている事に気が付いた。

「ちょっ……⁉　いきなりどうして⁉」

「えへへ、だってこうしないと分からないでしょ？」

「わ、分からないって……何が⁉」

「もう、鈍《にぶ》いわね。私がどんな思いでこの五年間を過ごしてきたかって事」

そう言いながらルージュは甘える猫《ねこ》のように体をすり寄せてくる。

そんな二人の様子を見ていたセラは慌ててルージュを止めに入っていた。

「ちょ、ちょっと！　あなたネオン様に一体何をしてるんですか⁉」

「ふふんっ。お子様ね、慌てちゃって。いい子にして見てなさい」

赤くした頬、潤《うる》んだ瞳、そして艶《つや》を帯びた唇《くちびる》でルージュは告げた。

「ネオン、私はあなたの事が好き、結婚《けっこん》して欲しいの」

「え、ええっ……⁉」

予想だにしない突然の告白に、ネオンはただ呆然《ぼうぜん》と立ち尽くす。

そんな彼に向けてルージュはもう一度、愛の言葉を囁《ささや》いた——。

「——愛してるわ、ネオン」

※

「てやあああ!!」

ルージュの声が響《ひび》く。現れた動物型の魔獣《まじゅう》の頭蓋《ずがい》を彼女は石の斧でかち割っていた。

「どう？　私ってば戦力になるでしょ！」

「凄《すご》いです、ルージュさん。石の斧であんな大きな魔獣を倒《たお》しちゃうなんて！」

「ぴいぴい！」

石の斧を持ってポーズを取るルージュを見てセラは拍手《はくしゅ》する。

続いてユキも嬉しそうに鳴き声を上げていた。

「ルージュさんがこうして旅に同行してくれる事になって、とっても心強いです！」

「えっへん！　どんな奴が来ても私の石の斧で返り討《う》ちにしてみせるわ、任せなさい！」

あれから色々な話をしたネオン達。

彼らの旅の理由を聞いたルージュは自分も一緒に付いていくと言い出した。

初めは驚《おどろ》いたものの同じ最弱の武器を使う者同士、これも何かの運命だとその申し出をネオン達は快く受け入れる。

ひのきの棒を使うネオン、かしの杖を使うセラ、石の斧を使うルージュ。

最弱の武器に選ばれた三人は、こうして一堂に集まる事となったのだ。

「ルージュ、昨日も話した通りだ、俺達は軍に追われている。一緒にいればルージュの身にも危険が及《およ》ぶはずだ。もし何かあった時は――」

「大丈夫よ、覚悟《かくご》の上だから。好きな人に付いていく、私は私のやりたいようにやるだけって言ったでしょ。それにネオンは私の将来の旦那様《だんなさま》、放っておいたら他の女に引っかかるかもしれないし！」

「将来の旦那様って。俺は昨日しっかり断ったぞ」

「断られても次があるでしょ？」

「断られたら次の人にいかないか？　普通」

「次の人なんていないわ。私はネオン一筋。ずっと一緒にいるつもりよ！」

そう言ってルージュはネオンに抱きつくのだが、その様子を見ていたユキはネオンの頭に乗っかって鳴きながらルージュを威嚇《いかく》し始める。

「ぴい！　ぴぴい！」

「あら何よ、ちび龍。ちっちゃいくせにヤキモチ妬《や》いてるわけ？」

「ぴぴ！」

「あんたがどれだけネオンの事が好きでも私は負ける気しないわよ！　ベーっだ！」

「ぴーっぴ！」

ルージュが舌を出してユキをからかうとユキも舌をベーっと伸ばして返す。

そんな様子を眺めながらネオンは苦笑いを浮《う》かべるのだった。

「軍に追われているとは思えない緊張感《きんちょう》だな……」

金色山脈のトンネルを抜け無事に下山したネオン達。

山の反対側の麓にも集落があり、山を下りてきたネオン達を見た集落の代表は、凄腕の冒険者が山に居着いた魔人を倒したと勘違い。

集落の代表はお礼にお金の詰《つ》まった革袋《かわぶくろ》を渡そうとしたが、ネオンはそれを断ってひのきの棒だけを買い占《し》めて集落を出ていった。

本音を言えばゆっくりさせてもらいたかったが、ネオン達は軍から追われる立場だ。

以前の協力的な村長の村ならともかく、麓の集落での長居は難しいものだった。

「それにしても魔獣が多いですね。帝都《ていと》に近付くにつれて、どんどん増えていきます」

「セラの言う通りだな。一体この国に何が起こっているんだか」

「何体出てきても私が全部返《かえ》り討ちにしてみせるわ！」

「ぴいぴい！」

呑気《のんき》な様子だったが、魔獣が出ればネオン達はすぐさま臨戦態勢へと入る。

武器を構え、現れた魔獣に叩き込まれるひのきの棒と石の斧、かしの杖からは魔法《まほう》による援護《えんご》が入る。彼らの前ではどんな魔獣が現れようとも相手にならない、旅は順調だった。

だがその道中で、ある異変が起こり始めていた。

「また魔獣ね。本当にきりがないんだから！」

「見た事のない魔獣だな。帝都に近付いているからか？」

それは人よりも遥かに大きい、金色の毛皮に覆われた狼《おおかみ》のような姿をした魔獣だった。

「それにしても、こいつら一体何処《どこ》に隠れてたんだ？」

「ネオン、魔獣っていうのは何処からでも現れるものでしょ」

「いや、様子が変だ」

「心配しなくていいわ。こんな奴、ネオンの手を煩《わずら》わせる必要もない、私に任せなさい！」

ルージュは石の斧を構えて、金色の狼に飛びかかる。狼は牙《きば》を剥《む》き出してルージュに襲いかかるが、彼女はそれを軽々と躱して石の斧を叩き込んだ。

狼の頭蓋を叩き割《わ》る石の斧、金色の狼はその場に倒れ――まるで煙《けむり》のように消えた。

「全くもう！　消えてなくなるなんてどうなってるのかしら、この魔獣は！」

その様子を見ていたセラが口を開く。

「今の狼、召喚獣《しょうかんじゅう》ではないでしょうか？」

セラはその金色のオオカミに見覚えがあったようだった。

「召喚獣って何かしら？　魔獣とは違うの？」

「はい。一見すると魔獣のようですが、その正体は魔力《まりょく》の塊《かたまり》で、呼び出した術士の言う通りに動く人形のようなものです。以前にネオン様と大蛇《だいじゃ》の姿をした召喚獣を退治しましたが、その時も今のように煙になって消えてしまいましたよね」

「ああ、俺もそう思う。煙になって消えていく様子はこの前のものと同じだ。それにこの魔獣は気配もなく突然現れていた。これが召喚獣だっていうのなら合点《がてん》がいく」

ネオンは背後からまた突然の気配を感じた。

振《ふ》り向くと金色のコウモリのような魔物がセラに向かって飛んでいく。

「セラ、後ろ！」

ネオンが声を上げて、ひのきの棒でそのコウモリを叩き落とそうと構えた瞬間。

「大丈夫です、ネオン様！　これくらいならあたしでも！」

セラの持つかしの杖に魔力が集まっていく。

「光壁《プロテクション》！」

突然現れた光の壁を避《さ》ける事が出来ず、金色のコウモリは勢い良くその壁にぶつかった。

そしてそのまま霧《きり》となって消えてしまう。

「やっぱり召喚獣です。誰かが生み出して、あたし達《たち》を襲っているのかもしれません」

「これだとキリがない。さっさと召喚者《しょうかん》を見つけて、ぶっ飛ばすしかなさそうだな」

「はい。ですが召喚者は幻影魔《げんえいま》法《ほう》という姿を隠す魔法を使っているはずです。簡単に見つかればいいのですが……」

ネオンはひのきの棒の残数を確認した。

小規模な召喚獣ならひのきの棒が壊《こわ》れないように加減が出来るが、召喚獣が強く大きくなればやはりひのきの棒を消費する事になる。

早いうちに召喚者を見つけて、この襲撃《しゅうげき》を止めなければならない。

「ネオン！　次は上から来たわ！」

ルージュがそう叫《さけ》ぶと、空からいくつもの物体が降ってきた。

降り注ぐのは金色に輝《かがや》くゴツゴツとした大きな岩。その岩は徐々《じょじょ》に集まって人のような形を成していく。それはゴーレムと呼ばれる人型の召喚獣だ。

金属を上回る頑丈な体を持ち、その腕力《わんりょく》は大木を薙ぎ倒す程に強力で、並大抵《なみたいてい》の戦士では一切《いっさい》歯が立たないであろう。だがそんな強敵を前にしてもネオン達が臆《おく》する事はない。

ゴーレムが巨大《きょだい》な腕《うで》を振り下ろすと、地面を陥没《かんぼつ》させる程の衝撃《しょうげき》が走った。

「ネオン様！」

「こいつは俺がやる。お前らは下がってろ」

ネオンはひのきの棒を構え地面を蹴った、狙《ねら》うはゴーレムの中心。


――ドン。


ひのきの棒が叩き込まれた瞬間、周囲に轟音《ごうおん》が響き、空気がビリビリと震《ふる》える。

その一撃で金色のゴーレムは砕け散り、そしてまた霧となって消えていく。

地面へと着地するネオンに笑顔《えがお》を浮かべたルージュが駆け寄った。

「やっぱりネオンは凄いわね！　ゴーレムを一撃で倒しちゃうなんて感動したわ！」

「ルージュ、油断するな」

再び空からいくつものゴーレムが現れ、ネオン達は一瞬でその大群に囲まれてしまう。

砕けたひのきの棒を捨て、新しいひのきの棒を構えたネオン。

ゴーレムを倒そうとすればひのきの棒は砕けてしまう。

倒す事は容易だが、このまま戦い続ければひのきの棒が底をついてしまうだろう。

「ネオン様、金色の狼まで現れています！　どうしましょう⁉」

召喚獣は際限なく現れる。どうするべきなのか、ネオンは攻《せ》めあぐねていた。

「ぴい！　ぴいぴい!!」

ユキが森の方を向いて鳴き声を上げている。

森には召喚獣の数が少なく走り抜けられそうだった。

「ネオン！　ちび龍《りゅう》が鳴いてる方、あっちに逃げれるんじゃない？」

「よし、全員であそこに逃げるぞ！」

ネオンの言葉を合図にして全員が走り出す。

襲いかかってくる召喚獣を叩き潰《つぶ》しながら森の奥《おく》へと入っていった。木々の間をすり抜けるように森の中を走り続け、そして彼らは森の中の開けた場所で立ち止まる。

「諦《あきら》めたのか？」

周囲の様子を窺《うかが》うと召喚獣の姿も気配も感じなくなっていた。

「そうみたいですね……ユキちゃんが気付かなかったら危なかったです」

「ぴいぴい！」

「全く……召喚獣なんて卑怯《ひきょう》だわ。ていうか、ここ何処？」

「逃げるのに集中しすぎて、よく分からない所にまで来ちゃいましたね」

何処かも知らない森の中、この場所に居てはいつまた襲われるか分からず危険だろう。

すぐにまた移動を始めて安全な場所に――そう思った瞬間だった。

周囲に生える草木がガサガサと揺《ゆ》れ、金属が擦《こす》れるような音が近付いてくる。

「休んでる暇《ひま》はないみたいだ」

「また召喚獣が現れたの⁉　懲《こ》りないわね！」

「いえ、これ召喚獣じゃないみたいです」

そして周囲に生える木々の裏から、その音の正体が姿を現していた。

「――まさか見事に罠《わな》にはまってくれるとはね」

輝きを放つ白銀の剣を握《にぎ》りしめる男。その男にネオンは見覚えがあった。

「お前はクレント・ヴァーシェント！」

星の樹の森が大火によって焼き払《はら》われた後、ユキの命を狙ってネオンの前に立ち塞《ふさ》がり、そしてひのきの棒の一撃によって倒されたはずの人物。

クレントは怒《いか》りに満ちた表情を浮かべながら、血走った目でネオンを見つめていた。

「この前は随分《ずいぶん》と恥《はじ》をかかせてくれたね、ネオン・グロリアス。それと仲間が増えているようじゃないか。女が二人、しかも一人は魔法《まほう》兵団の兵士。軍から裏切り者が出るとはね」

クレントは指笛を吹く。

それを合図に茂《しげ》みの中から剣と杖を構えた多くの兵士達が一斉《いっせい》に姿を現した。

大量の召喚獣は全《すべ》て罠だった。

ネオン達は帝国騎士団《ていこくきしだん》と魔法兵団が待ち構える場所におびき寄せられていたのだ。

「ひのきの棒が買い占められた情報を頼《たよ》りに君達の居場所を推測した。そして魔法兵団と協力して転移魔法で移動しここで待機していたのさ。まさか金色山脈を抜けてこんな場所にまで来ていたとはね」

「確かに行く先々でひのきの棒は買い占めていたが、それで居場所が特定されるなんてな」

「使える武器も最弱だが、おつむの方も大した事はないみたいだね。でも、そんな愚《おろ》か者《もの》が相手でも今回は油断しないよ。君が一筋縄《ひとすじなわ》ではいかないのは前回の戦闘で経験済みだからね。仲間を守りながら、僕達《ぼくたち》を相手にどう立ち向かうかな？」

ネオン達を囲む兵士の装備には帝国《ていこく》の国旗が描かれている。前回の村で戦いでは傭兵《ようへい》ばかりだったが今回は違う。全員が武神の祝福を受けた軍の正規兵だ。

「どうするの、ネオン。全員ぶっ飛ばす？」

「厳しいな、数がかなり多い。俺《おれ》が囮《おとり》になるからルージュはセラとユキを連れて逃げろ」

「ネオンを置いていけるわけないでしょ！　大丈夫《だいじょうぶ》、私が全員ぶっ倒してやるんだから！」

「あたしも逃げません。ネオン様を置いて逃げるなんて出来ません！」

「ぴい！」

ルージュは石の斧を構え、セラはかしの杖に魔力を込めた。ユキも鋭《するど》い牙で兵士達を威嚇する。そんな仲間達の勇気溢《あふ》れる姿を見てネオンも覚悟を決めた。ここには頼れる仲間達がいる、ならば恐《おそ》れる事など何も無いのだと、彼の瞳に希望が宿る。

「みんな戦うぞ」

そのネオンの言葉に仲間達は力強い返事で答えた。

周囲の剣士《けんし》達《たち》が一斉に飛びかかる。連携《れんけい》の取れた鋭い剣閃だった。

複数の剣士から同時に放たれた剣閃が重なり合い避ける隙間《すきま》はない。

これではネオンやルージュはともかく、セラとユキには躱しようがないものだった。

「私に任せなさい‼」

ルージュは回転しながら石の斧を勢い良く振り下ろす。放たれた複数の鋭い剣閃は砕け散る石の刃によって弾《はじ》き返され、周囲の剣士達は一瞬だが体勢を崩した。

ネオンはその隙《すき》を見逃《みのが》しはしない。

彼はひのきの棒を両手に握りしめ、大きく振りかぶって力の限り地面に叩きつける。

その衝撃により周囲の剣士達は吹き飛ばされていった。

「魔法兵団！　魔法を叩き込め‼」

クレントの声を合図に魔《ま》法使《ほうつか》い達は呪文《じゅもん》を唱え、そして炎《ほのお》、風《かぜ》、雷《かみなり》の魔法を次々と放つ。

だが襲いかかる魔法の嵐《あらし》を前にしてもネオン達は冷静だった。

「光壁《プロテクション》!!」

セラが掲《かか》げるかしの杖《つえ》の先端から放たれる魔法の光。

光のドームがネオン達を包み込み、魔法兵団の放つ強力な魔法攻撃《まほうこうげき》を弾き飛ばしていく。

「やるじゃないの、セラ！」

「ルージュさんが剣士の攻撃を防いで、あたしが魔法を防ぐように交代で戦いましょう！」

新たな石の刃を縛り終えたルージュは自信に溢れた笑《え》みを浮かべた。

「分かったわ、剣士の方は私に任せなさい！　一太刀《ひとたち》だって通すつもりはないわ！」

「はい！　魔法攻撃ならあたしが全て防いでみせます！」

ルージュは石の斧を握りしめ、セラはかしの杖を構える。

それはどちらも最弱の武器だ。

でも今その二つの武器はネオンにとって最も頼りがいのある武器に見えていた。

「出来たてのパーティとは思えない連携だな。やっぱり最弱の武器の祝福をもらった者同士、息が合うのかもな」

「私もそう思うわ！　軍の兵士なんて全員返り討ちよ！」

「はい！　あたしも出来るだけ加勢します！」

ネオンも仲間達と共に再びひのきの棒を構える。

兵士達は最弱の武器を持つ三人の気迫《きはく》に圧倒《あっとう》されていた。

その中でただ一人、クレントだけは怒りのままに声を荒《あら》らげる。

「一体どうしたんだ⁉　僕達は誇《ほこ》り高きレインヴォルド帝国の兵士だぞ⁉　武神の祝福によって優《すぐ》れた才能を与えられた僕達が、最弱の武器を扱《あつか》う連中に気圧《けお》されてどうする⁉」

「しかし、クレント様……奴らの連携力は並大抵ではありません。剣で斬《き》りかかれば石の斧の女に弾《はじ》かれ、魔法はかしの杖の女に防がれ、一瞬の隙を見せればひのきの棒の男に反撃《はんげき》を受けてしまいます……！」

「何を言っている⁉　最弱の武器の連中に負けたとなれば、僕達は帝都の土を二度と踏《ふ》む事は出来なくなるんだぞ⁉　何としてでもこの場で彼《かれ》らを討ち、白龍《はくりゅう》の討伐《とうばつ》を皇帝《こうてい》陛下に伝えなくてはいけないんだ！」

クレントの激昂《げきこう》を受けても周囲の兵士達は動かなかった。

ネオン達の連携を見て、既に勝てる見込《みこ》みはないと戦意を失っているように見える。

「ならば君達は黙《だま》って見ていろ。白銀の剣の使い手、クレント・ヴァーシェントが最強の奥義《おうぎ》で奴らを葬《ほうむ》るその瞬間を！」

クレントは眩《まばゆ》い銀色の剣を握りしめ、その切っ先を真《ま》っ直《す》ぐにネオンへ向けた。

「ネオン・グロリアス、よく聞け。僕《ぼく》は武神から白銀の剣の才能を与えられ、それからの十年間をこの剣へと捧《ささ》げた。見ろ、この美しい刃を。お前の使う棒切れとは違う。誰《だれ》もが羨《うらや》む名剣《めいけん》だ。その名剣に選ばれた僕と、最弱の武器しか扱えない落ちこぼれのお前。才能の格差という現実をここで教えてやる！」

「白銀の剣……か。確かに良い武器だ。お前はその剣で多くの敵を葬ってきたんだろう。でもな、俺にだって意地がある。お前が優れた才能を与えられ、恵《めぐ》まれた環境《かんきょう》で修行に明け暮れている間に、俺は最弱の武器で、劣悪《れつあく》な環境で死にものぐるいに修行してきたんだ」

「出来損《そこ》ないの十年と僕の十年を一緒にするな！　いいか、前回は油断した。だが今回は全力だ。奥義『圧縮闘気《あつしゆくとうき》』と白銀の剣で僕の強さを証明してみせる！」

クレントの全身から黄色の闘気が放たれ、それは白銀の剣に向かって集まっていく。

その光景はルージュが石の斧に闘気を込めた時のものと全く同じに見えた。

圧縮された闘気を帯びた剣は、通常の剣とは比べ物にならない程《ほど》の破壊力《はかいりよく》を持つ。

「どうだ、これが十年の修行《しゆぎよう》の末に会得《えとく》した奥義『圧縮闘気』だ！　並の剣士では辿《たど》り着く事さえ出来ない領域！　この奥義を会得した事で僕は騎士団の隊長を任されたんだ！」

その様子を見ていたルージュは呆《あき》れ笑いを返した。

「それ奥義だったの？　私は一年で使えるようになったんだけど？」

「ふ、ふざけた事をぬかすな！　落ちこぼれの君達がこの領域に辿り着けるはずがない！　一瞬だ、一瞬で終わらせてやる！」

そしてクレントは怒りの形相を浮かべながら、闘気を帯びた白銀の剣を振りかざし、そのまま勢い良くネオンに向かって斬りかかった。

「死ねぇぇぇえ!!」

剣から放たれる闘気は刃のように鋭く伸びてネオンを両断せんと迫る。しかしネオンはその剣撃を避けようとはせず、逆にクレントの懐《ふところ》に向かって飛び込《こ》んでいった。

そしてひのきの棒へと力を込める。

「お前の十年がどんなものなのかは分からない。でもな」

ネオンはクレントの持つ白銀の剣に向かってひのきの棒を全力で叩き込んだ。

「少なくとも俺の十年には届かなかったみたいだな」

——ドン。

その一撃は白銀の剣を容易く打ち砕き、衝撃波《しょうげきは》となってクレントを襲う。

クレントは為《な》す術《すべ》もなく吹き飛ばされ、赤い鎧《よろい》は粉々に弾け飛び、地面を転げ回った。

その戦いを見ていた兵士達は信じられないものを見たかのように静まり返っていた。

最弱の武器の祝福を受けた男が、白銀の剣の使い手を倒した光景に目を疑う。

ネオンは今の一撃で砕けたひのきの棒を捨て、再び新たなひのきの棒を取り出した。

「帝国騎士団と魔法兵団のお前ら。まだやるか？」

ひのきの棒を構えるネオンを前にして、残された兵士達の顔は恐怖《きょうふ》で歪《ゆが》む。

隊長であるクレントが破られた今、自分達が束になっても敵《かな》わない事は明白だった。

兵士達はクレントを抱《かか》えて一目散に逃《に》げていく。

そして周囲から殺気と気配を感じなくなった後、ネオンは構えていたひのきの棒をゆっくりと下ろした。

「ふう、降参してくれて助かったな。ひのきの棒、残り少なくて結構やばかったんだ」

「実は私も……。石の斧に使える丁度いい石ってあんまり落ちてないの。危なかったわ」

「あたしのかしの杖もそろそろ限界です。かしの杖は使いすぎると魔法に耐《た》えられなくなって壊れちゃう特性があって……。あと数回の魔法で壊れちゃうところでした」

全員が強気に見えたが、その実態は敗色濃厚《のうこう》であった。

全ての原因は最弱の武器の使用回数に制限がある事。

それはネオン達にとって最大の弱点だった。

ネオンの一撃にひのきの棒は耐えられない。ルージュの石の斧もセラのかしの杖も同様だ。この事に軍の兵士達は気付いていなかった。

だが伝説の武器を扱う英雄《えいゆう》と対峙《たいじ》するとなれば、その弱点はすぐにでも看破されるだろう。三人はその弱点をどう克服《こくふく》すべきなのか頭を抱えた。

「ぴいぴぴー！」

俯《うつむ》く三人にユキは元気な鳴き声を聞かせる。

「ユキ、元気付けてくれてありがとう。今は悩《なや》んでいても仕方がないか。俺達《おれたち》に与えられたのは最弱の武器だ。最強の武器じゃない。だからこの武器で出来る限りの事をしよう」

「悩んでいても帝都は遠ざかるばかりです。みんなで力を合わせればきっと大丈夫ですよ」

「私もそう思うわ。ていうか私って考えるのは苦手だし、論より行動って感じなのよね！敵が来たらとりあえず全部ぶっ倒せば解決でしょ？」

「ともかく、こんな所で立ち止まるわけにもいかない。帝都への旅を続けよう」

だがその弱点を克服しない限り、決してこの旅が無事に終わる事はない。

その打開策を考えながらネオンは、仲間達と共に帝都へ向かって進み始めるのだった。

第五章

帝都へ向かうには大陸で有名な大河である『エスロージ河』を渡《わた》らなくてはいけない。

ネオン達は帝都へと向かう道中、その大河を前にして立ち止まっていた。

向こう岸へ行くには大きな橋のかかった関所を通る必要があり、船での往来は行われていない。船の往来が行われなくなった原因も終末の魔獣の影響《えいきょう》によるものだった。

船で河を渡ろうとすれば、水中に潜《ひそ》む終末の魔獣が襲《おそ》いかかってくるそうで非常に危険。大きな船も沈《しず》められた事があり、それから船での往来は一切なくなった。

魔法兵団の団長である『神杖《しんじょう》の英雄』の提案により、魔物の襲撃にも耐えられる頑強《がんきょう》な橋が建設され、橋を終末の魔獣から守る為に軍の兵士が関所に配備される事となったのだ。

「あの関所を通らないと帝都に辿り着けないなんてな。十年前はなかったぞ、こんな橋」

「橋が建設されたのは三年前ですからね。ネオン様が知らないのは仕方ないですよ」

「でもどうするの？　私達はお尋ね者なんでしょ？　これじゃあ関所なんて通れないわ」

「ぴーぴ！」

関所の警備は厳重だ。兵士達の目をかいくぐって橋の向こうに渡るというのは難しい。

ネオン達は関所から離《はな》れた岩陰《いわかげ》に隠《かく》れ、関所を通る方法を思案している最中だった。

村長からもらった腕利《うでき》きの冒険者《ぼうけんしゃ》である事を証明する青い紙も、流石《さすが》に軍の兵士が相手では通用しないだろう。いくら変装したとしても厳重に身元を確認《かくにん》されて正体がバレてしまうのは目に見えている、このままでは河の向こうへ渡れない。

「俺が一人一人を抱《だ》きかかえて、河の向こうにまでジャンプするか。でもあの距離《きょり》はキツイかもしれない。小さなユキはともかく、セラとルージュを抱えて跳ぶとなると難しいな」

「泳いで渡るのはどう？　水泳なら私は得意よ！」

「え、えっと、ルージュさん、あたしも水泳は得意な方ですけど――」

セラはエスロージ河を眺めた。

その広大な河川《かせん》は別名【巨龍《きょりゅう》の河】という名で呼ばれている。

セラの父親が書いた本によれば、空を覆う程に巨大な原初の龍がその尻尾《しっぽ》を引きずった跡《あと》が河になった、という伝承から名付けられたものらしい。

その伝承を思い出しながらセラは大きな溜息《ためいき》をつく。

いくら何でもこの河を泳ぎきれるわけがない、原初の龍がユキのようにもっと小さな龍であったら良かったのに、と彼女は心の中で呟《つぶや》いた。

そうしてセラが途方《とほう》に暮れる横で、ネオンはエスロージ河に背を向ける。

「水泳の得意不得意は置いといて泳ぐのは無しだ。泳いでいる最中に橋を作る原因になった魔獣が襲ってきたら危険だろ」

「ネオンがその魔獣を倒せば良いんじゃない？　簡単な話でしょ？」

「だめだ、俺は河の魔獣の討伐には賛成しない」

「どうして？　ひのきの棒でいつもみたいにやるだけでしょ？」

ルージュは首を傾《かし》げながら問いかけるのだが、その内容はネオンにとって致命的《ちめいてき》だった。

「もしかしてネオン、泳げなかったり……するの？」

そのルージュの一言にネオンは固まった。まばたきもせず全く動かない。

「ルージュさん、まさか。あんなに強いネオン様が泳げないわけ……ないですよね？」

「ぴーぴ？」

ネオンは俯いたまま大きな溜息をつく。

彼は全く泳げなかった。まだ帝都に住んでいて武神の祝福を受ける前の事、帝都に流れる小さな川へ落ちて溺《おぼ》れた事が原因で、水の中に入るのにも恐怖を感じてしまう。

星の樹の森で暮らし始めた時も、一度だけ湖の中の魚を捕《つか》まえようと素潜《すもぐ》りに挑戦《ちょうせん》しようとしたが、水中への恐怖だけは克服する事が出来なかった。

無言のネオンを見て一同は彼が泳げない事を察していた。

「べ、別の手段を考えましょう！　船を手配して対岸に向かうというのはどうですか？」

「だめよ、セラ。魔物が襲ってくる状況《じょうきょう》で、船を出してくれる人がいるはずないわ。黙って関所を通れ、って言われるに決まってるし変に怪《あや》しまれるでしょ」

「ううう、ですよね……。やはり何とか関所を通り抜《ぬ》けるしかないんでしょうか？」

「セラは魔法使いでしょ？　変身する魔法とか使えないの？」

「そんな高等魔法使えないです……最上級魔法に分類される凄い幻影魔法なんですよ？」

「あーもう！　それなら力ずくで関所を突破《とっぱ》するしかないじゃない！」

「ルージュさんだめですよ、そんな乱暴な事……」

「ぴぴーぴ……」

いくら悩んでも答えは出ずに時間だけが過ぎていく。

そんな時、ネオン達の近くを走っていた馬車が停《と》まるのが見えた。

馬や客車には豪華《ごうか》な装飾《そうしょく》が施《ほどこ》され、一般人《いっぱんじん》が乗るような代物《しろもの》には到底《とうてい》思えない。

そして馬車から降りてくる誰かの姿を見て、軍の兵士かとネオン達は身構えるのだが、近付いてきたのは身なりの良い若い女性とそれに仕える執事《しつじ》のようだった。

女の方は金色の糸で丁寧《ていねい》に刺繍《ししゅう》が施された白いローブに、至る所に一流の彫金師《ちょうきんし》が作ったと思われる装飾品《そうしょくひん》を身に纏《まと》っている。

武器を構えるネオン達をよそに、身なりの良い女性は頭に被《かぶ》っていたフードを外してにこやかな笑みを浮かべた。光沢《こうたく》のある金色の長髪《ちょうはつ》に、目を奪《うば》われる程に整った顔つきの美しい女性で、ネオンは思わず構えを解いてしまう。

「あなた方、もしかして冒険者ではないでしょうか？　わたくし達、今から関所の向こうのリディオンという街に帰るところなのですが、そこで冒険者を募《つの》っているのです。あなた方が冒険者という事でしたら、わたくし達の依頼《いらい》を受けて頂けると嬉《うれ》しいのですが」

身なりの良い女性が口にしたリディオンという街。

そこは大河の周辺のたくさんの養分を含《ふく》んだ土地により農作物が多く採れる事で発展した街で、今は他《ほか》の産業にも恵まれたおかげで帝都に次ぐ大都市となっていた。そんな大都市をネオン一行が訪《おとず》れれば兵士に見つかり面倒《めんどう》な事になるだろうが、まずその前に。

「依頼って言われてもな、それに俺達は――」

――お尋ね者で関所は通れない。だがそれを告げるわけにもいかずネオンは口ごもった。

その様子を見ていた身なりの良い女性はクスクスと小さく笑う。

「軍から追われていて関所を通れない、といったご様子ですか？」

その言葉にネオンは驚きを隠せなかった。

再びひのきの棒を構えると、その様子を見た身なりの良い女性は慌《あわ》てる必要は無い、と言っているかのように右手を胸の前で振る。

「武器をお下げください。軍の兵士にあなた方を突《つ》き出すような真似《まね》はしませんし、先程《さきほど》の依頼を撤回《てっかい》するつもりもありません。お尋《たず》ね者で結構、わたくし達は経歴よりもとにかく多くの戦力を必要としているのです」

「俺達がお尋ね者《もの》前提で話をしているってわけか。それで依頼っていうのは何なんだ？　そもそも俺達を連れて関所を通れるのかよ」

「わたくしはリディオンで名の通った貴族です。わたくしの権限を使えば関所を守る軍の兵士を黙らせるなど造作もありません。依頼の内容ですがリディオン近辺に現れた終末の魔獣の討伐作戦に参加して頂きたいのです。終末の魔獣、と言っても近頃《ちかごろ》の大量発生している有象無象《うぞうむぞう》とは格が違《ちが》います。終末の魔獣の中でも特に強大で、わたくし達はその存在を『天魔《てんま》』と呼んで警戒《けいかい》しています。軍も天魔を警戒し、帝国各地で現れた天魔を討伐する為《ため》に、かなりの実力者を向かわせたと聞いています」

彼女《かのじょ》の言う天魔という存在にネオンは覚えがあった。

セラを助けた時に倒《たお》した三つ首の魔獣《まじゅう》、邪教《じゃきょう》の集団が召喚した八つ首の大蛇。

あれらは他の魔獣とは格が違った。

「リディオンには多くの兵士が駐在《ちゅうざい》しているはずだ。それにその天魔が都市の驚異《きょうい》になるっていうのなら、優先的に軍の兵士が派遣《はけん》されてくるはずだろ？」

「あなたも軍の兵士が足りていないのをご存知《ぞんじ》ではないですか？　大都市リディオンですら増援《ぞうえん》はなく、駐在する兵士達だけで天魔の襲撃からリディオンを守っています。しかし、その防衛線が破られるのも時間の問題でしょう。だからわたくし達は経歴を問わず、戦力になる方を集めているのです。この戦いで目まぐるしい活躍《かつやく》をした方にはリディオンから莫大《ばくだい》な報酬《ほうしゅう》を与《あた》えられる事も決まっています」

邪教の集団の排除《はいじょ》を依頼した村長もそんな事を言っていた。大都市リディオンが荒くれ者だろうがお尋ね者だろうが、とにかく戦力になる人材を欲《ほっ》しているという話を。

セラは不安げな表情を浮かべながらネオンの耳元で囁《ささや》く。

「ネオン様、大丈夫なんですか？　この人の話を信用しても」

「このままじゃ関所を通れない。大河を越《こ》える方法は他にないからな」

関所を前にしていつまでも立ち往生を続けるわけにもいかない。

ネオン達に選択《せんたく》の余地は残されていなかった。

身なりの良い女性はにこやかな笑みを浮かべながら問いかける。

「お話は決まりましたか？」

「ああ、その依頼を引き受けよう」

「それでは客車の方へ、リディオンまでわたくし達の馬車で向かいましょう」

ネオン達は身なりの良い女性の後を追い、豪華な装飾の施された客車へと乗り込んだ。

扉《とびら》が閉まると馬車は橋の関所に向けて走り出す。

豪華な客車の中でネオン達は不安げな表情で互《たが》いに顔を見合わせていた。

一度も乗った事のないような高級感のある内装に囲まれて緊張しているのもあるが、本当にこの女性が言うように関所を抜けられるのか心配だったのだ。

だがその心配は杞憂《きゆう》で終わる。客車の窓から身なりの良い女性が顔を見せるだけで、兵士達の敬礼と共に関所の門が開いていき、馬車はその厳重な検問を難なく抜けていった。

「名の通った貴族とは言っていたが、こんな簡単に通過出来るなんてな」

兵士からも彼女の顔は随分と知られているようだった。名の通った貴族とは言っていたが、軍の兵士達が一目置いている様子を見れば彼女が只者《ただもの》ではない事が分かる。

「リディオンは貴族が絶対的な権力を持っていますから。皇帝に仕える兵士達でも、リディオンの周辺ではわたくし達貴族には逆らえません。あなた方がどのような経緯《けいい》で手配犯として追われているのかは存じませんが、少なくともリディオンではわたくしの依頼した方々には決して手出しをしないよう言ってあります」

そう言って彼女はにこやかに笑みを浮《う》かべるのだが、ネオンとしては『はい、そうですか』と彼女の言葉を信用するつもりはなかった。

白龍討伐《はくりゅうとうばつ》の任務についてはリディオンに駐在する兵士達も当然知っているだろう。

貴族に絶対的な権力があると言っても、任務達成を優先する兵士はいるはずだ。

ネオンはリディオンで物資を整えたら、早々と街を去る計画を立てていた。

大河がもたらす多くの養分を含んだ土地で作られる農作物、産業の発展によって多くの物資が揃《そろ》うであろうリディオンは帝都に向かう為の旅支度《たびじたく》をするにはうってつけだ。

長期の保管が出来る穀物や干し肉などの食料を買い、装備などの物資も整えていこうと思っていたのだが――窓から見える外の景色にネオン達は目を疑った。

「ネオン様……これって、どういう事なんでしょうか？」

「私も色々な場所を旅して回っていたけど、こんな酷《ひど》い場所は初めて見たわ……」

「これが今のリディオンか」

広大な農地は何処にも残っていない、彼らの瞳《ひとみ》に映るのは延々と続く焼け野原だけだった。燃《も》え尽《つ》きた麦畑、家畜《かちく》がいたはずの牧場には真っ黒に焦《こ》げた死骸《しがい》が転がり、深く大きな穴が地面にいくつも出来上がっている。

「驚《おどろ》きましたか？　今のリディオンの惨状《さんじょう》は見るに耐えませんからね」

「これも全部、その天魔っていう終末の魔獣の仕業《しわざ》なのか？」

「はい。リディオンの誇る広大な農地は天魔によって一晩で滅《ほろ》ぼされました。このままでは食料の供給も出来ず、リディオンの住民は飢《う》えに苦しむ事になるでしょうね」

こんな事があっていいのだろうか。帝国の各地で終末の魔獣が発生し、問題になっている事はネオンも知っていた。そしてリディオンの状況は他の地域と比べても遥《はる》かに深刻だ。

あの様子では復興するのに長い時間を必要とするだろう。

この周辺では大河の氾濫《はんらん》によって洪水《こうずい》が起こる事がある。その度に街の住民は農地を立て直してきただろう。しかし天魔による被害《ひがい》は自然がもたらす災害以上に深刻だった。

リディオンの惨状を無視して物資だけを買い集め、帝都《ていと》に向けて発《た》つのは正しい事なのか。自分の力で救える誰かがいるかもしれない、ネオンの中で葛藤《かっとう》が生まれていた。

「わたくし達が経歴問わず戦力になる者を集めている理由、ご理解頂けたと思います。ご覧の通り天魔とは強大な魔獣なのです。リディオンが滅びれば、次はまた別の地域が同じようになるでしょう。だからこそ力を合わせ、ここで天魔を討伐せねばなりません」

大都市リディオンが近付いてくる。

街を囲う石壁は天魔の襲撃によってボロボロで今にも崩《くず》れそうで、まだ消火活動が間に合っていないのか街の中からは煙《けむり》が立ち昇《のぼ》っている様子も見えた。

「天魔の討伐作戦については、リディオンで最も権力を持つ貴族、ペラガルド家の屋敷《やしき》にて説明が行われます。日時は本日の夜、説明が行われる貴族の屋敷は街でも特に目立つのですぐに分かると思いますわ」

ネオン達を乗せる馬車は街の大きな門の前で停まる。

馬車が停まったのと同時にその門は大きな音をたてて開いていった。

「わたくし達は他にもまだやらなければならない事が残っています。あなた方と共に行動するのは一旦《いったん》ここまでにしましょう」

「分かった。後は俺達でどうにかする。ここまで案内してくれてありがとうな」

「ええ、ご武運をお祈《いの》りしていますわ」

ネオン達が客車から降りると、馬車は再び街の外へと走り出した。

遠く離れていく馬車を背に、ネオン達は大都市リディオンの土を初めて踏むのだった。

街を離れた馬車の中。

馬の手綱《たづな》を引く執事の男が、客車でくつろぐ貴族の女性に話しかけていた。

「彼らを泳がせたままで本当に良かったのですか？　あなた様は忌《い》まわしき白龍討伐を皇

帝陛下から直々に任されています。白龍を連れたネオン・グロリアスとその一行は帝国でも最重要の指名手配を受けている。そんな連中を天魔《てんま》討伐《とうばつ》に参加させるとは……」

「心配する必要はありませんよ。これも全てはわたくしの計画通りですから」

二人は初めからネオン達《たち》が何者なのかを知っていた。

関所を通れない彼らの前に現れたのは偶然《ぐうぜん》ではない。

全ては予《あらかじ》め仕組まれていたものだったのだ。

女性の手に光が集まっていく。その光の中から現れたのは一本の杖。

それは武神によって帝国にもたらされた最強の武器の一つ、神杖ヴァナルガンド。

彼女の正体――それは神杖の英雄『クーリ・シャルテイシア』だった。

「しかし、シャルテイシア様。聖剣《せいけん》の英雄である彼女もリディオンに向かっています。彼女の邪魔《じゃま》が入れば全てが台無しに……天魔に白龍、その討伐を急がねばなりませんぞ」

「はいはい、あの子が来るまでに事を済ませますよ。それとリディオンに滞在《たいざい》する兵士達には決して彼らに手出ししないよう指示を出しておきなさいね」

「はっ、分かりました」

シャルテイシアは魔法で小さくした神杖ヴァナルガンドを指先でくるくると回しながら、天魔によって焼け野原となった景色を眺《なが》めた。

「セラ・テルチ、ルージュ・アルトバル、そしてネオン・グロリアス。最弱の武器を与えられし者達よ、今回の天魔討伐であなた方の実力を確かめさせてもらいますわ」

※

門をくぐると立派な街並みがネオン達の前に広がった。

レンガで建てられた美しい家が立ち並ぶその街は、多くの人が行き交《か》う国の中心地の一つであり、本来ならば人々の活気で溢れていた事だろう。しかし、街を歩く住民の表情は暗く、その足取りは重い。

普段《ふだん》ならリディオンの農作物を運ぶ荷馬車には多くの武器や防具が積まれ、それを運ぶ兵士達の慌ただしい様子から事態の深刻さが伝わってきた。

リディオンで物資を買い揃えた後、すぐにここを発つ予定だったネオン。だが都市の惨《さん》状《じょう》を見て、一旦はここに留《とど》まり強大な魔獣『天魔』の情報を集めようと思っていた。この都市に住む人々の為に力を振《ふ》るうべきなのか、それを葛藤しながら。

そうして街の中を見回すネオンに向かってセラが話しかける。

「ネオン様。討伐作戦の説明を聞く前に、装備だけは整えていきたいです。あたしの使っているかしの杖、もうボロボロで……」

セラは持っているかしの杖をネオンに見せた。

杖にはいくつものヒビが入っており、今にも砕《くだ》け散ってしまいそうだった。

「なら武器屋に行こう。俺もこの前の戦いでひのきの棒を消費して、残数が心許《こころもと》ない」

「私は大丈夫よ。ここに来るまでに斧《おの》に使えそうな石は拾っておいたから」

「ルージュの石の斧は便利だな。それじゃあ俺とセラの武器を買いに行こう」

ネオン達は武器屋を探してリディオンの街中を進み始める。

天魔の襲来《しゅうらい》の影響か、どの店も閉まっていたが武器屋だけは営業をしている。

武器屋の扉を開けると中の店員が忙《いそが》しそうに剣《けん》や鎧を木箱から出しており、来客に気付くと店主は手を止めてネオン達の方へと振り向いた。

「へいらっしゃい！　どのようなご用件で？」

「武器を買いたいんだ。見せてもらえるか」

「もちろんで！　今は天魔討伐作戦で国中の武器が集まっていますぜ、おすすめは海の都の武器職人が鍛《きた》えた武器ですがね、こいつはすげぇ切れ味ですよ！」

店主は棚《たな》に飾《かざ》られていた剣をネオンに見せるのだが、ネオンが装備出来る武器はひのきの棒。その剣がどれほど優れた物であっても手にする事さえ出来ない。

「ひのきの棒を店にあるだけくれ。後はかしの杖だ、出来るだけ頑丈《がんじょう》な物を頼《たの》む」

「は……？　ひのきの棒にかしの杖ですか？　旦那《だんな》、冗談《じょうだん》が過ぎますぜ」

「俺は本気で言っているんだ、国中の武器が集まっているっていうんだろ？　それなら良質なひのきの棒やかしの杖も――」

「旦那、この稼《かせ》ぎ時にそんな弱っちい武器、入荷《にゅうか》しておくわけないでしょうぜ？」

「もしかして……どっちもないのか？」

ネオンは武器屋の中を眺めるが、店主の言うようにひのきの棒やかしの杖が置いてある様子はない。金属製の武器が所狭《ところせま》しと並んでいるだけだった。


リディオンで最大の権力を持つという貴族の屋敷。その大広間には多額の報酬で雇《やと》われた人々が集まり、天魔討伐作戦についての説明が始まるのを待っていた。

ネオン達は武器屋を後にして、リディオンまで連れてきてくれた女貴族の言う通りに屋敷までやってきた。屋敷に集まる人々が天魔討伐で多大な功績を上げるのだと息巻いている一方で、ネオン達はその隅《すみ》で暗い顔を浮かべている。

「ネ、ネオン様……どうしましょう、あたしのかしの杖はあと魔法《まほう》を数回使うだけできっと砕けてなくなってしまうと思います」

「困ったな、ひのきの棒も残り四本だ。まさかひのきの棒もかしの杖も売ってないなんて」

「任せなさい、私が二人の分も活躍してあげるから！」

石のストックが十分なルージュだけは余裕《よゆう》だったが、ネオンとセラは意気消沈《いきしょうちん》している。

その理由はネオンとセラが天魔と呼ばれる強大な魔獣に心当たりがあったからだった。

平原の洞窟《どうくつ》で遭遇《そうぐう》した三つ首の魔獣、そして終末教が召喚《しょうかん》した八つ首の大蛇《だいじゃ》。あれが天魔だったのなら、複数生える頭を潰《つぶ》さなくてはその息の根を止める事は出来ない。

ネオンは鞄《かばん》の中のひのきの棒を全《すべ》て取り出した。

残るは四本、リディオンを襲っている天魔の頭が五つ以上生えているのなら、今持っているひのきの棒だけで倒しきる事は難しい。

ルージュの石の斧のストックは十分だが、彼女の放つ一撃《いちげき》では天魔を倒すに至らない事をネオンは金色山脈《こんじき》の戦闘《せんとう》で見抜《みぬ》いていた。

「ここにいる傭兵《ようへい》や冒険者の協力しだいか」

幸い、ここには貴族達が経歴問わず雇った大勢の強者がいる。

彼らと協力すれば天魔の討伐も不可能ではないはずだ、そう思ったのだが。

ネオン達の前に三人の男が立ち塞《ふさ》がった。

男達はネオンをジロジロと見ると突然《とつぜん》笑い始める。

「見てみろよ、こいつの装備。ひのきの棒なんて持ってるぜ」

「お仲間さんは女二人でかしの杖に石の斧だあ？　誰の差し金だ？　こんなふざけた連中を呼んだのは？」

「せめてオレ等の足だけは引っ張るんじゃねえぞ？　雑魚《ざこ》ども」

三人の大声が屋敷の中に響《ひび》き渡る。

その声で屋敷にいた人々の視線がネオン達に向けて一斉《いっせい》に集まった。

「何だあいつらは？　遊びにでも来たのか？」

「ありゃ死んだな、ガキのママゴトみてえなもんだぜ」

「貴族の連中も見る目がねえなあ、あんな雑魚を雇うとはよ」

最弱の武器を持つ彼らを周囲の人間は嘲笑《あざわら》い、汚《きたな》い言葉で罵倒《ばとう》する。

十年前のあの日、ネオンがひのきの棒でしか戦えなくなったあの時から、周囲の目は何も変わっていなかった。彼らと協力して戦うのは難しいだろう。

「ネオン様……」

セラは今にも泣き出しそうな表情でネオンを見上げる。

彼女もかしの杖で戦う才能を与えられたあの日、ネオンと同じ経験をしたのだろう。

ネオンはセラの震《ふる》える手を取って優《やさ》しく語りかけた。

「言わせておけ、セラ。かしの杖でどんな攻撃《こうげき》だって防げる魔法を使えるのはヤラだけだ。お前の凄《すご》さは俺《おれ》が保証する。だから自信を持て」

「ネオン様……はい！」

彼の言葉に勇気づけられたセラは、笑顔《えがお》を取り戻《もど》して力強く返事をする。

その一方でルージュは静かなものだ。こうして罵倒されても気にしていないのか、周りの連中に何を言われても黙って冷静にしているようで——。

「——って、ルージュ⁉」

ネオンが声を上げた先には、石の斧を三人組の男に向けて構えるルージュの姿があった。

彼女は単に黙っていたのではない、怒《いか》りを飛び越えて静かに殺意を抱いていたのだった。

「な、なんだ⁉　このクソアマッ！　オレ等とやろうってのか⁉」

「ふうん、全員ミンチになりたいわけね……！」

ルージュが三人の男に向けて、石の斧を勢いよく振り上げたその時だった。

「いやはや、皆様《みなさま》。これから天魔討伐の計画の全容を話そうという時に、喧嘩《けんか》などされましては困りますな。皆様は一時的とはいえ仲間なのですから」

屋敷の奥《おく》の扉が開き、騒然《そうぜん》としていた広間は静まり返っていた。

姿を現したのは豪華絢爛《ごうかけんらん》な衣装に身を包んだ壮年《そうねん》の男。大都市リディオンで絶対的な権力を持つとされる貴族、ペラガルド家の現当主、ピエルパオロ・ペラガルド。

「ルージュ、斧を下ろせ。騒《さわ》ぎが大きくなれば俺達全員が外に放《ほう》り出される事になる」

「……ネオンがそう言うのなら分かったわ。ふん、命拾いしたわね！」

「それはこっちの台詞《せりふ》だ、クソアマっ！　覚えとけよ！」

捨て台詞《ぜりふ》を吐《は》き元いた場所に戻る三人組を眺めながら、事が大きくなる前に収まって良かったとネオンは安堵《あんど》の息をつく。あの石の斧の威力《いりょく》は知っている。あれが直撃《ちょくげき》すればさっきの男はルージュの言う通りミンチになっていただろう。

ピエルパオロは壇上《だんじょう》に登り、広間にいる人々に向けて説明を始めた。

「さて諸君。天魔討伐作戦の全容の前に我々が天魔と呼称《こしょう》する魔獣について話をしよう！」

ピエルパオロは水晶《すいしょう》球を取り出し天へと掲《かか》げた。すると水晶球からは光が放たれ、その光は次第《しだい》に魔獣の姿へと形を成していく。

水晶球が映し出すそれは、紫《むらさき》の体毛に覆《おお》われた五つの頭を生やす狼《おおかみ》のような魔獣の姿。

「これは帝国《ていこく》の秘宝にして最強の武器の一つ、聖槍《せいそう》ヴリューナクの使い手である英雄《えいゆう》が倒した天魔だ。その討伐《とうばつ》記録を水晶球に記録し諸君に見せている。この魔獣は頭の数だけ命を持ち、全ての頭を破壊《はかい》しない限り決して倒れる事はない！　そしてその魔力《まりょく》は強大で、この五つの首を持つ魔獣も聖槍の英雄が現れるまでに複数の村や街を滅ぼした。報告によれば四つ首、二つ首を持つ天魔も確認されどちらも英雄の手によって討伐されたが、頭の数が増えるにつれ魔力の量が爆発的《ばくはつてき》に増えているとの事だ！」

「……やはりそうだったのか」

ネオンは確信した。自身が倒した三つ首の魔獣、八つ首の大蛇、そのどちらも帝国が天魔と呼ぶ存在に違いないと。

「今リディオン以外の地域にて七つ首の天魔の出現も確認され、皇帝《こうてい》陛下の命令により既《すで》に帝国の秘宝に選ばれた英雄達《たち》がその討伐に乗り出している。それ以上の情報はまだないが、いずれ英雄の手によって討伐される事だろう！」

「おいおい！　じゃあオレ等に頼《たよ》らなくとも、英雄様にぶっ倒してもらえばいいだろが！」

男の声がピエルパオロの説明を遮《さえぎ》った。

声を上げたのは先程ネオン達に暴言を浴びせた三人組の一人だ。

「英雄は各地の天魔の討伐や更《さら》なる驚異から帝国を守る為に奮闘《ふんとう》している！　救援要請《きゅうえんようせい》は出したが英雄の到着《とうちゃく》を待てる程《ほど》の時間は我々に残されていない、次の襲撃《しゅうげき》でリディオンは陥落《かんらく》するだろう！　だから我々は諸君をここに呼び集めたのだ！」

「英雄の到着を待てないだ？　この街を襲う天魔ってのは頭が何本生えてんだよ⁉」

「ではお見せしよう。リディオンを襲う天魔の頭の数は――」

ピエルパオロの持つ水晶球から放たれる光が形を変えていく。

そしてその光はリディオンを襲うという天魔の姿を映し出した。

それは巨大《きょだい》な魔獣だった。

獅子《しし》を思わせる胴体《どうたい》に鷲《わし》のような頭を生やし、その背からは大きな翼《つばさ》が伸《の》びている。

そして他の天魔と同じように複数の頭を生やしていた。その数は――。


「――十本だ」


屋敷の中にどよめきが広がっていた。

大都市リディオンを襲う十つ首の天魔。

それは聖槍の英雄が倒したとされる五つ首の天魔を遥かに上回る魔獣だった。

どよめきが広がる屋敷の中で、重厚《じゅうこう》な鎧に身を包んだ男が大声を上げる。

「伝説の武器に選ばれた英雄がようやく倒せるレベルの化物を、こんな何処《どこ》の馬の骨とも分からない連中と倒せっていうのか⁉　リディオンに滞在する軍の兵士達はどうした⁉

武神の祝福を受けた連中なら強大な龍《りゅう》ですら討伐出来るはずだろ！」

「諸君に先程説明した通りだ。軍による増援はない、更に前回の襲撃でリディオンにいた兵士達の半数は十つ首の天魔の犠牲《ぎせい》になった。次の襲撃を凌《しの》ぎ、かの天魔を討伐出来るかは諸君の協力次第だ」

「はっ、半数が死んだだと……？　軍の兵士達ですら相手にならない化物の相手などしていられるか！　おれは抜けるぞ！」

そう言って重厚な鎧の男は屋敷の入り口に引き返そうとするが、扉の前で赤いローブに身を包んだ黒髪《くろかみ》の女兵士が立ち塞がった。

「な、何をしている⁉　そこを退け！」

「それは出来ないなあ。ここに来た以上、君達は天魔討伐に協力する責任がある」

「退けと言っているのだ！」

鎧《よろい》の男が剣を抜いた瞬間《しゅんかん》、女兵士は白い翼を生やした小柄《こがら》な杖《つえ》を男に向けた。

「重力球《グラビティボール》」

女兵士が魔法を詠唱《えいしょう》すると、空中から突然現れた黒い球体が鎧の男を押《お》し潰す。

身動きの取れなくなった男を見下ろしながら、女兵士は溜息をこぼした。

「ピエルパオロ様の説明を聞き終える前に、受けた依頼を放棄《ほうき》して逃《に》げ出すなんてどういう神経をしているのかな。まさか他にも逃げ出そうなんて思った連中はいないよね？」

女兵士はそう言って白い翼を生やした小さな杖を群衆に向けた。

鋭《するど》い気迫《きはく》に屋敷に集まった人々は圧倒《あっとう》され、一歩二歩と後ずさる。

その様子を眺めるピエルパオロは赤いローブの女兵士を制止した。

「ルシア君、やめたまえ。討伐に参加する人員が不足してしまうよ」

「しかし、ピエルパオロ様……いえ、分かりました」

ルシアと呼ばれた女兵士は杖を下ろし、腕《うで》を組んで屋敷の扉にもたれかかった。

その様子を見ていた傭兵や冒険者達《ぼうけんしゃたち》はざわざわと騒ぎ始める。

「ルシア……聞いた事があるぞ。ルシア・ラフルゥ。武神から『天使《てんし》の羽根《はね》』という一流の魔法杖《まほうじょう》で戦う才能を授《さず》けられ、魔法兵団でも数える程しかいない賢王級《けんおうきゅう》魔法の使い手だ」

「おお……天使の羽根の使い手、オレも思い出したぞ。魔法兵団の副団長。神杖の英雄《えいゆう》に次ぐ実力者じゃないか」

「以前にリディオン周辺に現れたはぐれ龍を討伐したという、あの魔法使《まほうつか》いか」

「ルシア・ラフルゥに便乗すれば、おれ達も武勲《ぶくん》をあげられるかもしれないぞ」

「前回の襲撃から天魔を撃退《げきたい》したのも彼女の功績か！　勝機が見えてきたな！」

悲鳴に似たどよめきは、ルシアの存在を知った途端《とたん》に希望に満ちたものへと変わる。

その好機をピエルパオロは見逃《みのが》さなかった。

「その通りだ、諸君！　既に十つ首の天魔は一度撃退《げきたい》されており、かの魔獣は弱っている！　討伐は決して不可能なものではない！　我々が必要とするのは諸君らの勇気だ！　その勇気で天魔の討伐に貢献《こうけん》した者には莫大な報酬を約束しよう！」

ピエルパオロの演説に屋敷の中が歓声《かんせい》で溢《あふ》れかえる。

だが彼《かれ》の浮かべる不敵な笑《え》みに気付く者はいなかった――ネオン達を除いては。

「セラ、今の話どう思う？」

「あたしには……信じられません。あたしが配属された分隊の指揮をしていたベレニス様も、魔法兵団の中では四番手の実力者とされ、賢王級魔法を使いこなしていました。しかし賢王級魔法は三つ首の魔獣に全く通用しなかったんです。リディオンを襲う天魔というのがあの魔獣以上の怪物《かいぶつ》だと言うのなら……賢王級魔法での撃退は不可能です」

「そうか……俺もそう思う。武神の祝福を受けた兵士と八つ首の大蛇とも直接戦ったから分かるが、あれ以上の魔力を持つ魔獣が相手となれば、軍の兵士がいくら束になってかかっても勝ち目なんか無いってな」

ルシアと呼ばれたあの女性が、伝説の武器に選ばれた英雄と同等の実力を持っている可能性も否定は出来なかった。だが、その可能性は本人によって否定される事になる。

「その通りかな、あれはそう容易《たやす》く倒せる程度の魔獣ではないからねえ」

その声の方にネオン達が視線を向けると、そこにはルシア・ラフルゥの姿があった。

セラは近付いてきたルシアの姿を捉《とら》えると、体を震えさせながらネオンの背中に隠れた。

「どうした、セラ?」

「ネ、ネオン様ごめんなさい……。洞窟の魔獣討伐《まじゅうとうばつ》にあたしを参加させたのはルシア様なので、また酷い目に遭わされるんじゃないかって……」

「こいつが無理やりセラを……。大丈夫《だいじょうぶ》だ、何があっても俺が守る。セラは安心してくれ」

怯《おび》えるセラを守ろうとネオンはルシアの前に立ち塞がる。

そんな二人の様子を見てルシアは小さく笑った。

「そんなに怖《こわ》がらなくてもいいじゃないか、セラ・テルチ。わたしは再会を喜んでるよ、平原の魔獣討伐に向かって死んだと聞いていた君と、こうやってまた会えたんだから」

そう言ってルシアは微笑《ほほえ》むが、ネオンは警戒心《けいかいしん》を解きはしない。何か怪しげな動きをすればすぐにでもひのきの棒の一撃を叩《たた》き込《こ》んでやるつもりだった。

「お前はセラに死ねと命令したようなものだ。そんな奴《やつ》がまた会えて嬉しいだと? ふざけた事をぬかすな」

「ふふっ、怖い怖い。今にも暴れだしそうな雰囲気《ふんいき》だね、ネオン・グロリアス」

「俺の名前を知って……。当然か、軍のエリートが俺を知らないはずがないよな」

その言葉にルシアは頷《うなず》くと、白い翼の生えた小柄な杖を指先でくるくると回し始める。

「もちろん。軍から最重要指名手配を受けている君を、わたしが知らないはずないよねえ」

「ならどうする？　さっきみたいにここで魔法をぶっ放すか？」

「いやあ、ピエルパオロ様が討伐作戦についてお話している最中だしねえ。また魔法を使おうものなら怒《おこ》られちゃうよ。というかそれ以前に……リディオンの中では君達に手出ししないよう、ある御方《おかた》から指示が出ていてさ」

ある御方。ネオンの頭に思《おも》い浮かぶのは、天魔の討伐を依頼した貴族の女性の姿。

「なるほど。胡散臭《うさんくさ》そうな見た目をしていたが、言っていた事に嘘《うそ》はなかったみたいだな」

「胡散臭いとは失礼だなあ。ともかく、あの御方の指示は絶対だから。いくらわたしでも勝手な事をすれば、あの御方の怒りに触《ふ》れて雷《かみなり》が降ってくるよ。全く……君達を一網打尽《いちもうだじん》にする絶好のチャンスなのにねえ。まあでも、期待はしてるんだ。十つ首の天魔の討伐に君達が役に立つかもってさ」

「どういう意味だ？」

「そのままの意味。ネオン・グロリアスは白銀の剣の使い手クレント・ヴァーシェントを一方的に倒しちゃったんだよねえ。それに平原の魔獣との戦いで防御魔法《ぼうぎょまほう》を駆使《くし》して生き残ったセラ・テルチ。金色山脈で魔人《まじん》と誤認《ごにん》される程の実力者であるルージュ・アルトバル。最弱の武器を与えられたはずなのに、その実力は目を見張るものがある。あの御方が評価するのも頷けるかなあ」

「……俺やセラはともかく、ルージュの事まで筒抜《つつぬ》けなのか」

「あの御方の慧眼《けいがん》を持ってすれば、どんな事もお見通しなんだよねえ。他にも知っているんだよ。平原の地下に巣食う三つ首の天魔、終末教が呼び出した八つ首の天魔もネオン・グロリアス、君が倒したってさ」

ルシアが話した内容を知っているのはネオン達だけのはずだった。

三つ首の天魔を倒した時、魔法兵団はセラを残して壊滅《かいめつ》した。邪教の集団が召喚した八つ首の天魔を倒した時は、魔《ま》法陣《ほうじん》による転移で帝国から離《はな》れた場所にいて目撃者《もくげきしゃ》はいない。

「どうしてそれを知っている？　俺達《おれたち》の事を見張っている奴なんていなかったはずだ」

「ふうん、知りたい？　どうしてわたし達が君の動向を完璧《かんぺき》に把握《はあく》してるのかをさ」

ルシアはくるくると杖を回すのを止《や》め、ピエルパオロの天魔討伐作戦について熱心に耳を傾《かたむ》ける人々の様子を眺めた。

「ただ、話の続きは別室でしようよ、ここじゃ落ち着いて話が出来ないし」

そう言って彼女は屋敷の奥に続く廊下《ろうか》を進んでいく。

「仕方ない、ついていくか。みんな行くぞ」

「ネオン……あんなのについていって大丈夫なの？」

「確かに危険だと思います。罠《わな》の可能性だってあるんですよ？」

「罠だっていうのなら、こいつでぶっ飛ばしてやればいい」

不安げに瞳を揺《ゆ》らす仲間達にネオンはひのきの棒を見せる。

これまで彼は幾度《いくど》となくこの武器で窮地《きゅうち》を切り抜《ぬ》けてきた。今もまた何があっても仲間達を守ると決意していたのだ。その想《おも》いが伝わったのか、セラとルージュは信頼《しんらい》を寄せる彼の言葉に頷いて、共に武器を取ってルシアの後を追う。

そして彼らがルシアによって招き入れられた先は応接室のようだった。

豪華《ごうか》なテーブルやソファーなどが部屋の中央に置かれ、壁《かべ》には絵画がかけられており、天井《てんじょう》からぶら下がるシャンデリアが室内を明るく照らしている。

「さて、話の続きをする前に紅茶でも飲む？　リディオン産の茶葉は帝国でも人気の品でねえ、わたしもこれが好きなんだ」

ルシアは戸棚《とだな》に手を伸ばして白磁の食器を取り出していた。

それから彼女はティーポットに茶葉を入れ、魔法で作り出した熱湯を注ぎ始める。

「悪いがお茶会をするつもりでここに来たわけじゃないんでね。俺達はお前の話を聞きに来た、ただそれだけだ」

「お茶でも飲みながらの方が会話も捗《はかど》ると思ったのだけど、必要ないならまあいいかな」

ルシアはティーカップに注いだ紅茶を飲みながらソファーへと座《すわ》り込む。

「せめて座ったらどうだい？　その調子だと落ち着かないんじゃないかなあ？」

「このままで構わない。座っている間に魔法を使われたら、たまったものじゃないからな」

「そうは言うけど、君の担《かつ》いでいる木箱の中の子はそろそろ限界みたいに見えるけどねえ」

「……そこまでお見通しってわけか」

ネオンが背負っている木箱がガタガタと揺れる。リディオンの関所を通る前からユキには木箱の中に隠《かく》れてもらっていた。木箱の中はお世辞にも広いとは言えない。

ルシアの言う通り、ずっと木箱の中にいたユキは限界だった。

「ぴいいいいいい！」

勢い良く木箱の蓋《ふた》が開いてユキが飛び出した。そのままユキはソファーの上に跳《と》び乗って、お腹《なか》を見せたままごろごろと横になってしまう。

ネオンは慌ててユキを抱《だ》き上げてルシアとの距離《きより》を取った。

「その無邪気《むじやき》な龍が帝国に終焉《しゆうえん》をもたらす悪《あ》しき存在とはねえ。思わず笑ってしまうかな」

ルシアはくくくと笑いながら、それを抑《おさ》えるように口に手を当てる。

「その無邪気な龍を殺す為《ため》に、星の樹《き》の森に炎《ほのお》まで放った連中は何処のどいつだ？」

「わたし達かなあ。それについては否定しないよ、紛《まぎ》れもない事実だからねえ」

ルシアはそう言ってティーカップに注がれた紅茶を口に運んだ。

星の樹の森を焼き、ユキを殺そうとした事に対して悪びれる様子は全くない。

その姿にネオンは怒りがこみ上げてくる。

「まあそう怒らないでよ。少なくともリディオンで天魔《てんま》を討伐するまでは協力関係じゃないか、わたし達は」

「俺達がリディオンを襲《おそ》う天魔と戦うメリットなんてないんでね。軍の兵士と金で雇った連中で勝手に戦えばいいだろう」

「十つ首の天魔を倒さなければ帝国各地で被害は更に広がるよ、それでもいいのかなあ？」

「俺達は勇者御一行《ごいっこう》ってわけじゃない。世界を救う旅をしているつもりはない」

「ふうん……そう言うと思ってたよ。まあでもそう言いながらも律儀《りちぎ》に天魔討伐作戦の説明を聞きに来るあたり、勇者としての素質も十分備えているとは思うけどねえ」

ルシアが勇者という言葉を発した直後だった。さっきまで緊張《きんちょう》で強張《こわば》っていたセラの表情が緩《ゆる》み、その澄《す》んだ青い瞳をきらきらと輝《かがや》かせて彼女《かのじょ》は嬉《うれ》しそうに声を上げる。

「そうですよね！　ルシア様もそう思いますよね！　あたしもネオン様は勇者様だって、出会った時からそう思っていて——むぐっ」

「……セラ、そこまでにしとけ」

興奮した様子のセラの口をネオンは手で塞ぐ。

何度も命を救ってくれたネオンはセラにとってまさに勇者で、それを他《ほか》の誰《だれ》かから聞けたのは嬉しい事なのかもしれないが、今はそんな事を話している場合ではなかった。

ネオンがセラを落ち着かせる一方で、その様子を眺めながらルシアは口元を歪《ゆが》ませる。

「くくく、本当に愉快《ゆかい》な連中だねえ」

「愉快でも不愉快《ふゆかい》でも何でも構わないが、お前は俺達と笑い話をする為にここまで案内したのか？　違《ちが》うだろう」

「そうだねえ、じゃあ手っ取り早く本題に移ろう」

飲み干したティーカップをテーブルに置き、ルシアは鋭い目つきでネオンを見た。

「どうしてわたしが君達の動向を完全に把握しているか、だったたね。さっきも言った通り、全てはあの御方の慧眼によるものなのさ。あの御方は何でも知っている、ネオン・グロリアスが星の樹の森で過ごした地獄《じごく》のような十年の歳月《さいげつ》も、セラ・テルチが学者であった父親を探す為に帝都で魔法の特訓に明け暮れた日々を、ルージュ・アルトバルが憧《あこが》れる彼の背を追いかけ金色山脈で積んだ五年間の修行《しゅぎょう》も、その全てを知っている」

ネオン達は言葉が出なかった。

知るはずがない事を彼女は知っている、まるで直接見てきたかのように、共に聞いていたように、何もかもを知り尽くしているような瞳で彼女はネオン達を見つめている。

そしてルシアの視線はネオンの胸の中にいるユキへと向けられた。

「その幼龍がどうして龍王国《りゅうおう》から離れ帝国に辿《たど》り着いたのか、軍からどうして追われるようになったのか、それを君達は知りたくはないのかなあ？」

「……なるほどな、ここに俺達を連れてきた理由がそれか。天魔討伐の協力の代わりに情報を与《あた》えると。これはその交渉《こうしょう》の場っていうわけだ」

「察しが良いねえ。君は真面目《まじめ》な性格だから依頼《いらい》を引き受けた。それに責任感もあるからこの屋敷まで来たんでしょ。でも葛藤しつつも、天魔討伐に参加する必要性はそこまで感じてはいない。君達の旅の目的は別にあるし、この討伐作戦に参加しなくとも伝説の武器に選ばれた英雄達がいずれ十つ首の天魔も倒《たお》すだろうと、そう思っているんじゃないかなあ？　でも天魔討伐に協力する事で有益な情報が得られるのなら……？」

ルシアの問いかけにネオンは小さく息を吸《す》い込んだ。

彼が旅を始めた理由。それは軍がユキを追う理由を突《つ》き止《と》め、星の樹の森を襲った悲劇の正体を確かめる為。その答えを求めて彼は仲間達と共に帝都への旅を続けていた。

だがリディオンを襲う天魔の討伐に協力する事で、有益な情報が得られるというのなら話は大きく変わってくる。ルシアの交渉に乗れば事の真相に辿り着けるかもしれないのだ。

これが罠だという可能性もあった、それでもネオンの瞳《ひとみ》に迷いはない。

そのリスクを負ってでも、ネオンは真実を知る必要があった。

「……分かった。十つ首の天魔の討伐、俺達も協力しよう」

「ふふん、じゃあ交渉成立ってとこかなあ」

ルシアは満足げに微笑むとネオンに向けて手を伸ばす。

握手《あくしゅ》を求める彼女の手を握《にぎ》り返すネオン。

こうして十つ首の天魔討伐に関する一時的な協力関係が成立するのだった。

それからネオン達はルシアと向かい合うようにソファーへと腰《こし》を下ろす。

ルシアの正面にはネオンが座り、彼の膝《ひざ》の上でユキは横になる。

セラはかしこまりながら、ルージュは足を組んで座っていた。

そんな彼らの前にルシアは紅茶が注がれたティーカップを並べ始める。

「さあ飲んでよ。リディオン産の高級茶葉で淹《い》れた紅茶だから美味《おい》しいと思うよ」

ルシアが用意した紅茶を口に運ぶルージュとセラ。

二人はその香《かお》りを楽しみながら、ほおっと柔《やわ》らかな息をつく。

「リディオンの紅茶ね。なかなか美味しいじゃない。私の育った村のもの程じゃないけど」

「すごく美味しいです、香りが全然違いますね。でも十つ首の天魔の襲撃で茶畑も全て焼かれてしまったんですよね……残念です」

「紅茶よりも早く討伐作戦について説明してくれ。時間がないんだろう？」

「そう急《せ》かさないでよ。今説明してあげるからさあ」

ルシアの持つ小柄の杖から光が放たれ、それはピエルパオロが持っていた水晶球のように十つ首の天魔の姿を映し出した。

「じゃあ、ピエルパオロ様の討伐作戦を聞く前に抜け出してしまったから、その内容はここで代わりにわたしが説明させてもらうよ。まず、二匹《ひき》の天魔を倒した君なら分かるよねえ。天魔は強大で、あの魔物《まもの》には賢王級魔法ですら全く通用しない。前回の襲撃の際にわたしの放った賢王級魔法も、十つ首の天魔に何一つ傷を付ける事は出来なかったからねえ」

「だろうな。でもピエルパオロは前回の襲撃では撃退に成功して、天魔は弱っていると言っていただろ？　撃退出来たっていう事は、お前以上の実力者がリディオンにいるのか？」

「残念だけど天魔は撃退出来ていないよ。あれは前回の襲撃で兵士達を食《く》らって、その腹を満たしたから巣に戻っていったに過ぎないんだ。残念ながら軍は手も足も出なかった」

「じゃあピエルパオロのあの演説は一体何だったんだ？」

「例えばさ、『軍は全く太刀打《たちう》ち出来ない相手だったけど頑張《がんば》って討伐してね』なんて内容を話して、武神の祝福を受けていない連中が、はい分かりました、って討伐に参加すると思うかなあ？　全員が尻尾《しっぽ》を巻いて逃げるに決まってるよね」

「だからと言って、それを知らずに天魔討伐に参加するなんて無謀《むぼう》だ。あそこにいた連中全員が犬死にするぞ？」

「構わないかなあ。あそこに集められた連中の大半は、盗賊《とうぞく》や暗殺業など手を汚《よご》した事のあるのが大半なの。莫大《ばくだい》な報酬《ほうしゅう》をちらつかせて連中を集めて、天魔討伐の際にみんな死んでしまえば帝国としては一石二鳥なわけだしねえ。まあ中には普通《ふつう》の冒険者《ぼうけんしゃ》や傭兵も混じっているだろうけどさ」

ルシアの話す残酷《ざんこく》な内容にセラの顔色が険しくなっていく。

セラは優しい子だ。平原の洞窟でもそうだったように、自らの命を危険に晒《さら》した相手の最後にすら心を痛めてしまう程の、慈悲深《じひぶか》い心の持ち主だ。そんな彼女だからこそ、他者を利用し犠牲にする軍のやり方に怒りを抑えきれずにいるのだろう。

「そ、そんなの許せません！　天魔のせいでリディオンが危機に瀕《ひん》しているからって……人の命を何だと思っているんですか⁉　ネオン様、行きましょう！　みんなに本当の事を伝えないと……！」

セラは慌《あわ》てて部屋の外へと出ようとするが、そんな彼女をネオンは引き止めた。

「待て、セラ。俺達が今の内容を話したところで、連中にそれを信じてもらえるはずがない。何処の誰かも知らない俺達と大貴族ピエルパオロ。どちらの発言を連中が信じるかなんて予想するまでもないだろ」

「で、でも……やってみなきゃ分かりません」

「一旦《いったん》落ち着くんだ。そもそも軍にだって何か考えがあるはずさ、でなきゃ何の役にも立たない連中を呼び集めるはずがない。ルシア、そうだろう？」

「まあね、わたし達《たち》も無策に彼らを集めたわけじゃないからねえ。そしてその策というのが天魔《てんま》討伐《とうばつ》作戦の要とも言えるものなのさ」

ルシアはその内容を詳《くわ》しく説明し始めた。

傭兵達《ようへいたち》に命じられているのは、天魔の動きを封《ふう》じる為の時間稼ぎだ。

その間に軍の正規兵達がとある兵器を天魔に向けて使用するのだという。

「前回の襲撃の際は間に合わなかったけど、次の襲撃には準備が整うはずだからねえ」

「賢王級魔法ですら通用しない相手に……その兵器が役に立つのか？」

「もちろん、ただの兵器じゃないからさ。その兵器っていうのは武神が帝国に降り立った際、伝説の武器と共に当時の皇帝にもたらされた最強の兵器『フラガラッハ』なんだから」

ネオンはその名称《めいしょう》を初めて聞いた。

武神によって帝国にもたらされた最強の武器は全部で五つのはずだ。

聖槍ヴリューナク・神弓《しんきゅう》アルテミス・神杖ヴァナルガンド・天斧《てんぷ》トールハンマー。

そして聖剣《せいけん》エクスカリバー。

帝国の秘宝として伝わる最強の武器については知っているが、彼女の言うフラガラッハについては耳にした事もない。

「フラガラッハ、か。セラはその兵器について、親父《おやじ》さんの本で読んだ事はあるか？」

「いえ、あたしも初めて聞きました。武神がもたらした力は、武神の祝福と最強の五つの武器のはずです。フラガラッハについてはお父様の本にも書いてありませんでした」

「国が秘匿《ひとく》する程の兵器か。ならそれを使えば十つ首の天魔を倒す事も出来るのか？」

ネオンの言葉にルシアは自信に溢れた表情で頷いた。

「前回の襲撃でもフラガラッハさえ使用出来れば十つ首の天魔も倒す事は出来たはずなんだ。君達に求めるのはフラガラッハを使うその瞬間までの時間稼ぎ、三つ首と八つ首を討伐した君達なら十分可能なんじゃないかなあ」

ネオンの持つひのきの棒は全部で四本。十つ首の天魔を倒すには全ての頭を破壊しなければならないが、たった四本のひのきの棒で戦うのはあまりにも無謀な挑戦《ちょうせん》だ。しかしルシアの言うフラガラッハが十つ首の天魔に通用するのなら勝機があるかもしれない。

「作戦は明日の明け方に開始するからね。天魔をリディオンから離れた場所に誘《さそ》い込み、様々な攻撃手段で身動きを封じてフラガラッハでとどめを刺《さ》す。フラガラッハの発動は一度きり、二度はないから頼んだよ」

ルシアは天魔を映し出していた小さな杖を片付けて、ゆっくりとソファーから立ち上がった。それから部屋の外に出ようとする彼女をネオンは呼び止める。

「ちょっと待て。討伐作戦の内容はそれだけなのか？」

「他の参加者と違って君達は自由に動いてくれた方が良いと思うんだよねえ。変に行動を縛《しば》られるより、君達としてもそっちの方が都合は良いでしょ。それじゃあ期待しているからね、最弱の武器に選ばれた御一行様」

そう言い残してルシアが部屋を去った後、セラは頬《ほお》を膨《ふく》らませて不満の声を漏《も》らした。

「むぅ……最弱の武器に選ばれた御一行様って、一言余計ですよね……」

「事実だから仕方ないさ。俺達の武器を見て馬鹿《ばか》にしてくる連中は大勢いる、明日の天魔討伐で見返してやればいいだけの話だ。それより俺達も屋敷《やしき》を出て宿を探さないと。作戦開始が明け方っていうのなら、それまでにしっかり体を休めておこう」

ネオンは自身の膝の上で眠《ねむ》るユキを抱《かか》えてソファーから立ち上がる。

「ほら、ルージュも行くぞ。いつまで寝《ね》てるんだ？」

「ん？　ふぅあああ……。話終わったの……？」

目をこすり、体を大きく伸ばすルージュ。討伐作戦の説明が行われている最中、一言も喋《しゃべ》らなかったルージュだったが、話が始まった直後には眠ってしまっていたらしい。

大きなあくびをした後、彼女もその場から立ち上がる。

「小難しい話は苦手なのよね、聞いてるだけで眠くなるの。それにこのソファーもふかふかで気付いたら夢の中だったわ」

「ぴぃぃー」

ネオンの胸の中であくびを見せるユキとまだ夢うつつな様子のルージュ。

明日の天魔との戦闘にネオンは不安を感じながらも、討伐作戦の準備を済ませる為に屋敷を後にする事にした。


天魔討伐作戦についての情報共有を終えた後のピエルパオロ邸《てい》。

大勢の傭兵や冒険者、ならず者達が集まっていた邸内《ていない》はもぬけの殻《から》となっていた。

「さてと全員帰ったかなあ。明日の天魔との戦いが楽しみだねえ」

そこはピエルパオロの私室。光《ひか》り輝くシャンデリアが天井から吊《つ》り下がり、金細工が施《ほどこ》された豪華絢爛な机に椅子《いす》、部屋を彩《いろど》るように精巧《せいこう》な彫像《ちょうぞう》が飾《かざ》られている。

「全《すべ》ては計画通りに事が進んでおりますな。最弱の武器を持つ彼らがリディオンを襲撃する天魔の討伐に役立つかは些《いささ》か疑問が残りますが」

「白龍《はくりゅう》の情報をちらつかせたらすぐに食いついてくれたよ。彼らには多額の報酬を払《はら》うと言っても見向きもしないだろうし、やっぱり持つべきものは情報、といったところだねぇ」

屋敷の主である者が座るはずの豪華絢爛な椅子。それにもたれかかるのはピエルパオロではない、白い翼を生やした小さな杖を指先でくるくると回すルシアだった。

主であるはずのピエルパオロはルシアにかしこまり、彼女は足を組みながらテーブルの上のティーカップへ手を伸ばす。

小柄の杖が光を放ちながら、徐々《じょじょ》に両手で持つ程の大きさへと形を変えていく。

白金色に輝く杖、それは神杖ヴァナルガンド。その杖を握るルシアの髪《かみ》が長く伸び、黒い髪が透《す》き通った金糸のような髪へと色を変える。顔立ちにも徐々に変化が現れていた。

その姿は伝説の武器に選ばれた英雄『クーリ・シャルテイシア』そのものだった。

「魔《ま》法《ほう》で髪色と長さ、それに顔付きを少し変えるだけでも案外と気付かれないものですね。意外と彼等は鈍《にぶ》いのかもしれません。それにしても自分の事をあの御方呼ばわりするのは、おかしな気分になりますが」

シャルテイシアには複数の姿と名前がある。

時には大都市リディオンの貴族、時には魔法兵団副団長ルシア・ラフルゥ。

そして伝説の武器に選ばれた英雄シャルテイシアとして、その他にも様々な名前と姿と身分を彼女は使い分けていた。

「明日の天魔討伐作戦にはシャルテイシア様もご参加なさるのですか？　前回の戦いであなた様がいればあの天魔も容易く葬《ほうむ》っていたはずでしょう、出来ればお力添《ちからぞ》えを頂きたい」

「ええ。と言ってもルシア・ラフルゥとして参加致《いた》します。明日の討伐作戦でネオン・グロリアスその一行の戦いを直に見れますからね、彼等の前で神杖の英雄として力を振《ふ》るうわけにはいきません。フラガラッハの発動は魔法兵団の方々にお願いしておきますわ」

「ではこちらから魔法兵団にそう伝えておきましょう」

「お願いしますわ、ピエルパオロ。ふふ、三つ首と八つ首の天魔を最弱の武器ひのきの棒で倒したという彼の実力、楽しみです。たった四本のひのきの棒で十の命を持つ強大な天魔に対してどう立ち向かうのか……この目で見届ける事としますわ」

ティーカップを片手に不敵な笑みを浮《う》かべるシャルテイシア。

ネオンの持つ残りのひのきの棒の数も知られている。

——全ては彼女の手のひらの上だった。

※

天魔討伐作戦、その最前線。

焼け野原には多くの大砲《たいほう》などの兵器が並び、完全武装した軍の正規兵達が慌ただしく準備に追われている。この作戦で武勲を上げるのだと息巻く冒険者達や傭兵《ようへい》に紛れ、ネオン達も最後の打ち合わせを行っていた。

「宿屋で話した通りだ。天魔への攻撃《こうげき》は俺《おれ》とルージュで分担して行い、セラは防御魔法で俺達の援護《えんご》を、怪我《けが》をした場合は遮蔽《しゃへい》物の裏でユキに回復してもらう。それでいいな？」

「分かりました。ただあたしのかしの杖はもう限界なので……数発の防御魔法で杖は壊《こわ》れてしまうと思います」

「被弾《ひだん》は最小限にしろ、って事よね。任せておきなさい。私とネオンで倒してみせるわ」

「油断するなよ、ルージュ。八つ首の天魔との戦いだと俺もやられかけた。あの時はセラの防御魔法で助かったが、今回はその魔法にも回数制限がある。それに俺の持っているひのきの棒は四本しかない。あくまでも俺達の役目は昨日ルシアが言っていたフラガラッハ発動までの時間稼《かせ》ぎだ。無理は禁物だぞ」

ネオンは慌ただしく準備をする兵士達の様子を眺《なが》めた。

兵士達が一ヶ所に集まるその中央には、青く透き通った巨大な結晶《けっしょう》が朝日を浴びて輝いている。おそらくあれが武神によってもたらされた帝国の秘宝にして最強の兵器、フラガラッハを発動させる為のもの。

ルシアの言葉が真実ならあの兵器で十つ首の天魔を倒す事が出来る。今はそれを信じて戦うしかない。そしてこの戦いに勝てばユキに関する情報を得られるのだ。

「やる気があるようで助かったよ。実は来ないんじゃないかってそわそわしてたんだ」

その声の方へ振り向くと、小さな杖をくるくると回しながらネオン達に近付くルシアの姿があった。

「天魔に勝てばユキについての情報を教えてくれる。そういう話だからな。ただその約束を反故《ほご》にするようなら……分かっているよな？」

ネオンはひのきの棒をルシアへと向ける。約束を破るようなら、ひのきの棒で叩きのめすつもりだった。その様子に彼女は呆《あき》れたように言い返す。

「わたしもそこまで人でなしじゃないからねえ。約束は守るよ。ただその前に君達が何処まで天魔の討伐《とうばつ》に活躍《かつやく》出来るか次第《しだい》でもあるけれど」

「フラガラッハの発動まではしっかりと仕事はするさ。ただ信用はしていないからな」

「はいはい。まあ下らない言い争いはやめにしようか。始まるからねえ、そろそろ」

兵士が大きな鐘《かね》を鳴らす。それは討伐作戦の開始を告げる合図だった。

魔法兵団の兵士達が空に向けて魔法を放つと、それは空中で炸裂《さくれつ》し虹色《にじいろ》に輝いた。

「あんなので天魔を呼び出せるのか？」

「もちろん。まあ見てなよ、東の空だ」

兵士達は朝日の差す方へと武器を構える。

その向こうには大きな翼《つばさ》を羽ばたかせた魔獣《まじゅう》が空を翔《かけ》る姿が見えた。

紫色《むらさきいろ》に染まった獅子《しし》のような胴体《どうたい》に巨大《きょだい》な翼を生やし、鷲《わし》のような頭を十本生やした異形の存在。大都市リディオン周辺を壊滅させ、リディオンに駐在《ちゆうざい》する軍の兵士達が総力を結集しても手も足も出なかった最強クラスの魔獣、十つ首の天魔。

「ネオン様、今までの終末の魔獣とは比べ物にならない程《ほど》の魔力量《まりよく》です……。邪教《じやきよう》の集団が召喚《しようかん》した八つ首の大蛇《だいじや》、あれと比べても数倍以上の魔力を感じます……」

「私も話だけは聞いていたけど、こうして見ると凄《すご》さが伝わってくるわね」

ルージュの体が震《ふる》えているのにネオンは気付く。

無理もない。以前に天魔と対峙《たいじ》した事がある自分達ですら恐怖《きようふ》を感じるのだ。天魔と初めて戦うルージュが怯えてしまうのは当然の事だろう。

そんな彼女を勇気付けようと、ネオンは震える肩《かた》にそっと手を伸《の》ばした。

「大丈夫だ、ルージュ。一度深呼吸して落ち着こう。その震えも収まるかもしれない」

「こ、これは怖くて震えているんじゃないの、武者震《むしゃぶる》いよ！　最強の魔獣に私の力がどれだけ通用するのか試《ため》す良いチャンスだわ！」

「そうか、それを聞いて安心したよ。俺達も付いてる、みんなで天魔を倒そう、ルージュ」

「ええ、私もネオンに良いところ見せるわよ！　絶対に活躍してみせるんだから！」

ルージュがいつもの調子に戻《もど》った事に安堵《あんど》しながら、ネオンは十つ首の天魔を見据《みす》えた。

以前に討伐した八つ首の大蛇を遥《はる》かに上回る強大な魔獣。

果たして本当にここで討伐する事が出来るのだろうか、全てはルシアの言っている帝国《ていこく》の秘宝にして最強の兵器、フラガラッハに懸けるしかない。

軍の隊長クラスと思われる人物が声を上げた。

「弓兵隊！　撃《う》てッー!!」

接近する十つ首の天魔に向けて数え切れない程の矢が放たれる。

武神による祝福と日々の鍛錬《たんれん》により熟練された矢の射撃《しゃげき》は正確で、その全てが空を移動する十つ首の天魔を直撃《ちょくげき》した。しかし、矢による効果は全くなく十つ首の天魔は接近する速度を更《さら》に上げていく。

「……ッ、速い!!　それに岩すら貫《つらぬ》く我々の矢が一切《いっさい》通じぬとは……ッ」

「怯《ひる》むな！　少しでも奴に損傷を与えろ！」

傭兵達が大砲での砲撃《ほうげき》を開始する。その砲撃に加えて魔法兵団が詠唱《えいしょう》を始めた。

空を覆《おお》う程の魔法の嵐《あらし》が、数多《あまた》の砲撃が、十つ首の天魔に向けて放たれる。

だが賢王級魔法ですら通用しない相手では何の効果も得られない。

そして十つ首の天魔は無傷のままネオン達の前に降り立った。

間近で見る天魔の姿、全身から溢れ出るおぞましい魔力、それぞれの頭から放たれる鋭《するど》い眼光にその場に集っていた人々は気圧される。

「今こそ武勲を上げるのだ！　さあ、かかれ!!」

隊長格の兵士の突撃《とつげき》命令。

それを合図に多くの人々が十つ首の天魔に飛びかかった。

貴族に集められた優秀《ゆうしゅう》な冒険者、周辺では恐《おそ》れられる盗賊の長。武神の祝福を受けた軍の兵士達。彼らの戦闘力《せんとうりょく》は凄《すさ》まじく、目にも留まらない速さで十つ首の天魔に絶え間ない攻撃を与え続ける。

帝国騎士団《ていこくきしだん》の隊長格の男が剣《けん》に闘気を纏《まと》った。

その剣撃を受け天魔は一瞬怯《いっしゅんひる》んだように見えた——その瞬間《しゅんかん》、天魔の咆哮《ほうこう》が轟《とどろ》く。

赤い閃光《せんこう》が辺りを覆った。

天魔から放たれた閃光に飲まれていく人々、軍の兵士達が着る一流の防具ですら何の意味もなく、彼《かれ》らは灰も残さず跡形《あとかた》もなく消えていく。

それは三つ首と八つ首の天魔が放ったものと同じように見えたが、その破壊力《はかいりょく》はそれを遥かに上回るものだった。周囲の地形を変える程の威力《いりょく》で無差別に全てを破壊《はかい》していく。

その破壊の限りを尽《つ》くす光景に、残された人々の表情は絶望に染まっていった。

「き、聞いていた話と違うじゃないか……！　前回の襲撃《しゅうげき》で天魔は満身創痍《まんしんそうい》、討伐は容易だってピエルパオロの野郎《やろう》もそう言っていただろう⁉」

「に、逃《に》げるぞ‼　報酬なんて知ったこっちゃねえ‼」

戦いもせず逃げ始めた傭兵達に十つ首の天魔が襲いかかる。

巨木《きょぼく》を思わせる脚《あし》で地面を蹴《け》り、逃げ惑《まど》う人々に食らいつこうとしたその時。


――ドン。


鈍く重い音が辺り一帯に轟いた。

その音の正体は、ネオンの放ったひのきの棒の一撃《いちげき》によるもの。

天魔の鷲のような頭の一本が肉片《にくへん》となって弾《はじ》け飛び、その衝撃《しょうげき》は大地にまで伝わった。

戦場にいた人々は驚愕《きょうがく》の表情を浮かべる。最弱の武器ひのきの棒による一撃が、最強の魔獣たる十つ首の天魔の頭部を破壊した、そのあり得ないはずの光景に言葉を失った。

「やっぱり俺達で何とかするしかないのか」

「私もいつでもいけるわよ！」

「援護は任せてください！」

「ぴい！」

残る九つの首が最弱の武器を構えるネオン達を捉《とら》える。けたたましい咆哮を上げる天魔は、この戦場で最大の驚異《きょうい》となるネオン達に向けて激しい勢いで襲いかかっていた。

ネオンは地面を蹴り、天魔の繰《く》り出す鋭い鉤爪《かぎつめ》を躱《かわ》した。そして天魔の意識がネオンに向いているその隙《すき》に、ルージュは石の斧《おの》による一撃を天魔に向けて叩き込む。

「てやあああああ‼」

激しい打撃音と共に十つ首の天魔の脚は潰《つぶ》れ、ルージュは余裕《よゆう》の笑《え》みを浮かべた。

「ふふん！　どうだ参ったか！　こんなやつ、私が本気を出せば楽勝なんだからねっ！」

「駄目《だめ》だ、ルージュ！　油断するな‼」

「えっ？」

潰れたはずの天魔の脚は瞬時《しゅんじ》に再生し、鋭い鉤爪がルージュに襲いかかる。

油断していたルージュは避《さ》けきる事が出来ず、刃《やいば》のような鉤爪が彼女の腕《うで》をかすった。

「っ痛う……！」

鉤爪の鋭さは凄まじく、僅《わず》かに触れただけで腕から鮮血《せんけつ》が噴《ふ》き出す。更に天魔の魔力が残す九つの頭に集中していく。全てを消し飛ばす赤い閃光がルージュに向けて放たれた。

「光壁《プロテクション》‼」

セラの持つかしの杖《つえ》が光を放ち、発動した魔法障壁《まほうしょうへき》がルージュの体を包み込《こ》んでいる。

天魔の放つ赤い閃光から光の壁がルージュを守っていた。

「ルージュさん、大丈夫《だいじょうぶ》ですか⁉」

ルージュのもとにセラとユキが駆《か》け寄った。傷付いた彼女の腕をぺろぺろと舐《な》めるユキ。

腕に出来た傷はユキが舐める事で瞬《また》く間《ま》に癒《い》えていく。

「ありがとう。セラにちび龍《りゅう》、助かったわ。これでまた私も戦える！」

「ぴい！」

「それにしても……脚を潰してもすぐに再生してしまうのね」

「そのようですね。ネオン様が叩《たた》き潰した頭が再生していないのを見ると、やはり頭部の破壊さえすればあの天魔も倒せるはずです」

「頭を潰したいけど、あの赤い光で反撃《はんげき》を食らうのはまずいわね……。ネオン、どうする？」

ネオンは新しいひのきの棒を取り出しながらルージュの傍《そば》に着地する。

「危険を承知の上で突っ込むしかないだろ。あの赤い閃光をセラの魔法で防いでもらっている間に一撃を与えるしかない。セラ、あと魔法は何回使えそうだ？」

セラは崩《くず》れ始めているかしの杖を見せた。

既《すで》に先端《せんたん》の方は割れて、ボロボロと木片《もくへん》がこぼれていく。

「かしの杖は限界です……あと一回で壊れてしまいます」

「無茶《むちゃ》な戦い方は出来ないか。なら他の魔《ま》法使《ほうつか》いにも手伝ってもらうしかなさそうだな」

ネオンは後方に控《ひか》えていたルシアの方に振り向く。

その視線に気付いたルシアは、ゆったりとした足取りでネオンのもとへ歩み寄った。

「どうやらお困りのようだね。何の用かなあ？」

「フラガラッハの発動までどれくらいかかる？」

「あともう少しかな、あれは色々と条件が整わないと使えない代物《しろもの》でねえ」

「俺達が時間を稼ぐ、天魔が赤い閃光が放とうとしたら光壁《プロテクション》で援護を」

「ふうん、なかなか無謀な戦い方だねえ。悪いけどそれは無理だよ」

「……協力するつもりはないって言いたいのか？」

「いや、違うよ。下級の防御魔法《ぼうぎょまほう》であれを防げるわけないでしょ」

そう言いながらルシアは白い翼を生やす小さな杖に魔力を集めた。その魔力は凄まじい程の密度で、杖の先端でバチバチと火花を散らしながら眩《まばゆ》い光を放つ。

それと同時に十つ首の天魔の体が赤い閃光を放ち、周囲を消し去ろうとしたその瞬間。

「賢王級魔法――世界を断絶する壁《アブソリュートシールド》！」

ルシアが詠唱した防御魔法が分厚い光の壁となり十つ首の天魔を覆う。

同時に天魔から放たれる赤い閃光により、ルシアの生み出した光の壁にいくつもの亀裂《きれつ》が生まれ、そして爆発《ばくはつ》と共にガラスのように砕《くだ》け散った。

「一流の魔法杖《まほうじょう》である『天使の羽根』と、最強の魔法とされる賢王級の組み合わせですら今ので精一杯《せいいっぱい》なんだ。君達の無茶な戦い方には対応しきれない。賢王級魔法でも防ぎきれない程の密度の魔力なんだよ？」

「そんな馬鹿な……。セラの防御魔法は天魔の閃光からルージュを守っていただろ？」

「異常なんだよ、下級の防御魔法であの密度の魔力を防ぐなんて。ここにいる魔法使いで同じ事を出来るのはわたしを含《ふく》めて一人もいない。防御《ぼうぎょ》に使う無属性魔法が最も扱《あつか》いが難しいものなのは、魔法に詳しくない君でも知っているでしょ？」

ネオンは八つ首の天魔を倒した後、村でセラが言っていた事を思い出していた。

属性変換《へんかん》せずに魔法を使おうとするとその力は大幅《おおはば》に失われてしまう。

ルシアが膨大《ぼうだい》な魔力を消費して生み出した世界を断絶する壁《アブソリユートシールド》という賢王級魔法は、属性変換せずに使われる防御魔法の頂点。セラの放つ下級魔法光 壁《プロテクション》はその頂点を遥かに上回る程の防御力《ぼうぎよりよく》を発揮している。それはまさに異常と言えるものだった。

ルシアの持っていた杖に再び光が集まっていく。

「けれどわたし達にはフラガラッハがある。防御魔法で援護をしなくとも、フラガラッハでの攻撃を成功させれば勝機はあるはずさ」

「信じていいんだな、この瞬間だけはお前達の事を」

「当然。乗りかかった船、最後まで乗っていってよね」

ルシアはフラガラッハを発動させる水晶《すいしよう》に向けて、杖に集めた膨大な魔力を注《そそ》ぎ込む。

同時に水晶からは神々《こうごう》しい光が溢《あふ》れ出ていた。

「これでフラガラッハの準備も整った。後は君達の協力次第だね。可能な限り十つ首の天魔の身動きを封じて欲《ほ》しい、それが出来れば帝国最強の兵器フラガラッハを叩き込める」

「十つ首の天魔を倒すにはそれしか方法はないんだろ、だったらやるしかない」

ネオンは覚悟《かくご》を決め、ひのきの棒を構える。彼に続くようにルージュは新しい石を斧に巻き付け、セラはボロボロのかしの杖に魔力を込める。ユキもすかさず天魔を威嚇《いかく》した。

彼らの瞳には勝利への希望が宿っている。

「全力で行くわよ、ネオン！　私達で十つ首の天魔を倒しましょう！」

「あたしもありったけの魔力を込めて最後の魔法を使います！」

「ぴぃ！」

最弱の武器で最強の魔獣に立ち向かおうとしている自分達の姿は滑稽《こっけい》かもしれない。だがそれでも勝てる自信があった。仲間達と一緒《いっしょ》ならどんな敵が相手でも負ける気がしない。

ネオンは仲間達を見つめながら力強く答えた。

「絶対に勝つぞ」

その言葉と共に彼らは一斉《いっせい》に駆け出した。

天魔に向けて飛び込むネオン、ルージュは石の斧を構えて彼の後に続く、セラは光壁《プロテクション》を放つ準備を整え、ユキは仲間達の無事を祈《いの》った。

天魔は翼を羽ばたかせ、その風圧でネオン達を吹《ふ》き飛ばそうと暴れまわる。

だが風圧程度では彼らは決して止まらない。

ルージュは石の斧に赤い闘気を纏わせ、回転しながらその一撃に遠心力を加えた。

「まずは私から！」

渾身《こんしん》の力が込められた石の斧が天魔《てんま》の頭に炸裂する。

ルージュの攻撃によって天魔が怯んだ瞬間をネオンは見逃《みのが》さなかった。

彼は天魔の脳天に目掛《めが》けてひのきの棒を叩き込み、その頭を一撃で破壊する。しかし残る八本の頭は健在であり、真紅《しんく》の閃光が再び彼らに向けて放たれようとしていた。

ネオンは粉々に砕けたひのきの棒を捨て、すぐさまルージュを抱《だ》き寄せる。

「セラ、防御魔法だ！」

「はい！　光壁《プロテクション》!!」

ネオンとルージュを覆う光の壁、セラの魔法障壁が天魔の真紅の閃光から二人を守る。

しかし、魔法を発動させた事でセラの持っていたかしの杖は音もなく粉々に崩れていた。

ネオンは残る二本のひのきの棒に手を伸ばした。

天魔の意識は完全にネオン達に向けられている。魔法兵団のフラガラッハ発動の儀式《ぎしき》が既に整っている事にも、水晶から溢れ出る凄まじい魔力にさえ気付いていない。

「ネオン！　石の斧、こっちも準備出来てるわ！」

「ああ、もうちょっとだ！　最後まで気を抜《ぬ》くな、ルージュ！」

天魔の残る八本の頭がネオン達に狙《ねら》いを定めていた、放たれる真紅の閃光。

直撃すれば死は免《まぬが》れない、だからこそネオンはひのきの棒を握る手に力を込める。

「ルージュ、後ろに下がってろよ！」

迫《せま》りくる赤い光に向けて彼は全力でひのきの棒を振った。

それは凄まじい衝撃波《しょうげきは》となり天魔の放つ赤い閃光をかき消し、同時に衝撃波を生み出したひのきの棒は粉々に砕け散っていく。

ネオンが天魔の攻撃を防いだ直後、ルージュはすかさず次の行動に移る。闘気を纏った石の斧の一撃によって天魔は再び怯み、彼女《かのじょ》はネオンへと振り返った。

「ネオン、あとは任せたわよ!!」

「ありがとう、ルージュ！　これで決めるぞ!!」

仲間達はネオンを見守る、彼がこの戦いに勝利をもたらす事を信じて。

その想《おも》いに応《こた》えるようにネオンは地面を蹴り、最後のひのきの棒に全力を注ぎ込んだ。

そして放たれる渾身の一撃。


――ドン。


凄まじい威力に天魔は耐《た》えきれず、そのまま地面へと叩きつけられた。

地面は割れ、大地は陥没《かんぼつ》し、凄まじい衝撃が辺りに轟いた。

天魔の巨体《きょたい》はその衝撃によって生み出されたクレーターの中に沈《しず》み込む。

ネオンの全力の一撃によって、天魔の身動きを完全に封じる事に成功したのだ。

「見事だったよ、これで発動出来る」

その瞬間、聞こえてきたのはルシアの声。同時に辺り一面を黄金の光が包み込む。

空を見上げると稲妻《いなずま》を纏う漆黒《しっこく》の巨大な剣が天を裂《さ》き現れていた。

それは帝国の秘宝にして武神によってもたらされたという最強の兵器、フラガラッハ。

光り輝《かがや》きながらフラガラッハは天魔に向かって隕石《いんせき》のように落ちていく。

身動きの取れない天魔は魔力を滾《たぎ》らせ、その身に宿る最大の力を迫り来るフラガラッハに向けて放った。だが強大な魔力の込められたその閃光ですら、武神のもたらしたフラガラッハには通用しない。

巨大な漆黒の剣が天魔に突き刺さり、同時に凄まじい衝撃が辺りを襲《おそ》った。

大地が揺《ゆ》れ、轟音《ごうおん》が鳴り響《ひび》く。やがて静寂《せいじゃく》と共に舞《ま》い上がる砂煙《すなけむり》が晴れていった。

霧《きり》のように消えていく巨剣、そして周囲には勝利を確信した人々の歓声《かんせい》が響き渡《わた》る。

フラガラッハは天魔を貫き、その直撃によって天魔は遂《つい》に地面へと崩れ落ちたのだ。

「終わった、のか」

「終わりました……終わりましたよ、ネオン様！」

「無事に天魔を倒《たお》す事が出来たみたいね！」

「ぴいいいいい！」

力が抜けたようにその場に座《すわ》り込むネオンをルージュとセラが抱きしめる。ユキも嬉《うれ》しそうに彼の頭の上に跳《と》び乗った。

だが勝利の喜びを分かち合うネオン達の前に、不敵な笑みを浮かべたルシアが現れる。

ルシアは勝利に貢献《こうけん》したはずの彼らに魔力の込められた杖を向けていた。

「たった四本のひのきの棒、壊れかけのかしの杖、それに粗末《そまつ》な石の斧で十つ首の天魔を圧倒《あっとう》するだなんてねえ。君達のおかげで最強の魔獣を倒す事が出来たかな。礼を言うよ」

「……礼を言う、か。どう見ても礼をしている様子には見えないが」

武器を構えた正規兵達がネオン達を取り囲んでいた。ネオンにはもうひのきの棒は残されていない、セラのかしの杖もない、ルージュの石の斧も砕け散っている。

「あんた達、やっぱり初めからそういうつもりだったのね！」

「ユキちゃんの事を教えてくれるって言っていたのに……騙《だま》していたんですね」

「ぴい!!」

「君達が一筋縄《ひとすじなわ》でいかないのはよく分かっているつもりさ。それにリディオンを襲う十つ首の天魔の討伐に加えて、帝国に終焉《しゅうえん》をもたらす白龍の討伐、これを同時に皇帝《こうてい》陛下へ報告出来るんだよ。今からどんな褒美《ほうび》が待っているのか楽しみになってきたかなあ」

「いいのか……天魔討伐作戦の依頼主《いらいぬし》である貴族の女は、俺達《おれたち》に手を出さないように約束していたはずだ。リディオンでは貴族の言う事が絶対なんだろ？」

「あの御方《おかた》から言われていたのは、天魔を討伐するまでの間は手を出すな、ってねえ。天魔がああやって討伐された以上、もう関係のない話かなあ。ああでも安心してよ、抵抗《ていこう》しなかったら苦しめずに一瞬《いっしゅん》で仕留めてあげるから」

ルシアの持つ魔法杖、天使の羽根から光が溢れ出す。

「それじゃあ君達の冒険《ぼうけん》はここまで。さようなら」

そして彼女がネオン達に向けて魔法を放とうとした瞬間。

「ル、ルシア様⁉　あ、あれを……あれを御覧《ごらん》ください‼」

兵士の一人が慌てた様子で指差す方、そこには信じられない光景が広がっていた。

フラガラッハにより絶命したはずの天魔がゆっくりと立ち上がっていたのだ。

慌てふためく兵士達をよそに、その光景を見つめるルシアの口元は僅かに笑っている。

そして立ち上がる天魔の姿に変化が現れた。

残っていた八本の頭が溶《と》け始め、そこから巨大な頭が新たに一つだけ生えようとしている。それは今まで生えていた鷲の頭ではない、紫色に染まった人間の顔。禍々《まがまが》しい魔力は十本の頭を生やしていた時以上のものだった。

戦場に残っていた人々は絶叫《ぜっきょう》し、蜘蛛《くも》の子を散らすように逃げていく。

その隙にネオンも仲間達を連れてこの場を離《はな》れようとしていた、だが――。

「――ナンジラ、ワガシュクガンヲハタス、ショウガイ」

ネオン達の前に不気味な声を響かせる天魔が立ち塞《ふさ》がっていた。

逃げまどう兵士達は眼中にすらなく、その禍々しい眼光をネオン達に向ける。

「シヌガヨイ」

変容を遂《と》げた天魔の口に赤い閃光が集まる、その威力は明らかに先程《さきほど》までの比ではない。

ネオン達が死を悟《さと》った――その時だった。

「だーめ、その人はボクのものなんだから」

女性の声と共に青い剣閃が刹那《せつな》の間に繰り出される。

巨大な天魔の全身がその一瞬で斬《き》り裂かれ、肉片となり崩れ落ちていった。

「まさか……今のは？」

剣閃を繰り出した光り輝く青色の刃にネオンは見覚えがある。

その剣はありとあらゆる全てを斬り裂き、降りかかる災厄《さいやく》から帝国を守り続けてきた。

幼い頃《ころ》のネオンは自分がその剣に選ばれ、世界を救う夢を何度も見た。そしてその剣と共に帝国騎士団の団長となり、英雄《えいゆう》として歴史に名を残す事を信じて疑わなかった。

その剣の名は聖剣エクスカリバー、武神によってもたらされた最強の剣。

そして聖剣に選ばれた人物は皮肉にも――。

「お兄ちゃん、ようやく会えたね」

――ネオンの実の妹、シオン・グロリアス。

彼女の手には聖剣エクスカリバーが握《にぎ》られていた。

ネオンが帝都《ていと》を離れた後、彼女も兄のように武神の祝福を受け、聖剣エクスカリバーを与《あた》えられた事は風のたよりで聞いていた。

そして歴代最年少で帝国騎士団の団長に選ばれた事も彼は知っている。

十年前、帝都を離れる直前に見た妹の姿。幼さの残っていたあの姿はもうない。

月日が経《た》ち、妹も聖剣エクスカリバーに見合う剣士《けんし》へと成長していた。

「あの方がネオン様の妹さんで、帝国騎士団の団長、シオン・グロリアス様？」

「はあ……助かったわね、復活した天魔を倒したのがネオンの妹だったなんて」

セラとルージュが安堵する一方で、ユキだけは後ずさりながらグルルと牙《きば》を見せて威嚇する。それはユキが今まで見せた事のない表情だった。敵意を見せて威嚇する事は何度もあった。だが今のユキからは敵意だけではない、恐怖まで浮かんでいるように見えた。

そしてユキがどうしてそんな表情を見せるのか、その理由をネオンは理解している。

「駄目だ……駄目だ、みんな早く逃げろ!!」

ネオンが叫《さけ》んだ、その瞬間。

彼の後ろにいたセラとルージュ、ユキの体から鮮血が噴き上がる。聖剣の斬撃により血溜《だ》まりの出来た地面に倒れる仲間達《たち》、その姿にネオンは声にならない叫びを上げた。

「皇帝から言われてたんだ。白い幼龍とそれを守るお兄ちゃん、その仲間を殺せって。他《ほか》の連中はどうでもいいけど、お兄ちゃんだけはボクが決着を付けなきゃって！　あは、間に合ってよかった！」

聖剣エクスカリバーについた仲間達の血を舐めながら、シオンはニコリと不気味な笑みを浮かべた。彼女は天魔からネオン達を守ったのではない、自らの獲物《えもの》を横取りされる事を嫌《きら》った、ただそれだけの理由だった。

「シオン……っ!!」

怒《いか》りに震えるネオンは拳《こぶし》を握りしめ、聖剣を構えるシオンに飛びかかった。

彼にはもうひのきの棒はない。拳を振り、蹴りを放ち、ネオンは全力で聖剣の英雄に立ち向かう。しかし、そのどれもがシオンには届かない。彼女は軽々と避けながら、聖剣による衝撃波でネオンを吹き飛ばしていた。

シオンは地面に叩きつけられるネオンにゆっくりと近付いていく。

「あっは、十年前から全然変わってないねー。怒《おこ》っちゃうと前しか見えなくなっちゃうところ。そんなのだから心配してたんだよ、お兄ちゃんが家を飛び出してからずーっと！　でもよかったあ、十年経ってもお兄ちゃんはお兄ちゃんのままだ！　あはは！」

シオンの笑い声が響く。ネオンは拳を握りしめ再び立ち上がった。だが体の震えが止まらない。ネオンの本能が叫んでいた、今すぐ逃げろと警鐘《けいしょう》を鳴らす。

森の中での十年、晴れの日も雨の日も風の日も雪の日も、死にものぐるいで魔物《まもの》と戦い続けて修行《しゅぎょう》したあの十年間。森の主や軍の兵士、強大な魔力を持つ天魔ですら圧倒する程の力を得たネオンですら届かない、遥かな高みに彼女はいる。

聖剣に選ばれた英雄を前にしてネオンは底の見えない力に恐怖した。

「あ、そうだ。お兄ちゃん、子供の頃よくやった遊びの続きしようよ！　ほら伝説の英雄ごっこ！　お兄ちゃんとボクでこのおもちゃを使っていっぱい遊んだよね！」

そう言いながらシオンはひのきの棒を取り出していた。本来ならば武神の祝福によって選ばれた武器以外は手に持つ事すら出来ないはずだった。

だがシオンはひのきの棒を持つ事が出来ている。それは彼女にとってひのきの棒は武器ですらない、ただの玩具《おもちゃ》に過ぎない事を意味していた。

「あの頃のおもちゃ、ずっと大切にしてたんだよ。思い出すなあ。毎日毎日、お兄ちゃんとひのきの棒で英雄ごっこ。楽しかったよね」

シオンの投げ捨てたひのきの棒がネオンの足元に転がった。

そのひのきの棒を拾い上げ、彼は両手で強く握りしめる。

体術は通用しなかった、だがひのきの棒なら……最弱の武器と共に過ごした十年間をネオンは信じた。大きく息を吸《す》い込みながら構えを取る。

全力を込めて、全身全霊《ぜんしんぜんれい》を捧《ささ》げて、ネオンは聖剣の英雄へ挑《いど》もうとしていた。

そして彼の絶叫と共に振り下ろされたひのきの棒。

その一撃はあらゆる敵を打ち砕く――はずだった。

彼の全てが込められたひのきの棒が、青い光を放つ聖剣によって斬り刻まれる。

そしてひのきの棒は決してシオンに届きはしなかった。

同時にネオンの全身から鮮血が噴き出し、彼は力なくその場に横たわる。

赤い血で染まった兄の様子にシオンは笑みを浮かべ、聖剣エクスカリバーを振り上げた。

「あっは！　ボクの勝ちだね、お兄ちゃん！」

シオンが剣を振り下ろそうとしたその瞬間、彼女の背筋にぞわぞわと悪寒《おかん》が走る。

「……」

全身から血を流しながらネオンが立ち上がっていた。

既に立っていられる程の力は残されていないはずだった。しかし彼は現に立ち上がり、折れたひのきの棒を握りしめシオンへと再び構えを取る。

「お兄ちゃん……まだやるつもりなんだ？　そんな壊れたひのきの棒で、ボクをどうにか出来るって本気で思ってる？」

その言葉は彼の耳には届いていなかった。

今までとは違《ちが》う彼の様子にシオンは思わず一歩後ずさりしてしまう。

数多の敵を難なく斬り倒してきた聖剣の英雄ですら、彼の一撃が届く範囲《はんい》へ踏《ふ》み込む事に躊躇《ちゅうちょ》する。それ程の異質な殺気が放たれていた。

それと同時に折れたひのきの棒を持つネオンの背から、黒い瘴気のようなものが溢れ出ていくのが見えた。彼から溢れ出るどす黒い瘴気のようなものは邪悪《じゃあく》で禍々しく、彼の周囲の空間を歪《ゆが》ませる。

その禍々しい力が周囲を飲《の》み込むと同時に、シオンの脳裏《のうり》に敗北の二文字が浮かんだ。

「まだそんな力を残していたなんて……凄い、やっぱりお兄ちゃんは凄いよ！」

禍々しい力を放つ兄の姿を見てシオンは口元を笑みで歪ませた。

「そうだよ、そう！　お兄ちゃんはそうでなくちゃ！　ボクが証明してあげるからね！　お兄ちゃんの強さを……この世界のあらゆる存在に知らしめてあげるよ！」

シオンが最強の武器である聖剣エクスカリバーを構えて飛び込み、ネオンは禍々しい黒い力と共に最弱の武器ひのきの棒を振り上げた。そして両者がぶつかるその瞬間――。

「……何のつもり？」

シオンの言葉と共に互《たが》いの武器が止まっていた。それは二人が自分の意志で止めたものではない。二人の衝突《しょうとつ》を防いだのは光の壁、ルシアの持つ杖から放たれた防御魔法だった。

「ボクとお兄ちゃんの邪魔《じゃま》をするなんて……許さないよ？」

シオンの殺気のこもった鋭い眼光がルシアへと向けられる。

ルシアは小さな杖をくるくると手で回しながらシオンの前に立ち塞がった。

「途中《とちゅう》までは計画通りだったのにねえ。聖剣の英雄、到着《とうちゃく》が早すぎるんじゃないかなあ？」

「おまえの計画なんて知った事か。それより、ボクとお兄ちゃんの戦いに水を差すとどうなるのか分かってるよね？　八《や》つ裂《ざ》き程度じゃ済まさないよ？」

聖剣の青い輝きを放つ刃がルシアへと向けられる。

それでもなおルシアは余裕の笑みを浮《う》かべたまま小さな杖を構えた。

「怖《こわ》いねえ。それじゃあ、わたしも本気で抵抗させてもらうとするかなあ」

聖剣が青い光を帯び、シオンはその光と共にルシアへと斬りかかる。だがルシアを光の壁が覆い、最強の剣エクスカリバーですらその壁を斬り裂く事は出来なかった。

その様子を眺めながらシオンは舌打ちし、聖剣を下ろすと忌々《いまいま》しげに呟《つぶや》いた。

「エクスカリバーでも破れない結界、神杖の英雄の魔法《まほう》は相変わらず規格外だよね」

「ふふ、流石《さすが》は聖剣の英雄シオン・グロリアスだねえ。わたしの正体を初見で看破するなんてさ、本当に君は敵にすると恐ろしい相手だよ」

エクスカリバーはありとあらゆる全《すべ》てを斬り裂く。だがそれにも例外が存在していた。

それはエクスカリバーと同じく、武神によってもたらされた最強の武器でのみ可能な事。

小さな杖が徐々《じょじょ》に両手で持つ程の大きさへと形を変えていく。

同時にルシアの体を白い光が包んでいた。

そして光の中から現れるその人物――金色に輝く髪《かみ》、白いローブを纏う美しい女性の姿。

そして天使の翼を象《かたど》ったような装飾が施《ほどこ》された白金色の杖を持っている。

シオンの前に現れたその人物は、神杖ヴァナルガンドに選ばれた英雄の一人。

ルシア・ラフルゥはその真の姿、クーリ・シャルテイシアへと姿を変える。

「ルシアの正体がわたくしであった事を見抜《みぬ》いたのはシオン、あなたが初めてですわ。流石と褒《ほ》めてあげたいところですが、あなたの活躍はここまでにして頂きましょう」

シャルテイシアが神杖で地面をトンッと叩くと、複数の光の刃が生み出されシオンに向けて放たれる。全ての光刃をエクスカリバーで斬り落としたシオンは怒りに体を震わせた。

「シャルテイシア!!　邪魔を……邪魔をするなあああ!!」

「ふふ、怖い怖い」

シオンは再び聖剣エクスカリバーを振《ふ》るうが、神杖ヴァナルガンドによって生み出された防御魔法がその斬撃は全て防いでいた。

「わたくしの魔法はあなたに通じませんが、あなたの剣撃もわたくしには通じません。同じ最強の武器に選ばれた者同士では、決して勝負が付かない事をよくご存知《ぞんじ》ですわよね？」

「獲物を横取りするな……そう言いたいの？　シャルテイシア」

「違いますわ。力に溺《おぼ》れたあなたにそれを説明したところで無駄《むだ》だと分かっていますので」

シャルテイシアが神杖で地面を叩くと、自身とネオン達を光の壁が覆う。だがそれは今までのものと違い、複雑な紋様《もんよう》が刻まれていた。

「まさか……転移魔法!?」

「その通り。では、ごきげんよう」

シオンはエクスカリバーで斬りかかるが、その剣先《けんさき》が届く前にシャルテイシアを含めネオン達の姿は光と共にその場から消えていた。

「逃げちゃった……あーあ」

シオンは兄の消えた戦場を見回しながら溜息《ためいき》をつく。

天魔との戦いでボロボロになった兵士と、周囲に横たわる傭兵達《ようへいたち》の姿に顔をしかめた。

「ったくもう……天魔が復活した混乱に乗じて、初めからお兄ちゃん達を連れて転移するつもりだったんだ。後始末はボクに任せてねえ……。タチ悪いなあ、シャルテイシア」

不満の込もった溜息をつきながら彼女はエクスカリバーを鞘《さや》へと戻す。

「それにしてもお兄ちゃんから見えたあの禍々しい力……あっは！　やっぱりお兄ちゃん、ボクの思った通りだ！　楽しみだね、お兄ちゃん。次こそ……決着をつけようね！」

その言葉とともに不敵な笑みを浮かべるシオン。

そして彼女は戦場に残る兵士達に撤収《てっしゅう》の指示を出すのだった。

※

転移を終えた直後だった。

地面に崩れるように倒れたネオンへ向けてシャルテイシアは手を伸《の》ばす。

「ネオン・グロリアス、大丈夫です？」

「……ここは何処《どこ》だ？」

「ここはわたくしの領地、海の都メゼルポートですわ」

潮風がネオンの鼻をかすめる。

空に広がる白い雲、地平線にまで続く真っ青な海、そして多くの民家が立ち並ぶ港町が太陽に照らされていた。

「はあ……全く。天魔と戦っていた時の覇気《はき》は何処に行ったんですの」

「仲間達は……どうなった？」

「気絶しているようですわね。命に別状はありません」

「そうか……」

ネオンは共に転移してきた仲間達の方を見た。その場に倒れているが彼女の言う通り気を失っているだけのようだ。それを確認《かくにん》して安堵する。

「それで……どうするつもりだ。俺達をシオンに横取りされる心配はもうない。ここで俺《おれ》達を始末するつもりか？」

「あなた方を始末しようと思えばいつでも出来ましたわ。でも、そうはせずに遠く離れたここまであなた方を避難《ひなん》させた。それに理由がある事をあなたも理解しているはずです」

「理由だって……？　魔法兵団の団長様で、武神に選ばれた伝説の英雄様が、俺達を始末する以外に理由があるってのかよ……」

「ええ。ピエルパオロの屋敷《やしき》で話した通りです。わたくしは全てを知っています。あなた方がこの世界にとって何なのか、白き幼龍がどうして軍に狙われているのか、その全てを知っている。だからこそ、わたくしはあなた方を試《ため》し、そして助けたのです」

ネオン達のいる場所に軍の兵士達が駆け寄ってくるのが見えた。

普段《ふだん》なら並々ならぬ殺気でネオン達を襲う兵士達が武器も持たず、心配した面持《おもも》ちでネオン達のいる場所に集まってくる。

「シャルテイシア様、よくお戻《もど》りになられましたね。そしてこの方々が例の……」

「ええ。リディオンでの戦闘《せんとう》で負傷しています。特にネオン・グロリアスは丁重《ていちょう》に扱ってください、聖剣によって刻まれた傷が他の方より深く重傷です」

「はっ！　了解《りょうかい》いたしました！」

そう言って兵士達は仲間達を担《かつ》ごうとするが、ネオンは残った力でそれを止めようと兵士に殴《なぐ》りかかった。しかし心身共に疲弊《ひへい》したネオンは拳を振り下ろす事なく倒れてしまう。

「やめろ……そいつらに手を出すな……」

「安心してください、ネオン・グロリアス。わたくしを含めて彼らはあなた方の味方です。急ぎましょう、まずはあなた方の体を癒《いや》す事が先決ですわ」

負傷しているネオンは兵士に担がれる。

そのままネオンの意識は深い暗闇《くらやみ》に落ちていった。

第六章

そこが夢の中だというのはすぐに分かった。

横たわるネオンの傍に佇《たたず》むのは夢の中で何度も見た白い少女。さらりとした純白の長い髪、美しい顔立ちに雪を思わせる白い肌《はだ》、咲《さ》き誇《ほこ》る花のような可憐《かれん》さすらある少女。

彼女は色を失った白い左目と煌《きら》めく真紅の右目でネオンの事を見つめている。

夢の中で目を覚ますネオンに少女は優《やさ》しく語りかけていた。

「もう大丈夫だよ」

少女はそっとネオンの隣《となり》にしゃがみ込んだ。

「いっぱい戦って辛《つら》かったよね、痛かったよね。でも大丈夫だよ、全部治してあげるから。傷付いた心も、その体も、わたしが全部……癒してあげるから」

少女はネオンの傷付いた体に手を伸ばす。

優しい光が包み込み、エクスカリバーによって斬り刻まれた体が瞬く間に癒えていく。

そしてネオンの傷が塞がると同時に、少女の体にネオンのものと全く同じ傷が生まれた。

そこから赤い血が滴《したた》っていく、まるでネオンの傷を肩代《かたが》わりするかのような光景だった。

「そんな……どうして、どうして俺を助けようとしてくれるんだ？」

「あなたはわたしの大切な人だから。何があっても絶対に、あなたの事を助けてみせる」

ネオンの全ての傷が塞がると同時に、少女はその場に倒れ込んだ。

「だ、大丈夫か⁉」

夢の中で起き上がるネオンはボロボロになった少女の体を抱き上げた。

少女はネオンに優しい笑《え》みを返し、彼《かれ》の頬《ほお》にそっと手を伸ばした。

「ネオン、星の樹《き》の森で過ごしたあの十年間は絶対にあなたを裏切らない。わたしはあなたを信じてる。だからネオン、あなたも自分を信じて」

「どうして君は俺の夢の中に出てくるんだ……？」

「夢の中だけじゃないよ、わたしはあなたの傍にずっといる」

「君は……誰《だれ》なんだ、名前を……名前を、教えてくれないか？」

「ネオン、思い出して。わたしの名前はあなたが――」

少女がそう言いかけた時――視界が晴れ、そこには知らない天井《てんじょう》が広がっていた。

※

「……ここは、何処だ」

夢から覚めたネオンは体を起こして辺りを見回した。

そこは白い砂壁で作られた小さな民家のようで、ネオンはベッドの上で横になっていた。

ネオンのお腹《なか》の上にはユキが寝《ね》息《いき》を立てて眠《ねむ》っていて、家の奥《おく》にはセラとルージュの姿があった。湯気のたつ鍋《なべ》の前で彼女達《かのじょたち》は何かを話している。

「ルージュさん、ちょうど良い塩加減です。出汁《だし》もしっかり効いてますね」

「レシピ通りにやったもの。野菜のアクもちゃんと取ったわ」

「スープはばっちりですね。ずっと眠っているネオン様が起きたら、美味《おい》しい料理を食べさせてあげるってお話しましたが、ルージュさんも料理が得意な方で助かりました」

「家だといつも作っていたから。セラ、それじゃあ次は魚の下ごしらえをしましょ」

「ですね、せっかくの美味しいお魚ですから」

「私が大きい方を捌《さば》くわね。セラは小さい方をお願い」

エプロン姿でキッチンに立っているセラとルージュ。

料理に集中しているようでネオンが起きた事には気付いていないようだった。

ネオンは眠っているユキをベッドに残したまま二人のもとに歩いていく。

「何してるんだ……？」

料理に集中していた二人はネオンの声に驚《おどろ》いたのか、ルージュは持っていた包丁を、セラは鱗《うろこ》を取っていた魚を床《ゆか》へと落としてしまっていた。

「ネ、ネオン様⁉　起きてくださったんですか……⁉」

「やっと目を覚ましたのね……心配してたんだから！」

突然《とつぜん》ネオンに抱きつく二人。彼女達はえんえんと泣き出し、大粒の涙《なみだ》をこぼし始める。

二人が声を上げて泣いている状況《じょうきょう》に、一体どうしてしまったのかとネオンは戸《と》惑《まど》った。

「ちょっ、ちょっと待て！　どうしたんだお前ら⁉」

「ぐすっ、ネオン様……一週間もずっと眠っていたんです。あたし、ネオン様が二度と起きないかもって心配して……それで、うわあああん！」

「セラが変な事言い出すから、私もっ、ひっく、私も心配で……ぐすっ」

二人の泣き声は小さな民家によく響き、それは眠っていたユキの耳にも届いたようで。

「ぴい……？　ぴい⁉　ぴいいいいいいい‼」

ネオンが起きている事に驚くユキはベッドから跳び上がり、涙を浮かべながら彼の顔をぺろぺろと舐《な》め始めた。

「うわっぷ⁉　ユ、ユキまで泣くなって！　ほら、俺はもう大丈夫《だいじょうぶ》だから……」

顔中をべちゃべちゃにされ、困惑《こんわく》しながらもネオンはユキの頭を優しく撫《な》でる。それから泣き続けるセラとルージュの肩《かた》を抱き寄せた。

そうしているうちに仲間達も落ち着きも取り戻し、泣き出した理由を説明し始める。

シャルテイシアの転移魔法によって海の都メゼルポートにやってきた後、この小さな民家に運《はこ》び込《こ》まれたネオン達。仲間達はすぐに目を覚ますも、ネオンだけは気を失ったまま七日間も眠り続けていたそうだ。

彼女達はそんなネオンをずっと献身的《けんしんてき》に看病し続けていたと説明する。

「そうか、みんなありがとうな。おかげでこの通り、全回復だ」

「ぴぃ！」

「無事に起きてくれて安心したわ。本当に良かった……」

「はい！　それにルージュさんと二人で、ネオン様が起きたら美味しい料理を振る舞おうってお話をしていて、今もキッチンで――ああっ⁉」

セラは自分達が料理をしていたのを思い出し、慌《あわ》ててキッチンに戻っていく。

火にかけられた鍋に向けて急ぐが、中の料理は既《すで》に黒焦《くろこ》げで食べられそうにない。

「……ネオン様、もうしばらく待ってくれませんか？」

「……仕方ないわ、作り直しましょ。次はもっと美味しいものを作ればいいわ」

「ですね……。失敗は成功のもと……です！」

そう言って二人は腕《うで》まくりをしながら調理を再開する。

「あ、そうだ。ネオン様、もし体調が良いようでしたら、メゼルポートを散歩してくるといいかもしれません。とても素敵《すてき》な街ですよ！」

「とても素敵な街って……大丈夫なのか、軍に追われている俺達が外を出歩いても」

「大丈夫ですよ。この街の方は皆《みな》、あたし達の味方ですから」

「そうよ。みんな明るくて良い人ばっかりなの」

「みんな明るくて良い人で、俺達の味方……なあ」

ネオンは気絶する直前の事を思い出す。海の都に連れてきた神杖《しんじょう》の英雄、シャルティシアもそう言っていた。ここにいる兵士はネオン達の味方だと。にわかに信じられない内容だったが、セラとルージュの様子を見る限りだとそれは真実なのかと思えてくる。

「じゃあ、少し散歩してくるか。ユキ、一緒に行こう」

「ぴい！」

本当にメゼルポートの人々が友好的なのか、それを確かめる為《ため》にもネオンは外に出る。

その街は活気で溢《あふ》れていた。新鮮《しんせん》な魚介類《ぎょかいるい》が並ぶ店には多くの人が集まり、大道芸人が芸を見せそれを楽しむ住民の笑い声が響く。通り過ぎる人々の中には驚く事にネオンへ挨《あい》拶《さつ》をする人の姿もあった。

「おお！　ネオンさん、目を覚ましたんですね！　良かった良かった！」

その男にネオンは見覚えがあった。

メゼルポートに転移してきた直後、その場に駆《か》けつけてきた兵士の一人。倒れていた仲間達を担ぎ、それを見たネオンが殴りかかろうとした人物だ。

「それにしても快調そうで安心しましたよ。お仲間さん達の看病が上手《うま》くいったようで」

「……お前は武神の祝福を受けた正規兵だろ？　どういう事だ、どうして俺達を助けた？」

「ふむ、我々の事を信用出来ないのは当然でしょうな。ですが、この街にいればおのずと分かるでしょう。この街にはあなた方に敵対する者は誰一人《だれひとり》としていない事を。さて、自分はこれから仲間と酒を酌《く》み交《か》わす予定がありましてな。メゼルポートの新鮮な魚介《ぎょかい》をつまみにした酒は格別ですぞ。ネオンさんも興味がありましたらどうぞ」

兵士はそう言って人混《ひとご》みの中へと消えていく。

「どうなっているんだ、この街は……」

ネオン達へ手を出さないよう、兵士達に命令が出されているだけなのか。

だがリディオンに滞在《たいざい》していた時とは様子が全く違う。

あの街にいた兵士達は手を出さずとも、ネオン達にぴりぴりとした敵意を向けていた。

しかし、メゼルポートにいる兵士達からはそのような敵意は一切《いっさい》感じ取れない。

街を歩くと何度か兵士に出会う事はあったが、その誰しもがセラやルージュの言うように友好的な態度でネオンに接していた。

ネオンは足を止め、ユキと一緒《いっしょ》に地平線まで続く真っ青な海を眺《なが》める。

白い鳥が太陽の光を浴びながら空を舞う。波は穏《おだ》やかで風は優しくそよいでいく。

その景色はまるで絵画のようで、何処までも平和が続いていた。

ネオンは海の向こうを見つめるユキに話しかけた。

「なあ、ユキ。ここは変わっているな」

「ぴい？」

「軍の兵士といえば皇帝に絶対的な忠誠を誓《ちか》っている。皇帝が死ねと言えば、その場で首を掻っ切るような連中だ。それがどうだ、この街の兵士にはそんな様子が全く無い」

軍の兵士にとって皇帝の命令は何よりも優先されるもの。しかしメゼルポートにいる兵士達はそんな事よりも、この街での生活を一番に、自由に生きているように見えるのだ。

セラやルージュも敵の陣地《じんち》の真《ま》っ只中《ただなか》にいるはずなのに、街の人達と同じように暮らしている。彼女達が調理していた魚なども、この街の魚屋で買ってきたものだろう。

ネオンが眠っていた一週間のうちに、街の生活に随分《ずいぶん》と溶け込んでいるように見えた。

そろそろ仲間達のもとに戻ろうと思った時、爽《さわ》やかな潮風がネオン達の周囲を舞う。

「目を覚ましたと聞いていましたが、その様子を見ると全回復、といったところですわね」

振り向くとそこにはシャルテイシアが立っていた。

ネオンは咄嗟《とっさ》に鞄《かばん》の中に手を伸ばすが、ひのきの棒は一本も残っていない。

「そう警戒《けいかい》する必要はありませんわ」

「警戒するな、と言われても無理な注文だな。お前は信用出来ない相手だ」

初めはネオン達にリディオンの貴族だと言って接近してきたシャルテイシア。しかし彼《か》女《じょ》がリディオンの貴族という話は嘘《うそ》だった。

更《さら》にルシアとして再び現れた彼女は、天魔《てんま》討伐《とうばつ》に成功すればユキの情報を与えると交渉《こうしょう》してきた。だが天魔討伐に成功した後、彼女はネオン達を裏切りその命を奪《うば》おうとした。

「ですが、最後は聖剣《せいけん》の英雄からあなた方を救ったのも事実。そうではありませんか？」

「それにも裏があるんだろう？　一体何を考えているのか見当もつかないがな」

「ふふ、まあそうですわね。全てはわたくしの計画通りに事は進んでいます。あなた方が天魔討伐に参加し、最終的にはフラガラッハの力で天魔《てんま》を倒す。しかし天魔は復活し再び襲《おそ》いかかる。あの天魔が復活した後、兵士達が散り散りになるのは予想通り。その混乱に乗じてあなた方をメゼルポートに転移させる予定でしたわ。そして復活した天魔については遅れてやってくるシオン・グロリアスに任せるつもりだったのですが……彼女の到着が予定より早い事だけは想定外でした」

「あの天魔が復活するところまでは計算通り……？　初めから俺達をここに連れてくるつもりだったって……それは本当なのか？」

「そうですわ。それにしても見事でした。最弱の武器で天魔を圧倒するとは。あなた方が万全《ばんぜん》の状態だったなら、フラガラッハの発動を待たずとも討伐《とうばつ》を成功させていたでしょう」

事実、ネオンの持つひのきの棒の残数に余裕《よゆう》があったのなら、セラのかしの杖が壊《こわ》れる直前でなければ、石の斧《おの》のルージュとネオンの連携攻撃《れんけいこうげき》、セラの魔法障壁《まほうしょうへき》、ユキの治癒《ちゆ》能力で十つ首の天魔を倒す事は十分可能だった。

「俺達を試したのか、十つ首の天魔と戦わせてその実力を確かめる為に」

「試すような真似《まね》をして悪かった……と謝《あやま》りたいところですが、これも全ては必要な事。それにわたくしはあなた方との約束は守ります。知りたいのでしょう、その白龍《はくりゅう》の事を」

「確かに知りたいさ。でもお前の言う事はいまいち信用出来ない。それにユキについての情報がどこまで真実なのか、怪《あや》しいものだからな」

「ふふ、全く信用されていないようですわね。ですが彼女の様子を見ればその考えも変わるのではないですか？」

そう言って手招きをするシャルテイシアのもとにユキが駆け寄っていく。

「ユ、ユキ⁉」

ユキを優しく抱《だ》き上げるシャルテイシア。

そんな彼女の頬をユキはペロペロと舐め始める。

「あなたが目を覚ますまでの一週間で、彼女もわたくしに心を開いてくれました。初めはそっぽを向いたり、噛《か》み付いたりと全く信用してもらえませんでしたが」

「ぴい！」

「彼女はとても優しい子です。あなたが眠っている一週間、誰よりもあなたの事を心配していたのは彼女でしょうね」

その言葉と共にシャルテイシアは優しくユキの頭を撫でる。

「聖剣によって誰よりも深く斬り刻まれたあなたの体は、わたくしの治癒魔法《ちゆまほう》でも完治させる事は出来ませんでした。そんなあなたを昼の間も日が暮れても、彼女は自らの治癒能力で助けようとしていましたから」

「ユキが……俺を助けた？」

ネオンは夢の世界に現れた少女の事を思い出していた。

傷付き倒《たお》れたネオンの体に少女が触《ふ》れると、優しい光が溢れて傷は癒《い》えていく。

夢の中の少女とユキの姿が重なって見えた。

純白の長い髪、ユキのように色を失った左目、そして全く同じ色の真紅《しんく》の瞳《ひとみ》――。

「気付きましたか？　あなたが見ていたのはただの夢ではありません。彼女と共に精神で世界を共有し、彼女は自らの生命力を糧《かて》にあなたの傷を癒したのです。ネオン・グロリアス、あなたは知りたいのでしょう。何故《なぜ》彼女《かのじょ》が軍に追われているのか、そもそも彼女が何者なのか……いえ、あなたは知るべきなのです」

シャルテイシアはそっとユキを下ろすと、ユキは小さな足でネオンのもとに駆け寄った。

「彼女が何故《なぜ》このような姿になったのか、わたくしの知る全てをあなたに話します」

※

家の扉《とびら》を開くと美味しそうな料理の匂《にお》いが漂《ただよ》っていた。

「ネオン様とユキちゃん、おかえりなさい。良かった、帰ってくる前に料理が間に合って」

「帰ってきたのね！　私とセラの特製メニューが完成したわよ！」

おたまを持ったエプロン姿のセラとルージュがユキを抱《かか》えたネオンを出迎《でむか》える。

「ただいま。でも俺とユキだけじゃないんだ。こいつもいる」

そう言ってネオンは家の中にシャルテイシアを招き入れた。

「皆さん、こんばんは。どうやら料理の方は上手くいったようですわね」

「シャルテイシア様が渡《わた》してくれたレシピのおかげです！」

「ちょうどいいじゃない。せっかくだしシャルテイシアも食べていったらどう？」

「ありがとうございます。ではお邪魔させて頂きますわ」

シャルテイシアを何の躊躇もなく家に招き入れるセラとルージュ。ネオンが眠っていた一週間のうちに、彼女達もシャルテイシアの事を信用しているようだった。

「その……お前達もシャルテイシアの事、敵だとは思っていないのか？」

「意外と話の分かる人なのよ。私も最初はぶん殴ってやろうと思っていたけど」

「あたし達も初めは警戒していましたが、事情を説明して頂いたのもそうですし、この家を提供してくださったのもシャルテイシア様ですから。それにあたしを平原の魔獣討伐《まじゅうとうばつ》に参加させた事にも理由がありました。あれはあたしをネオン様に会わせる為だったんです」

「なるほどね……俺とセラがあそこで出会ったのは偶然《ぐうぜん》じゃなかったって事か」

その話を聞くシャルテイシアはくすりと笑みをこぼす。

「ふふ、という事です。ネオン、あなたにもすぐに信用して欲《ほ》しい、とは言いません。ですが彼女達の様子を見ればわたくしがあなたの敵ではないと理解して頂けるはずです」

「どういう手品を使ったのかは定かじゃないが、お前が敵じゃないのはよく分かったよ」

ネオンが椅子《いす》に腰掛《こしか》けると、セラとルージュはテーブルに出来立ての料理を並べ始めた。

「メゼルポートで採れた新鮮な魚介類で作った料理です！　ネオン様はずっと眠っていたので、少しでも力のつくものをと思って用意しました！」

「味は保証するわよ。何度もセラと私で味見して、ようやく出来た完成品だもの！」

ネオンはテーブルに並べられた色とりどりの料理を眺める。

二人が頑張《がんば》って作ってくれた手料理を前にして、嬉《うれ》しさを感じて頬が緩《ゆる》んでしまう。

「それじゃあ頂きます」

ネオンはセラとルージュの作った料理に手を伸ばす。

簡単な焼き魚から野菜を使ったスープ、塩漬《しおづ》けにされた魚の切り身を野菜と一緒に挟《はさ》んだパン。その他《ほか》にもいくつも料理があったが、どれも美味しく空腹が満たされていく。

「美味《うま》い……。どれも美味いよ。見た目も味付けもばっちりだ」

ネオンのその言葉にセラとルージュは互いに手を合わせて喜んだ。

空腹という事もあったが、何より自分の為に彼女達が作ってくれた事が嬉しくて、今まで食べた料理の中で一番に思える程《ほど》だった。

「良かった！　ネオン様にそう言ってもらえて、すっごく嬉しいです！」

「ふふん、頑張ったかいがあったみたいね！」

「これもシャルテイシア様がくれたレシピのおかげですね。ありがとうございます！」

そう言って頭を下げるセラ。それを見たシャルテイシアは首を横に振る。

「いえ、こうやって素敵な料理を作れたのはあなた方の想《おも》いがあったからこそですわ。わたくしは何もしていません」

「シャルテイシア様がいくらそう言ってもお礼する気持ちは変わりません！　そうだ、これを食べてください！　自信作なんです！」

「ありがとうございます、セラ。どれも本当に美味しいですわ」

「ユキちゃんにも特製の料理があるんですよ、お口に合えばいいんですが」

「ぴぃ！」

四人と一匹《ぴき》の龍《りゅう》で食卓《しょくたく》を囲う様子は平和そのものだった。しかしネオンがシャルテイシアを呼んだ理由は共に食事をとる為ではない、彼女からユキについての情報を聞き出す為。

テーブルに並べられた料理が無くなるとネオンは本題に入り始める。

「そろそろ良いんじゃないか、シャルテイシア。俺達《おれたち》に例の話をしてくれても」

「そうですわね。ですが、その前に……」

シャルテイシアが小さな杖を振ると、何処《どこ》からともなく白磁のティーカップとティーポットが現れていた。ティーカップを人数分テーブルに並べ、湯気の立つ紅茶を注いでいく。

「食後に話をする時は紅茶を飲みながらが一番ですわ」

「シャルテイシア……お前って結構マイペースな性格しているんだな。ルシア・ラフルゥに変身していたお前も相当だったが」

「ふふ。マイペースとはよく言われます。それもまあご愛嬌《あいきょう》という事で。さて、それでは話を始めましょうか」

シャルテイシアは優雅《ゆうが》な仕草でティーカップを傾《かたむ》けながら自身が知る全てを話し始めた。

「ではまず初めに。『終末の災厄《さいやく》』あなた方はそれをご存知で？」

「帝国《ていこく》各地で凶暴《きょうぼう》な魔物《まもの》が発生している、っていうあれか。行く先々でその話は聞いたよ」

「その通りです、これは各地で起こっている異変。終末の災厄については、おおよそ十年前からその兆候が現れ始めたとわたくしは聞いています。それが今になって爆発的《ばくはつてき》に魔獣《まじゅう》の数は増え、軍では兵士が足りない程になっています。ですが、この異常事態もこれから起こるであろう終末の予兆でしかないのです」

シャルテイシアはペン程の大きさになっている神杖ヴァナルガンドをネオン達《たち》に見せた。

「わたくしはこのヴァナルガンドを通じて未来を見たのです。その未来とは帝国どころか、この世界すらも滅《ほろ》ぼしかねないもの。大地は焼かれ、水は腐《くさ》り、木々は枯《か》れ、空気は淀《よど》み、全ての生命は息絶える。まさしくそれは終末でした。そして、その終末から世界を救う鍵《かぎ》を託《たく》されたのは、伝説の武器を与《あた》えられたわたくし達ではなく――」

ネオンはシャルテイシアの言葉に耳を疑った。

「――最弱の武器を与えられたあなた方なのです」

「俺達が……世界を救う鍵を託された……？」

「ええ。終末の災厄を起こす元凶《げんきょう》をその手で討《う》ち、世界を救う者達があなた方なのです」

「俺達が世界を救う……？　それならひのきの棒、かしの杖、石の斧で戦う才能なんかを武神が与えるはずがないだろう？」

「いいえ、武神の祝福ではないのです。あなた方は武神からではなく、異なる存在から祝福を与えられたのですわ」

「武神とは異なる存在？　そいつが与えた祝福によって俺達は最弱の武器しか扱《あつか》えない。最弱の武器の才能が世界を救う鍵になるなんて、いくらなんでも信じられないぞ」

「ネオン、あなたが疑問を抱くのは当然ですわ。その最弱の武器で戦い続ければ、世界を救うどころか、いずれ現れる最強の武器の使い手を前に倒れるはずです。リディオンに現れた聖剣の英雄《えいゆう》、シオン・グロリアスとの戦いを思い出してみてください」

ネオンとシオンの戦い。最弱の武器であるひのきの棒は、シオンの持つ聖剣エクスカリバーによって容易《たやす》く斬《き》り刻まれ、渾身《こんしん》の一撃《いちげき》が届く事は決してなかった。

「わたくしが助けていなければ、あなた方は全滅《ぜんめつ》していたかもしれません。それに聖剣の英雄だけではない。天斧《てんぷ》の英雄、聖槍《せいそう》の英雄、神弓《しんきゅう》の英雄、彼らもまたあなたの前に立ち塞《ふさ》がるでしょう。そして今のあなた方では彼らを倒す事は決して出来ない」

「それならどうするべきなんだ？　最弱の武器で最強の武器を持つ英雄を倒せるまで、もっと修行《しゅぎょう》して強くなれとでも言いたいのか？」

「いえ、あなた方は既に十分な力を持っている。それは十つ首の天魔との戦いで証明されました。しかし、このまま帝都《ていと》に向けて旅を続けるのは危険。ですので、それを覆《くつがえ》す方法を伝えたいと思います」

「覆す方法……？」

「ええ、今あなた方が使っているのは最弱の武器ですが、それはあくまで代用品なのです。あなた方が本当に使う武器は別にある」

「どういう事だ？　俺達は祝福を与えられた事で最弱の武器しか使えなくなった。祝福の仕組みはそういうものだろ、与えられた武器の才能でしか戦えなくなる。そして俺はこの祝福で確かにひのきの棒以外は装備出来なくなったんだぞ?」

ネオンは儀式《ぎしき》の時を思い出す。剣《けん》も槍も斧も、弓も杖も手に取る事さえ出来なかった。

彼が与えられた才能以外の武器に触れようとすれば青い火花がそれを阻《はば》んだ。

「そこで先程《さきほど》の話に戻るのです。あの儀式の日、あなた方は武神ではない別の存在に祝福を与えられた。その事を知られないよう、武神はあなた方に偽《いつわ》りの祝福を授けたのです」

「それじゃあひのきの棒も、かしの杖も、石の斧も、俺達の本当の武器じゃない……?」

「その通りです、あなた方が持つべき真なる武器は別にある。その武器の名は――」


――知恵《ちえ》の樹《き》の杖、殺生石《せっしょうせき》の斧、そして世界樹《せかいじゅ》の剣。


知恵の樹。それは神々と等しき知識と魔力《まりょく》が込められた実をつける樹。禁断の地と呼ばれる場所で、今もひっそりとその果実を実らせているという。

殺生石。それは遥《はる》か昔から存在していた伝説の魔獣が岩と化したもの。その岩には魔獣の強い怨念《おんねん》が込められ、深い瘴気が立ち込める山の奥で今も眠りについているという。

世界樹。それは雲を突《つ》き抜《ぬ》ける程に高く、空を覆《おお》い尽《つ》くす枝葉が広がる大樹。その姿から星の生命力の象徴《しょうちょう》とされる。またの名を――星の樹。

ネオンが住んでいた深い森には塔《とう》のように太く天にまで届く巨木《きょぼく》、星の樹が立っていた。

しかし、その星の樹は炎《ほのお》に包まれて何もかもが焼き尽くされたのだ。

この世界に、星の樹はもう存在しない。

つまりネオンの本来の武器、世界樹の剣は既に存在していないという事になる。

「白龍討伐《はくりゅうとうばつ》の際に軍の兵士が森に火を放った事で、世界樹——星の樹もその炎に飲まれましたわ。神杖の英雄であるわたくしの権限でも、その凶行《きょうこう》は止められませんでした。あの時の狙《ねら》いはユキだけではなく、星の樹を焼き尽くす事も含《ふく》まれていましたから……」

「どういう事だ……帝国は終末の災厄とも戦っているじゃないか。それなら世界を救う鍵になる星の樹を燃やすなんて、そんな都合の悪い事をする必要がないだろう？」

「帝国は終末の災厄を引き起こす元凶の手のひらの上で踊《おど》っているに過ぎません。何故《なぜ》なら終末を引き起こす元凶というのが——数百年前、当時の皇帝《こうてい》によって召喚《しょうかん》され最強の武器と祝福を与えた武神なのですから」

武神によってもたらされた最強の武器と祝福によって帝国は栄華《えいが》を築いたはずだ。

だが人々に繁栄《はんえい》を与えた武神が、世界に終末をもたらす元凶だった。

シャルテイシアの話す事実にネオンは驚きを隠《かく》せない。

「最強の武器と祝福、そんなものを何の代償《だいしょう》もなく得られるはずがなかったのですわ。当時の君主によって召喚された武神は、最強の武器と祝福を授《さず》ける事で帝国の繁栄を約束しましたが、その代償としてこの世界に終焉《しゅうえん》と絶望をもたらす事を告げたのです」

――それは数百年前に遡《さかのぼ》る。

この大陸には元々いくつもの国が存在し、当時のレインヴォルドは弱小国で隣国《りんごく》との領土争いに疲弊していた。レインヴォルドは隣国に対抗《たいこう》する為、数百年前の君主が異界からの神の召喚を計画する。異界の神の力を用い、隣国との戦争に終止符《しゅうしふ》を打とうとしたのだ。

「異界の神の召喚は禁忌《きんき》とされていました。召喚の際にその呼び出された存在の力に相応《ふさわ》しいだけの代償を必要とするからです。あなたもそれは八つ首の天魔の召喚に立ち合った時に知っているでしょう？　当時の君主はそれと同じ禁忌に触れてしまったのです」

「そうだな……あの時は八人の召喚者の命と聖域の魔力が代償だった」

召喚の儀《ぎ》は成功し、当時のレインヴォルド国王は異界の強大な神を顕現《けんげん》させた。

その神はレインヴォルドの兵士全《すべ》てに武の祝福を与える。祝福を与えられた兵士達は隣国との戦いで多大な功績を上げ、勢い付くレインヴォルドは大陸中の数多《あまた》の国に侵略《しんりゃく》戦争を仕掛《しか》け屍《しかばね》の山を築いた。そしてレインヴォルドの国王は侵略した国々を従えて、自らを初代皇帝と名乗りレインヴォルド帝国の建国を宣言する。

「しかし、その侵略を良しとしない者達がいました。それが龍王国《りゅうおう》です。三龍王と呼ばれる三体の龍は異界の神の力を得た帝国を危険視し、侵略される国々に力を貸したのです」

三龍王と龍族の力は絶大で、異界の神の祝福を得た兵士ですら圧倒《あっとう》される程だった。

龍王国の助力を得た数多の国は劣勢《れっせい》を挽回《ばんかい》し反撃《はんげき》に転じる。しかし、それを見た異界の神は帝国に更なる力を与えた。

「そうしてもたらされたのが異界の武器。今は帝国の秘宝と呼ばれる最強の武器の事です。この神杖ヴァナルガンドもその時に武神によってもたらされました」


聖剣エクスカリバー。

聖槍ヴリューナク。

神弓アルテミス。

神杖ヴァナルガンド。

天斧トールハンマー。


これら異界の武器を与えられた兵士は龍族を遥かに凌《しの》ぐ程で、三龍王率いる龍王国ですら当時の領地から極寒《ごっかん》の山脈の奥深《おくふか》くに追いやられる事となった。

「そして侵略される数多の国の人々が最後に希望を託したのが、この世界に遥か昔から存在する神々です。あなたは八つ首の天魔と戦った時、その神々に祈《いの》りを捧《ささ》げる為の聖域を訪《おとず》れた事があるでしょう？」

「……そうか、三大神の事か。当時の大陸は武神ではなく、この大地に生命をもたらした神々を信仰《しんこう》していたってセラが言っていた。妖精《ようせい》の神、獣《けもの》の神、龍の神……」

「その通りです。人々は最後に自らの命の根源である神々に願いを託しました。三大神は元々この世界にいる神、星々を渡り歩きながら生命を芽吹《めぶ》かせる使命を持つ存在。召喚に代償を必要とはしませんが、彼らの召喚には強い祈りが必要。そして残虐《ざんぎゃく》非道な帝国の侵略に、当時の人々の祈りは通じ合い、その想いはこの世界の三大神に届いたのです」

人々の祈りが届き、三大神は大地に舞《ま》い降《お》りた。

第一の神、妖精の王ティターニア。

第二の神　神なる獣アセナ。

第三の神、原初の龍バハムート。

神々は力を合わせ、異界の神を封印《ふういん》する。

「武神を封《ふう》じられ三大神の力を恐《おそ》れた帝国は侵略を止《や》め、そして侵略を免《まぬが》れた他国との間に不可侵《ふかしん》条約を定めたのです。争いはそれで終わったかのように思えましたが、三大神はいずれ武神が世界に終焉をもたらす事を知っていた」

武神の祝福、異界の武器という圧倒的《あっとうてき》な力を与えた異界の神は帝国の繁栄を約束したが、自身を召喚したその代償にこの世界の全てを要求した。しかし、その代償が払《はら》われる前に三大神によって武神は封じられる事となる。

「今この世界に起こっている終末の災厄の正体は、武神を召喚した代償なのです。帝国の繁栄の代わりに世界は滅びる未来にある。それを知っている三大神は、武神による世界の終焉を防ぐ為にこの星に残りました」

第一の神は世界を見渡《みわた》せるように、空へ届く程の巨木へ姿を変えた。

第二の神は邪神《じゃしん》によって汚《よご》された大地を守る為、広大な山脈で岩へ姿を変えた。

第三の神は魔力と叡智《えいち》を小さな若木に残し、帝国を間近で見る為に人へ姿を変えた。

「まさか、それって……」

「お気付きでしょう、あなた方に祝福を与えた者の正体が。世界樹の剣とは第一の神ティターニア、殺生石の斧とは第二の神アセナ、知恵の樹の杖とは第三の神バハムートによるもの。それぞれの神があなた方に祝福を与えたのです。あなた方は三大神によって世界を救う運命を授けられた」

「ちょっと待て。俺達なんかに頼《たよ》らなくとも、数百年前の時と同じように、三大神が自らの手で災厄を止める事は出来なかったのか？」

「不可能です、武神は用意周到《よういしゅうとう》でした。この大陸から三大神への信仰が消えてなくなるよう策略し、それにより数百年の時間をかけ三大神を知る者は殆《ほとん》どいなくなりましたからね」

大戦が終わった後、帝国の工作により数百年の時間をかけて三大神への信仰は武神への信仰に上書きされ、この大陸で三大神に祈りを捧げる者は消えてしまう。

信仰を失えば神の力は弱まってしまう。そして武神を信仰する者で大陸が埋《う》め尽くされた事で、三大神が封じた当時よりも武神の力は強まってしまっている。

「武神の力が強まった事で、武神の祝福と武神のもたらした異界の武器は更に強力なものとなりました。現皇帝はその力で終末の災厄を退けようとしていますが、どちらも武神がもたらした力。それだけではその根源たる存在の引き起こす災厄を止められるはずがありません。そして三大神は武神に対抗する為に、武神の祝福が与えられる儀式に干渉《かんしょう》し、ネオン、セラ、ルージュの三人に全てを託した。そうでしょう、ユキ——」

シャルテイシアはその視線を、小さな白き龍、ユキへと向けた。

「――いえ。第三の神、原初の龍バハムート」

その言葉にユキは「ぴい」と鳴いて静かに頷《うなず》いた。

「ユキが……原初の龍バハムート?」

驚きの連続だった。

森で出会い、助けた幼い龍がこの世界を作り出した神々の一柱だった。

おとぎ話に出てくるような伝説の存在が目の前にいる。

しかもそれがネオンの相棒であるユキだと言うのだ。

「今のバハムートは武神の呪縛《じゅばく》によって人化の術を封じられ、肉体と精神を幼く変えられました。それにより幼龍そのものに成り果てているのです」

シャルテイシアは悲しげな表情を浮《う》かべ、ゆっくりと立ち上がった。

「武神の呪縛は強力です。いくら三大神でもその呪《のろ》いを解く術《すべ》はない。その身に残していた三大神の力すら失い、彼女はただひたすら逃《に》げる事しか出来なかった。そしてここからがわたくしの出番です。武神の呪いを解けるのは武神の力を扱える者のみ、神杖の英雄であるわたくしだから出来る事。その呪いから今バハムートを解き放ちます」

彼女は神杖ヴァナルガンドに魔力を漲《みなぎ》らせてユキの前に立った。

「賢王級魔法《けんおうきゅうまほう》——清《デ》ら《ィ》か《ス》な《カ》光《ー》の解《ズ》呪！」

杖から放たれた眩《まばゆ》い光が白き幼龍を包み込む。

光に包まれた幼龍は徐々《じょじょ》に姿を変え、やがて光の中から一人の少女が現れる。

その姿に思わずネオンは声を漏《も》らした。

飾りのついた白いドレス、純白の長い髪《かみ》、美しい白と赤の瞳、そして二本の白い角。

その姿はネオンが夢の中で何度も出会った——あの不思議な少女のものだった。

夢の中で危機を伝え、時には膝枕《ひざまくら》をしながら優《やさ》しく微笑《ほほえ》み、ボロボロになりながら聖剣で傷付いた体を癒《いや》してくれた少女が目の前に立っている。

「ネオン」

か細い声で少女は彼《かれ》の名前を呼んだ。

「ユキ……なのか？」

純白の少女はネオンに向けてふわりと優しい笑《え》みを浮かべる。

「そうだよ、ネオン。わたしはユキ。幼い龍の姿をしたわたしが、あなたと星の樹《ぎ》の森で出会った時に、あなたが付けてくれた名前だよ」

ユキの呪いを解いたシャルテイシアは新しいティーカップを何処からともなく取り出して、もう一人分の紅茶を注ぎ始める。

「どうです、バハムート。人の姿で飲む紅茶はいかがです？　話はまだ続きますからね」

差し出されたティーカップにユキは手を伸《の》ばした。

「ありがとう、シャルテイシア。わたしもこれ飲んでみたかった」

紅茶を飲むユキを見ながら、セラとルージュは驚愕《きょうがく》した表情でテーブルに身を乗り出す。

「ちょ、ちょっと待ってください、シャルテイシア様……！　ユキちゃんが神様だったなんて、そこまではあたし達も聞いてないですよ！」

「そ、そうよ！　武神についてはネオンが眠《ねむ》っている間に説明してくれたけど……」

「驚《おどろ》くのも無理はありませんね。共に旅を続けていた幼龍ユキが、実はこの星に生命をもたらした三大神の一柱だった。けれど確かに彼女は原初の龍バハムートなのです」

シャルテイシアの説明に小さく頷くユキ。

「わたしはバハムートとしての役目を果たす為、龍族の証であるこの角を隠しながら人々に紛《まぎ》れて武神の監視《かんし》を続けていた。そして十年前を境に武神の封印が弱り始め、それと同時に各地で邪悪《じゃあく》で強大な魔獣が現れ始めた。それに気付いたわたし達は武神の儀式に干渉してネオン、ルージュ、セラに祝福を授けたの。ここまではシャルテイシアの説明の通り」

そしてユキはネオン達に祝福を授け終えた後、それから何があったのかを話し始める。

人の姿となって帝都に残っていたユキは、皇帝と話し合いの場を設ける事にした。

三大神の力と帝国の力を合わせ、全ての元凶である武神を今度こそ完全に消し去る為に。

しかし、その交渉は決裂《けつれつ》する。武神を完全に消し去れば帝国は強大な軍事力の根源である武神の祝福も、武神からもたらされた最強の武器も失ってしまう。

それは帝国の繁栄が終わりを告げる事を意味し、帝国の弱体化を恐れた現皇帝は帝国に終焉をもたらす悪《あ》しき存在として、原初の龍バハムートであるユキの殺害を企《くわだ》てたのだ。

「現皇帝は武神を倒す事ではなく、支配する事で終末の災厄を終わらせようと考えている。でも武神を制御《せいぎょ》出来るはずがない。その計画は間違《まちが》いなく破綻《はたん》する。わたしは何とか説得しようと試みたけどだめだった。それどころか皇帝の策略によって呪いを受けて、わたしは幼い龍の姿に成り果てたの。何とか帝都から逃げ出す事は出来たけど……星の樹の森に辿《たど》り着いた時にはもうボロボロだった。そこでリザードマンに襲われていたわたしをネオンが助けてくれたの」

そう言ってユキはネオンに向けて優しい笑みを浮かべた。

ネオンは夢の中で何度も彼女と会っていた。だから今のユキの姿を見ても違和感《いわかん》はない。

しかしセラとルージュは今のユキの姿を見ながら目を白黒させている。

「本当にびっくりです。ユキちゃんがどうして追われていたのかという理由もそうですが、こんな可愛《かわい》い女の子だったなんて……またライバルが増えてしまいました」

「ちび龍なのに、やたらネオンに甘《あま》えたり、私達にヤキモチ妬《や》いたり、色々とおかしいとは思ってたのよね、はあ……」

大きな溜息《ためいき》と共に落ち込《こ》む二人の姿に、シャルテイシアは苦笑《くしょう》しながら話を続ける。

「わたくしは神杖ヴァナルガンドを通じて全てを知りました。どうして軍がユキを狙うのか、あなた方に授けられた祝福の正体が一体なんなのか。何が正しく、何が間違っているのかを。今のわたくしの話を通じて、あなた方にもご理解頂けたと思います」

その言葉にユキは頷いた後、祈るように両手を重ねて、真っ直《す》ぐにネオン達を見つめた。

「お願い、ネオン、セラ、ルージュ。わたし達に力を貸して。今度こそ武神を倒して、この星の人々を守りたい。その為にはあなた達の力がどうしても必要なの」

「ユキ……」

ネオンはユキの瞳を見つめながら、今まで歩んできた十年の日々を思い出す。

ひのきの棒で戦う才能を与えられたあの日から、死にものぐるいで修行を積んだ。

幼い頃《ころ》に見た夢――聖剣に選ばれ、最強の剣士《けんし》となり、世界を救う英雄となる。

それが叶《かな》わぬ夢だと分かっていても、彼は不屈《ふくつ》の意志でこの残酷《ざんこく》な世界に抗《あらが》い続けた。

けれどそうじゃなかった、あの夢は叶わぬ願いではなかったのだ。

ユキと出会い、仲間達と旅を続け、そして真実を告げられた事で、ずっと心の奥底《おくそこ》に仕《し》舞《ま》い込んでいた幼い日の夢の欠片《かけら》は、再び輝《かがや》きを取り戻《もど》していく。

聖剣に選ばれずとも、最強の剣士になれなくとも、夢は叶えられる。

ならば答えは一つしかない。これからも自分の道を信じて突き進《すす》み続けるだけだ。

だからネオンは力強く微笑み、ユキの小さな手を取った。

「分かった、ユキ。俺《おれ》はお前に協力する。武神を倒して一緒に世界を救おう」

強い決意を宿すネオンの瞳を見て、ユキはその美しい顔立ちを綻《ほころ》ばせる。

彼女はその優しい温《ぬく》もりを宿す手をしっかり両手で握《にぎ》り返すと、力強く首を縦に振《ふ》った。

「ありがとう、ネオン……。あなたがそう言ってくれて本当に嬉しい。一緒に頑張ろうね」

そんな二人の様子を見守りながら、今度はセラとルージュが立ち上がる。

「ネオン様はやっぱり勇者様です、お慕《した》い申し上げます！　そしてあたしにも協力させてください！　必ずネオン様の力になってみせます！」

「もちろん私も協力するわ。ネオンは将来の旦那様《だんなさま》、何処《どこ》にだって付いていくんだから。それがどんなに険しい道でもね」

セラとルージュも笑顔《えがお》でネオンとユキの手を取り、そして四人は見つめ合った。

待っているのは世界を救うという過酷《かこく》な運命。けれど不思議と恐怖《きょうふ》はなかった。

彼らの瞳には希望が宿っている。何故なら彼らは知っているのだ、仲間達で力を合わせれば、どんな困難でも乗り越《こ》えていける事を。

四人の笑顔を見たシャルテイシアは、慈愛《じあい》に満ちた表情を浮かべながら言った。

「あなた方の覚悟《かくご》、しかと見届けさせて頂きました。その旅が世界を平和に導く事を願っていますわ。わたくしも協力を惜《お》しみません」

「それなら一つ教えて欲しい事があるんだ、シャルテイシア。俺達が武神を倒す為《ため》に、三大神は最弱の武器じゃない本当の武器を与えるつもりだって話。でも第一の神ティターニアが姿を変えた星の樹は残っていない、つまり世界樹の剣はもう……」

炎に包まれた星の樹、ネオンに祝福を授けた神は燃《も》え尽きた森と共に消え去っている。

同時にネオンに与えられるはずの世界樹の剣も失われているはずだった。

だがその言葉を聞いたユキは首を横に振った。

「ネオン、星の樹はまだ生きている。第一の神ティターニアは生命の根源、あの大火の中でもその生命が燃え尽きる事はないの。でもティターニアが弱っているのも事実。あの大火さえなければネオンに世界樹の剣を授ける事を優先していた。けれど弱っているティターニアが力を取り戻し、その力を武器に変えるにはまだ時間がかかる」

ユキは大きく肩《かた》を落として溜息をつく。

「それにネオンに会う前、金色山脈《こんじき》で岩になった神獣《しんじゅう》アセナにも会いに行ったけど、アセナは寝坊助《ねぼすけ》でわたしの問いかけに全く応《こた》えてくれなかった。ルージュと出会った時もそう、まだ眠っていた。殺生石の斧を手に入れるのにもまだ時間がかかる」

「という事ですわ。ティターニアが力を取り戻すには時間がかかる、アセナが目覚めるのもいつになるのか分かりません。ならばまずは龍王国で知恵の樹の杖を得るべきでしょう。知恵の樹の杖を得る事でセラは本来の力を引き出せるようになり、知恵の実を得たユキはバハムートとしての魔力と叡智を取り戻すはずですわ」

「龍王国か。だけど龍王国のある場所は大陸の最北端《さいほくたん》だ。ここは大陸でも南の位置にある海の都メゼルポート。帝都を目指す旅とは比べ物にならないくらいの遠い道のりになる」

「そこはご安心ください。わたくしの転移魔法がありますので」

シャルテイシアは神杖ヴァナルガンドをネオン達に見せた。

「一度だけ龍王国のある山脈近くの集落に立ち寄った事があります。転移魔法は一度訪《おとず》れた場所にになら何度でも転移可能です。ただし集落についてからの旅が厳しいものになるのは確か。龍王国は数百年前の大戦から人の立ち入りを禁じており、わたくしの転移魔法でも直接の転移は不可能。厳しい寒さを凌ぎながら龍王国を目指し、知恵の樹が眠る禁断の地に向かうというのは、そう簡単なものではありません」

そのシャルテイシアの説明にネオン達は不安げに瞳を揺《ゆ》らす。

ユキはそんな彼らに優しく微笑みかけた。

「知恵の樹の場所までわたしが案内する。それに龍王国には旅の協力をしてくれる龍にも心当たりがある。だからきっと大丈夫《だいじょうぶ》」

「そうか、ユキはバハムートだから龍族にも顔が利《き》くのか。それならやっぱりまずは龍王国だな。メゼルポートで必要な物資を集めて知恵の樹のある場所に向かおう」

「でもネオン様、問題は寒さに耐《た》える防寒具です。この街は温暖な気候に恵《めぐ》まれています、ここで厳しい寒さに耐えられる防寒具を調達するのは難しいかもしれません」

「セラの言う通りね。一年中暖かくて寒さとは無縁《むえん》のこの街に防寒具は売ってないわ」

シャルテイシアは心配する二人を見つめながら小さく笑うと、絵のようなものが描《えが》かれた紙を取り出す。そしてそれをネオン達に手渡《てわた》した。

「シャルテイシア様、なんですかこれ。もこもこしてる可愛い服の絵？」

「何だかとっても暖かそうね。ファーも付いてるし、フードの部分にはうさぎみたいな耳が付いてるのね。セラが言っているみたいにもこもこしてて可愛いわ」

「その紙に描かれているのは『星兎《スターラビット》』と呼ばれる魔獣の毛皮を使って作る防寒具ですわ。

星兎は雪山などの環境《かんきょう》に生息する魔獣で、その毛皮は驚く程に暖かいのです。その魔獣の素材を使って、その絵と同じ防寒具をメゼルポートの職人に準備させている最中なのです。

その装備さえあれば極寒の地でも問題なく旅を続けられるでしょう」

「それは助かるな。ここで装備と物資を整えておけば、極寒の地でもきっと大丈夫だ」

「こんなに可愛い服を着れるなんて。あたし、極寒の地の旅が楽しみになってきました！」

「ありがと、シャルテイシア。私もこういう可愛い服、一度で良いから着てみたかったの」

セラとルージュが喜ぶ姿を眺《なが》めながら、シャルテイシアは満足気に微笑んだ。

「喜んでもらえたようで何よりです。後はそうですわね。防寒具が出来上がるまでの間、メゼルポートで休んでいかれてはどうでしょう？　魔法兵団によるメゼルポートへの転移魔法も、わたくしが生み出している転移を阻害《そがい》する結界によって行えませんので、軍の兵士達がこの場所に辿り着くまでには時間がかかるはずです」

「どちらにしろ、防寒具が出来るまでは旅を続けるのは無理だろうな。それならもう少しこの街で世話になっても良いかもしれない」

「ここには大きな浴場がありますし、そこで体を癒すのも良いかもしれませんわね。あなた方が必要だというのなら貸し切りにして差し上げますわ」

「貸し切りって……いや、そこまでは」

ネオンはその提案を断ろうとするのだが、その一方でセラとルージュは張り切り始める。

「貸し切りの大浴場、いいじゃないの！　それならネオン、海水浴もどう⁉」

「この街には美味《おい》しいレストランもたくさんあります。そこを回るのはどうでしょう？」

観光気分ではしゃぎだすセラとルージュ。

そんな二人と一緒《いっしょ》になってユキも無邪気《むじゃき》な笑顔で話に加わる。

「ネオン、わたしも大浴場に海水浴、レストランにも行ってみたい。一緒に行こう？」

三人の美少女が上目遣《うわめづか》いでネオンにせがむ。

瞳《ひとみ》をきらきらと輝かせている彼女達《かのじょたち》を前にして、ネオンも乗り気になるのであった。

「そうだな。それじゃあ防寒具が出来るまでの間、みんなで海の都を楽しもう」

ネオンの快諾《かいだく》を得た仲間達は「わーいっ！」と両手を上げて喜んだ。

そんな微笑ましい光景を眺めながら、シャルテイシアは立ち上がる。

「施設の利用にかかる費用については、わたくしの方で話を付けておきますわ。レストランの食事も代金は気にせず好きに食べてくださって大丈夫です。大浴場もご自由にどうぞ。では、わたくしはこれから用事がありますのでここで失礼致《いた》しますわ」

「シャルテイシア、もう行くのか？」

「ええ、夕飯もご馳走《ちそう》になりましたし、あなた方に伝えたい事は全てお伝えしました。防寒具は明日にはお渡《わた》し出来るかと思うので、しばしの休息をお楽しみください」

シャルテイシアは神杖ヴァナルガンドを取り出して、転移魔法の発動準備を始める。

そんな彼女《かのじょ》にユキが声をかけた。

「紅茶、美味しかった。ありがとう、シャルテイシア」

「この世界の神にそう言って頂けるのは嬉しい事ですわ。また飲みたくなったらお声がけください。それではごきげんよう」

シャルテイシアが杖で地面を軽く叩《たた》くと、彼女の体は光に包まれて霧《きり》のように消えていく。その様子をネオン達は見送った。

「それじゃあ早速《さっそく》、大浴場とやらに行ってみるか」

ネオンの一声にセラとルージュは大喜びだ。

「ユキちゃんも行きましょう！　人の姿で入るお風呂《ふろ》は格別ですよ、きっと！」

「それは良いわね！　私とセラで背中流してあげるから楽しみにしてなさい！」

「うん。ありがとう」

「よし、じゃあ行こう。ユキ」

ネオンはユキの小さな手を握る。

彼等はメゼルポートにあるという大浴場に向けて小さな民家を後にした。

※

メゼルポートで有名なものは海産物だけではない。

心地《ここち》良《よ》い潮風と湯に身を委《ゆだ》ねながら、見渡す限りの大海原《おおうなばら》を楽しめる露天風呂《ろてんぶろ》は観光名所として知られ、大陸中から多くの人が訪れる。

普段《ふだん》なら大勢の人で溢《あふ》れている大浴場も今はネオン一行の貸し切りとなり、大きな湯船を僅《わず》かな人数で専有していた。しかし、夕陽《ゆうひ》が煌《きら》めく海の絶景を眺めながらルージュは不満のこもった溜息をつく。

「ネオン……せっかくだから私達と混浴しようって言ったのに。貸し切りなんだから良いじゃないの全く……」

「まあまあ、ルージュさん。ネオン様はそういうのに慣れていないようですし」

「納得《なっとく》いかないわ！　なんでユキだけネオンと一緒のお風呂なの⁉」

地平線の向こうへ沈《しず》み込む夕陽に向けてルージュは叫《さけ》んだ。

大浴場に着いた後、ネオンは幼龍の姿に戻ったユキを連れて別の露天風呂へ。一緒に入ろうと誘《さそ》ったルージュだったがその提案は断られ、セラと寂《さび》しく湯船に浸《つ》かっていた。

「仕方ないですよ、ユキちゃんも龍の姿に戻っていましたし。普段からユキちゃんの体はネオン様が洗ってあげていたので」

「呪いでちび龍の姿になってるって話だったのに、まさか人から龍の姿にまた戻れるようになるなんて……一体どうなっているのかしらね、もうっ」

「ユキちゃんが人と龍の姿を行き来出来るのは『人化の術』という龍族でも高位の存在だけが扱える秘術を用いているそうです。武神の呪いによってその秘術を使う力も失われていましたが、呪いが解けたおかげでその秘術も再び使えるようになったみたいですね」

「人化の術ね、変な魔法。性格だって人の姿の時は落ち着いていて全然違《ちが》うのに。ちび龍になるとぴいぴい鳴いて急に幼い感じに戻っちゃうし」

「肉体に精神が引っ張られてしまうらしいですね、ユキちゃんの話だと」

「ふうん。ともかく英雄色を好むって言うけど、あれじゃあネオン龍を好むだわ。ユキがちび龍になった途端《とたん》、ネオンってばいつもみたいに可愛がり始めるんだもの」

「まあ……あたしもユキちゃんが実は女の子だって知らなかったら納得してたんですけど、一人で抜け駆《が》けしちゃうのはずるいですよね、あはは……」

「もう。こんな事になるなら五年前のあの時に、もっとちゃんとしておくべきだったわね」

「そういえばルージュさんと初めてお会いした時も、ネオン様の事を五年前の勇者様って呼んでいましたよね。そんな以前から二人はお知り合いだったのですか？」

「そうよ、ネオンはすっかり忘れてるみたいだけど」

「ぜひ聞きたいです！　お二人の出会いについて！」

「ふふん！　聞いて驚かないでよね、私とネオンの出会いは――」

二人が会話を弾《はず》ませるその一方で――ネオンとユキのいる露天風呂。

龍《りゅう》の姿に戻ったユキは広い湯船の中を楽しそうに泳ぎ、その様子を眺めながらネオンは肩まで湯船に浸かる。こうして広い湯船でゆっくりするのは帝都にいた時以来だった。

ネオンが森に住んでいた時は湖での水浴びが日常で、旅で立ち寄った村では窮屈《きゅうくつ》な樽風《たるふ》呂《ろ》に入る事はあったが、こうして体を伸ばしながら浸かる広い湯は格別だった。

「どうだ、ユキ。楽しいか？」

「ぴい！」

ユキは小さな手足をばたばたとさせながら大きな湯船を行ったり来たり。

嬉《うれ》しそうに鳴き声を上げる様子にネオンも安心する。

「ユキがどうしても俺と一緒に入浴したいって言い出した時はびっくりしたけど、人の姿からいつもの幼龍の姿に戻れるなんてな。これなら気にせず入浴を楽しめるよ」

「ぴぴいっ」

「でも待てよ……人の姿になってる時のユキって女の子だよな。いつもの感じで連れて来たけど、セラとルージュと一緒の方が良かったんじゃないか……？」

「ぴい？」

普段の習慣でユキの体を洗ってあげようと、一緒の露天風呂に連れてきたがそれは間違いだったんじゃないかと今になって思うネオン。だがユキは龍であり神様だ。そもそも少女の姿になれたとしても性別があるかも定かじゃない。

気にせずいつも通りに接しよう、そう思ったネオンは湯船から立ち上がる。

「ユキ、いつもみたいに体を綺麗《きれい》にしてやるから一旦《いったん》湯船から上がって――」

とネオンが言いかけた時だった。湯船に水しぶきが上がったと思うと、そこには人の姿になったユキがネオンに背を向けて立っている。

白く透《す》き通るような肌《はだ》は水を弾《はじ》き、長く伸びた純白の髪から雫《しずく》が落ちていく。体は細くしなやかで、腰《こし》はくびれていてお尻《しり》は綺麗な丸みを帯びていた。そして柔《やわ》らかそうなユキの豊満な胸を水滴《すいてき》が伝う。その姿はこの世の美を体現したかのようなものだった。

あまりの美しさに目を奪《うば》われるネオンに向けて、ユキはゆっくりと振り返る。

「分かった、ネオン。いつもみたいにお願い」

ユキは長い髪を縛《しば》ってまとめると、それからネオンの方へと歩き出す。

そこで我に返ったネオンは慌《あわ》てて視線を逸《そ》らした。

森で孤独《こどく》な生活を続けていた事もあって、ネオンは女性の体を見る機会が無かった。

本来ならばもっと興味や知識を持っていておかしくない年齢《ねんれい》のはずなのだが、人と接する機会が極端《きょくたん》に少ない生活を送ってしまっていた為、男性が持つ女性への性的な興味も知識についても幼い頃の状態のまま止まってしまっている。だからネオンはユキの裸《はだか》を見て、どうしたら良いか分からず顔を真っ赤にして慌ててしまっていた。

「ちょ、ちょっと待て！　いつもみたいにお願い、っていうのなら龍の姿だろ普通《ふつう》！」

「そう？　でも、こっちの方が体も大きいし洗いやすいと思う。龍の姿の時は翼《つばさ》の付け根とか洗いにくそうにしてた」

「今の方がよっぽど洗いにくい！」

「でも人化してる時の方が嬉しい。鱗《うろこ》のない今の方が気持ち良いから」

湯船の中を歩いてネオンに近付くユキ。たゆんたゆんと揺れ動く大きな胸から顔を真っ赤にしたネオンが必死に目を逸らしていると、彼女はネオンの前で立ち止まった。

「だめ？」

上目遣いのユキに可愛い声でそう聞かれて、ネオンはそこで仕方なく首を縦に振った。

「はあ……分かった。背中は洗ってやる、背中は龍の時に翼が生えているからな。でもお腹《なか》の方はそうじゃないんだから、そっちを洗う時は龍に戻れよ……それが条件だ」

「分かった。それじゃあお願い」

ネオンから背中を洗ってもらえると聞いて、ユキは嬉しそうに微笑んだ。

湯船を出た彼女は木製の風呂椅子《ふろいす》にそっと腰を下ろす。

それを確認《かくにん》したネオンは彼女の背中に近寄った。

そして濡《ぬ》れた白い布で彼女の体を綺麗にしようとしてネオンは気付くのだ。

少女の体にうっすらと残るいくつもの傷痕《きずあと》に。ネオンは思わず彼女の全身を確かめる。

やはりそうだ、この傷は――間違いない。

「ネオン。手を止めて、どうしたの？」

「ユキ……この傷は……」

ネオンはユキの体に触《ふ》れた。その傷痕はネオンが聖剣によって斬《き》り刻まれた時に出来た傷と、全く同じ場所に出来ている。聖剣の斬撃による痛みを、その場所を、どれだけ多くの剣閃《けんせん》が斬り裂《さ》いたのかをネオンは体で覚えていた。

「そうだ、シャルテイシアが言っていた。俺の傷は特に深くて、治癒魔法《ちゆまほう》じゃ治しきれなかったって。それでユキが治癒《ちゆ》の力で俺を助けてくれたって……まさか!?」

ネオンはユキの体をもう一度見た。足には岩で潰《つぶ》されたような痕《あと》が、彼女の細い腕《うで》には鋭《するど》い爪《つめ》で裂かれたような傷が残っている。小さな幼龍の時は分からなかったが、人の姿になった今、こうして彼女の体を間近に見た事でその傷の存在に気が付いた。

「お前これ……セラが洞窟《どうくつ》で岩に足を潰された時の、こっちはルージュが天魔《てんま》の爪にやられた時の傷じゃないか！　どうしてだ、ユキ？　お前の全身には俺の傷だって！」

ネオンの悲痛な叫びにユキは視線を落とした。

「……ごめんね、ネオン。わたしの使った能力は治癒じゃないの。あれはあなた達《たち》の傷を、痛みをわたしが肩代《かたが》わりする能力」

夢の中での出来事を思い出していた。

聖剣によって斬り刻まれたネオンの体にユキが手を触れる。するとネオンの傷は塞《ふさ》がるが、それと同時にユキの体に同じ傷が表れ、そこから血が流れ出す光景。

「全部ユキが肩代わりしてくれていたのか……？」

「そう。でも大丈夫、この傷はいずれ全部塞がるから」

「いずれ治るって言っても……。ユキ、もしかしてじゃあこっちの方も……？」

「うん……」

ネオンはユキの前で膝《ひざ》をつき、色を失った彼女の左目を見つめた。

龍族は出来損《そこ》ないの子供を巣から追い出す時に片目を潰すという慣習がある。

ネオンはユキと出会ったその時から、ユキの色を失った左目も親龍から追い出された時のもので、破れた翼も追い出された後、魔物《まもの》に襲《おそ》われてそうなったものだと思っていた。

「ずっと勘違《かんちが》いさせてごめんね。目の傷も、翼も、以前にとある龍族の傷を肩代わりした時に出来たものなの。こっちは傷が深すぎて治りきらなくて……」

「俺が勝手に勘違いした事じゃないか。それは良いんだ、そうじゃないんだ」

天魔との戦い。ユキがいればどれだけ傷付こうが大丈夫だとネオンは思っていた。でも、それは間違いだった。彼らが傷付き苦しむ程《ほど》、ユキがその痛みを代わりに背負う事になる。

ネオンの拳《こぶし》が震《ふる》える。それは自分自身の弱さへの怒《いか》りだった。

聖剣の英雄《えいゆう》、妹シオン・グロリアスとの戦い。

それはネオンにとって直視したくない辛《つら》い現実、だがその戦いで一番苦しんだのはネオンではない、その痛みを代わりに背負ってくれたユキだった。

「……ユキ、俺もっと強くなる。仲間の誰一人《だれひとり》も傷付けさせはしない、俺自身も無傷のまま どんな敵もぶっ倒《たお》すくらいに強くなる。約束するよ」

ネオンはユキを抱《だ》きしめていた。

もし戦いに敗れネオン達が死を覚悟する程の傷を受けたとしても、ユキは躊躇《ちゅうちょ》なくその傷を治すだろう。それが自身の命を引き換《か》えにするものだったとしても。

ユキはネオンの背中に手を回して、彼の胸に顔を埋めながら呟《つぶや》いた。

「ネオン、信じているね。あなたの事をこれからもずっと」

それ以上の言葉は必要なかった。彼女の想《おも》いが温もりと共に伝わってくる。

この優しい温かさを決して失わせてはならない。


この時、ネオンは誓《ちか》った。

どんな敵が相手でも、自分自身も無傷のまま、仲間の誰一人として傷付けさせはしない。

立ち塞がる全《すべ》ての敵を薙《な》ぎ払い、一撃《いちげき》で葬《ほうむ》る最強の存在になる事を――。

※

潮風香《かお》る爽《さわ》やかな朝。

窓に垂れ下がるカーテンの隙間《すきま》から陽の光が差し込み、外からは海鳥の歌声が響《ひび》き渡る。

その心地良さと共にベッドで寝転《ねころ》がっていると、体を揺さぶられる感覚があった。

「ほら、ネオン様起きてください……！」

「そうよ、早く起きて！　ネオン！」

セラとルージュの少し不満のこもった声で目を覚ますネオン。

彼女達が不機嫌《ふきげん》な理由は昨日の夜に遡《さかのぼ》る。

風呂から上がりセラとルージュが合流したその後、ネオンは二人に詰《つ》め寄られていた。

ユキは龍のままだったのか、どうだったのか、何かやましい事は起きていないかと二人に問い詰められる。ユキは幼龍の姿でネオンに抱かれたまま眠っていたので、何もしていないと言えば一応は信じてくれたのだが、次の日もセラとルージュの視線は痛かった。

「全く……二人共どうしたんだろうな、ユキ」

「ぴい……？」

ネオンのお腹の上で大きなあくびをしながらユキは起き上がる。そのまま床《ゆか》に置かれた皿に向かって小さな足で歩いていって、注がれたミルクをペロペロと舐《な》め始める。

そんな可愛らしい姿にヤキモチを妬くに妬けないセラとルージュだった。

「ユキちゃんはドラゴンですよ……それなのにあたし達、どうしちゃったんでしょう」

「そうなんだけど、はあ……なんか納得いかないのよね」

憂鬱《ゆううつ》そうな二人を尻目《しりめ》にネオンは早速出かける支度《したく》を始める。

「今日は龍王国《りゅうおう》の旅に必要な防寒具を受け取る予定だったな。みんな朝飯は食べたのか？」

「いえ、ネオン様が起きる前にシャルテイシア様が来て、あたし達の朝食をメゼルポートの食堂に準備させてあると言っていました。シャルテイシア様もそこで一緒に食べるそうで、それから防寒具を渡してくださるそうです」

「そうか、食堂の場所っていうのは分かるのか？」

「はい、すぐ近くにあるお店です。昨日の朝も行ったので付いてきてください」

支度を終えたネオンは仲間達を連れて、早速その食堂へと足を運ぶ事にした。

爽やかな朝の潮風を浴びながら歩く事数分、目的の食堂へ到着《とうちゃく》したネオン達。

天井《てんじょう》からは綺麗なシャンデリアがぶら下がり、壁《かべ》には様々な絵画がかけられている。

テーブル席がいくつかあり、カウンターには数人の客がいた。厨房《ちゅうぼう》らしき場所で料理人が忙《いそが》しく働いている様子が窺《うかが》える。

店内を見回していると、奥《おく》のテーブル席でネオン達を待つシャルテイシアの姿があった。

そこに向かうと既《すで》に料理が用意されており、後は食べ始めるだけという状態だ。

「おはようございます、ネオン。大浴場の方は楽しめましたか？」

「良い湯だったよ。海の絶景を眺めながらの湯船は最高だった」

「それなら良かったですわ。ただ防寒具の準備がまだ終わっておらず、お渡し出来るのは今日の夕方以降になってしまうかと思います」

「それは仕方ないさ。ただ一つ聞きたい事があって。俺達《おれたち》の武器についての話なんだが」

ネオンの使うひのきの棒も、セラに必要なかしの杖も、リディオンでの戦いによって失われ手元にない。いくら防寒具があっても武器がなくては旅を続ける事は困難だ。

そんな彼の心配を見透《みす》かすようにシャルテイシアは微笑みかける。そして食堂の中にいた兵士に目配せをすると、それに頷いた兵士は大きな木箱を持ってきて床へと置いた。

「ご安心を。あなた方の装備はこうして用意してあります。海の都の職人に作らせた一流のひのきの棒、一流のかしの杖ですわ」

彼女の言う通り、木箱にはそれぞれネオンとセラの使っている武器が入っていた。ひのきの棒は削《けず》り出したばかりの新品のように輝いており、かしの杖も傷一つなく頑丈《がんじょう》そうだ。

兵士から新たなかしの杖を渡されたセラは宝物をもらった子供のようにはしゃぎ、ネオンは今まで装備したどのひのきの棒よりもしっくり来る感覚に感嘆《かんたん》の声を漏らした。

「すごい……こんなに質の良いひのきの棒は初めてだ」

「この杖、すごく使いやすいです！　ありがとうございます、シャルテイシア様！」

そんな二人の喜ぶ姿にシャルテイシアは柔らかな笑みを浮かべる。

「ふふ、喜んでもらえたようで何よりです。ひのきの棒の方は使い捨てですので何本か予備も用意してありますわ。全部持っていってくださいね」

二人が新しい武器を手にする様子をルージュは羨《うら》ましそうに眺める。

「私も一流の石の斧《おの》が欲《ほ》しくなってきたんだけど……」

「ルージュは殺生石の斧が手に入るまでの我慢《がまん》だな。ともかく防寒具だけじゃなく、こうやって武器も手に入れば旅が続けられる。礼を言うよ、シャルテイシア」

「あなた方の世界を救う旅に協力出来ただけで光栄ですわ。それでは武器の悩《なや》みも解決出来た事ですし、そろそろ朝食を始めましょう」

シャルテイシアに促《うなが》され、席へ座《すわ》ろうとするネオン達。

だがそこに並べられた食事も椅子《いす》も一人分多い事に気付く。

「これ五人分の食事があるぞ？　間違えたのか？」

ネオン、セラ、ルージュ、シャルテイシア。必要なのは四人分のはず。

首を傾《かし》げるネオンを見ながら、シャルテイシアはくすくすと笑った。

「ユキだけがいつものように動物の餌《えさ》、というわけにはいかないでしょう？　人としての姿を見せた以上、彼女もわたくし達と同じ食事を食べたいと思っているはずですわ。なので彼女の分も用意させました」

「ぴい！」

ぼんっ、と煙《けむり》に包まれて幼い龍だったユキの姿が人へと変わる。

少女の姿になったユキはふわりと微笑みながら、ネオンの隣《となり》の席に腰を下ろした。

「隣。お邪魔《じゃま》するね、ネオン」

「あ、ああ……。ど、どうぞ……」

「それとありがとう、シャルテイシア。わたしもみんなと同じものを食べてみたかった」

「ふふ、ネオンはまだユキを出会った時のままと変わっていないように思っていますからね。ユキも一人の女性として大切に扱《あつか》ってあげて欲しいですわ」

それからユキは両手を合わせ「いただきます」と礼儀《れいぎ》正《ただ》しく呟いてから食事を始めた。

幼い龍の時にはぴいぴい鳴いて涎《よだれ》をこぼしながら干し肉を頬張《ほおば》っていたユキが、上品にナイフとフォークを使って食事をしている姿にネオン達は思わず見入ってしまう。

真《ま》っ直ぐに背筋を伸ばし、小さな口で音も立てずに料理を食べるその姿はとても美しく優雅《ゆうが》で、まるで何処《どこ》かの国のお姫様《ひめさま》のような雰囲気《ふんいき》すら感じられた。

そんなユキの食事風景を眺めながらネオンは考えを改める。

二度と彼女に動物用の餌など食べさせてはいけない、と。

「どの料理もとっても美味しい、ありがとう」

「良かったですね、ユキちゃん！　あたしも料理を作る時、これからはユキちゃんの分も同じ物を用意するようにしますね！」

「私も一緒に作るわ！　楽しみにしておきなさいよ、ユキ！」

「ありがとう。二人が昨日作った料理、とても美味しそうだったから楽しみ」

笑顔で食卓《しょくたく》を囲うネオン達。しかし、その平穏《へいおん》は突然《とつぜん》の襲撃《しゅうげき》によって破られる。

それは遥《はる》か海の向こうから轟《とどろ》く地響《じひび》きによって始まった。

ネオン達のいる食堂が激しく揺れる。

地震《じしん》とは違う、何か巨大《きょだい》なものが近付いてくるような振動《しんどう》。

セラはテーブルにしがみつきながら怯《おび》えた表情を浮《う》かべた。

「ネオン様、な、何でしょうこれ……地震、ですか……？」

「いや、違う……この感覚、何か歩いている……？」

人々の悲鳴が海の都に響き渡っている。

「見に行こう！　この異変の正体を確かめるんだ！」

ネオン達が急いで外へ出ると、そこには住民達が何かから逃《に》げ惑《まど》う光景が広がっていた。

住民の一人がシャルテイシアの姿を見つけて駆《か》け寄ってくる。

「シャルテイシア様！　海から魔物が‼」

「魔物……？　今すぐ向かいますわ。ネオン、急ぎましょう！」

街の中を走り出すシャルテイシア、ネオン達もその後を続く。

そして海に広がるその光景を目《ま》の当たりにして彼《かれ》らは息を呑《の》んだ。

「――こんな魔物が、海の都に現れるなんて信じられませんわ」

シャルテイシアの声が驚《おどろ》きに染まる。

何処までも広がる紺碧《こんぺき》の海を、まるで池のように思わせる程の巨大な人型の魔物。

それが海の向こうから都に向けて歩いてくる。

全身を黒く染めた巨人《きょじん》が腕を海へ叩きつけると、その衝撃《しょうげき》が津波《つなみ》となり街を襲った。

「世界を断絶する壁《アブソリュートシールド》！」

シャルテイシアの持つ神杖ヴァナルガンドが輝く。海の都全体を覆《おお》うように巨大な光のドームが発生し、その魔法障壁《まほうしょうへき》は街を飲《の》み込もうとした津波を防いでいた。

そして迫《せま》りくる巨人の姿を見上げながら彼女は声を震わせた。

「まさか……二つ首の天魔？　姿を隠《かく》した後……あれ程の巨大な姿に……」

「あの巨人が二つ首の天魔だって？　頭が一つしかないのにどういう事だ？」

「あれは確かに二つ首の天魔です。ネオン、十つ首の天魔をフラガラッハで倒した時の事を覚えていますか？　倒したはずの天魔に新たな頭が生え、復活した時の様子を」

「覚えている。複数あった鷲《わし》のような頭が溶《と》けて、人の顔が一本だけ浮かんできた」

「はい、その通りです。天魔というのは頭の数だけ命を持つというのはご存知《ぞんじ》ですね。全ての頭を破壊《はかい》しない限り、決して倒れる事はないと」

三つ首と八つ首の天魔を倒した時、ネオンは全ての頭を破壊した。

すると天魔は地面へと倒れ、二度と起き上がる事はなかった。

「しかし、全ての頭を破壊せず天魔に致命傷《ちめいしょう》を与《あた》えたとします。すると一旦は絶命したかのように見えますが、複数あった命が一つに混ざり、天魔は再び起き上がるのです」

「それじゃあ、あの巨人は元々二つ首の天魔だった、っていう事なのか？」

「はい、二つ首の天魔はこの世界に初めて出現した天魔。元は二つの頭を生やした熊《くま》のような魔獣《まじゅう》だったらしく、天斧の英雄によって討伐《とうばつ》されました。しかし当時は天魔についての詳細《しょうさい》は分かっておらず、彼は頭を破壊する事なく天魔に致命傷を与えてしまったのです」

そしてその討伐報告を受けた軍の兵士達が、天魔の亡骸《なきがら》を調査する為にその場に戻《もど》った時、既に天魔は復活を果たしていた。

そして獣《けもの》のような姿から、全身を黒く染めた人のような姿へと変貌《へんぼう》しており、強大な力を得て復活した天魔によって多くの兵士が犠牲《ぎせい》になった。

「その後の二つ首の天魔の消息は不明。次に確認された五つ首の天魔の討伐の際に、全ての頭を破壊するという手順で討伐しなければ、天魔は更《さら》に凶悪《きょうあく》な魔物に変貌してしまう事が判明しました。そして今……わたくし達の前に現れた二つ首の天魔は復活の後に更なる進化を遂《と》げていたようですわね」

十つ首の天魔もフラガラッハによって絶命したその後、不気味な人のような頭を生やしながら復活した。その直後に聖剣の英雄によって討伐されたが、もしあの天魔が野放しになっていたのなら、海の都に現れた巨人のような変貌を遂げていたのかもしれない。

「恐《おそ》らくですが……ユキにかけられていた呪《のろ》いが解けた事を感じ取り、メゼルポートに姿を現したのですわ。あれは武神にとって忠実な下僕《げぼく》、最大の脅威《きょうい》である三大神の一柱を排除《はい じょ》する為に今まで力を蓄《たくわ》えていたのでしょう」

「二つ首の天魔は英雄にやられた後、ずっと海の中で隠れていたっていう事か。ともかくぶっ倒すしかないみたいだな」

巨人が一歩進む度に辺りは揺れ、大きな波が海の都を襲った。

シャルテイシアの生み出す防御魔法《ぼうぎょまほう》によって被害《ひがい》は出ていないが、巨人の上陸を許せば海の都は破壊し尽《つ》くされるだろう。

「ここはわたくしが戦います。そもそもあの巨人は天斧の英雄の失態。その尻ぬぐいは同じく最強の武器を与えられたわたくしの役目。あなた方は避難《ひなん》をしてください」

「そうはいかないだろ、仲間を一人置いて逃げられるかよ」

ネオンの言った『仲間』という言葉に、シャルテイシアは驚いているようだった。

「わたくしが、仲間……ですか？」

「仲間以外の何があるんだ？　少なくとも俺《おれ》はお前が仲間だって思っているぞ」

その言葉にセラ、ルージュ、ユキが続いた。

「そうです！　シャルテイシア様はあたし達の大切な仲間です！」

「最初は気に食わなかったわ。でも今は私もシャルテイシアは仲間だって思っているの！」

「わたしも同じ気持ち。あなたはわたし達の為に今までずっと力を尽くしてくれていた」

ネオン達の言葉にシャルテイシアは胸を打たれたように目を潤《うる》ませる。

「皆《みな》さん……」

「感傷に浸《ひた》るのはあのデカブツを倒してからだ、シャルテイシア」

ネオンは迫りくる漆黒《しっこく》の巨人に向けてひのきの棒を構え、それに続いてセラとルージュも武器を取り出した。ネオン達の姿にシャルテイシアは嬉しそうに笑《え》みを浮かべ、彼女もまた神杖ヴァナルガンドを漆黒の巨人へと向ける。

「あれが更なる進化を遂げた天魔となればその力は未知数です。まずわたくしが魔法《まほう》を使い、巨人の様子を見ましょう。皆さんはまず待機してください」

シャルテイシアが杖をトン、と地面に突《つ》く。すると彼女を中心にして金色の光りを放つ複雑な紋様《もんよう》の魔法陣《まほうじん》が出現し、空を雷鳴《らいめい》の轟く雲が覆った。

「行きますわ、まずは手始めに雷《かみなり》の最上級魔法と行きましょう！　降御雷《ライトニングヴォルテックス》！」

神杖ヴァナルガンドが輝《かがや》いた、瞬間《しゅんかん》。

黒い雲から凄《すさ》まじい稲妻《いなずま》が巨人へ放たれる。その衝撃は遠く離《はな》れたこの場所にも響いてきた。しかし稲妻の直撃《ちょくげき》を受けたというのに、漆黒の巨人は無傷のまま進み続ける。

「雷の最上級魔法なのですが、どうやら効果は薄《うす》いようですわね」

「魔法については詳《くわ》しくないが、街全体を包み込《こ》む程の防御魔法を展開しながら、あんな威力《いりょく》の魔法を使えるなんて……やっぱり伝説の武器の使い手っていうのは凄《すご》いな」

「褒《ほ》められると照れますわね。では次の魔法を使いますわ、竜嵐刃《ドラゴニックテンペスト》！」

再びシャルテイシアは神杖を輝かせる。緑色の光と共に、黒い巨人の周囲にいくつもの竜巻《たつまき》が生まれ、それが重なり合い、更に大きな竜巻へと変貌をしていく。

巨大な竜巻は風の刃《やいば》となり漆黒の巨人に襲いかかる。しかし巨人が腕を振《ふ》り下ろすとシャルテイシアが生み出した風の最上級魔法はいとも容易《たやす》く消し飛ばされていた。

「あれだけの魔法でも無傷……か」

「今までの天魔であれば神杖ヴァナルガンドを介《かい》した魔法によって既に息絶えていた事でしょう。しかし更なる進化を遂げた事で雷の最上級魔法も、風の最上級魔法も、あらゆる属性魔法があの巨人には通用しなくなっているようです。それならば一つ試《ため》しておきたい魔法があります。それを使えば巨人を倒す糸口が見つかるかもしれませんわ」

シャルテイシアは杖を空に向けて掲《かか》げる。神杖の先端《せんたん》で輝く神々《こうごう》しい光。

彼女の全身の魔力《まりょく》が集まっていくのが分かった。

それは軍の魔法使《まほうつか》いの中でも一握《ひとにぎ》りの人物にしか使えない、賢王級魔法。

「真なる浄化の秘法《ホーリージャッジメント》！」

空に現れる巨大な光の十字架《じゅうじか》。その十字架から放たれる光が漆黒の巨人を包み込む。

最強の魔法杖《まほうじょう》から放たれた最強の魔法。あらゆるものを浄化する聖なる光に包まれ、巨人は叫び声を轟かせる、その漆黒の体はボロボロと崩《くず》れていった。

「ふう……流石《さすが》に魔力を使いすぎましたわ」

その場に倒れ込みそうになるシャルテイシアの体をセラが支えた。

「シャルテイシア様、今の魔法で巨人は倒せたのでしょうか……？」

「ふふ、もしそうなら……どれだけ簡単だったか」

シャルテイシアは海の向こうを見つめる。空に浮かぶ巨大な十字架が消え、聖なる光が収まっていくのと同時に巨人の崩れ落ちていった体が再生していく。崩れた手足も賢王級魔法を受ける前の状態へ再生し、そして津波を起こしながら再び海の都へ進み始めた。

「今の魔法でよく分かりました。神杖ヴァナルガンドを介した最強の魔法ですら漆黒の巨人には通じない。魔法への耐性《たいせい》も再生能力も十つ首の天魔以上ですわ。ああなっては最強の兵器、フラガラッハですら通用しないでしょう」

神杖の英雄が放つ最強の魔法だけでなく、フラガラッハすら通用しない程の進化を遂げた天魔。どうやって倒すべきなのか、攻《せ》めあぐねるネオン達の前にユキが立った。

「裏を返せばフラガラッハを上回る一撃を与えられるのなら、漆黒の巨人を倒す事が出来る。そうだよね、シャルテイシア」

「え、ええ。異常とも言える程の再生能力を持つ存在ですが、決して不死ではありません。しかし、フラガラッハ以上の攻撃《こうげき》を与える方法は……」

「大丈夫《だいじょうぶ》、ここにはネオンがいる」

ユキはネオンの方に振り向いて、彼を勇気付けるように柔らかな笑みを浮かべた。

「ネオン、あなたの全力は漆黒の巨人にも通用する。わたしは星の樹《き》、ティターニアを通じて、あなたの過ごした十年がどんなものだったのかを知っている。あの厳しく辛い日々は決してあなたを裏切らない。信じてる、あなたなら絶対にあの巨人を倒せるって」

最弱の武器の使い手が、異界の神がもたらした最強の魔物を倒す。夢物語でもありえないような話をユキは心の底から信じていた。彼女の瞳を通してその想いが伝わってくる。

「ユキ……」

その想いに応《こた》えなくてはならない、ユキの全身に残る傷痕を見てネオンは誓ったのだ。

仲間の誰一人も傷付けさせはしない、無傷のままありとあらゆる敵を一撃で葬ると。

ユキは鞄《かばん》の中からひのきの棒を取り出して、それをネオンに握《にぎ》らせた。

「セラ、ルージュ。あなた達にも手伝って欲しいの。あの巨人を倒す為《ため》に力を貸して」

「はい！　お力になれるのならどんな事でも！」

「そうね、見ているだけなんて嫌《いや》よ！　私達にも協力させて！」

ユキの呼びかけにネオンのもとへ集まる仲間達。

その様子を見ていたシャルテイシアが声を上げた。

「む、無茶《むちゃ》ですわ！　いくらあなた方でも、あの巨人を一撃で倒す事なんて……！」

「大丈夫、見ていて欲しい。ネオンの本当の実力を、それがあの巨人にも通用する事を」

海の都に辿《たど》り着いた巨人は、街を覆う光の結界に向けて腕を振り下ろす。

結界にはヒビが入り、その衝撃は結界内の人々にも伝わってきた。

あの結界が砕《くだ》けた時、巨人はその腕で海の都を薙ぎ払《はら》うだろう。そうなってしまえばここにいる全ての人々が犠牲になってしまう。残された時間は僅かしかない。

ユキはネオンの手をぎゅっと握りしめた。

「ネオン、わたしはあなたの戦いをずっと見ていて気付いた。あなたは今まで本当の意味で全力を出せた事は一度もない」

「……ユキ、気付いていたのか」

「うん。ネオンは今までたくさんの強敵と戦ってきたけど、あなたの全力にひのきの棒は耐《た》えきれなかった。その一撃が相手に完全に伝わるその前にひのきの棒は砕けてしまう」

ユキの言う通りだった。最弱の武器、ひのきの棒ではネオンの一撃に耐えられないのだ。

彼の全力が込められた凄まじい一撃、その威力は武器が砕ける事によって伝わりきる前に消失してしまう。

「今まではそうだった。でもね、これからはわたし達がいる。ネオンはもう一人じゃない、みんなの力を合わせれば必ずあの巨人を倒せる」

その言葉を聞いてセラとルージュはネオンを見つめる。そして彼女達《かのじょたち》は頷《うなず》き合った。

「ユキちゃん、そういう事なんですね！　あたし達の力を合わせられるのなら確かに！」

「ユキ、面白《おもしろ》い事を思いつくじゃない！　早速《さっそく》やっちゃいましょ！」

ネオンの持つひのきの棒に、ユキは手をかざし、その上にセラはかしの杖を、ルージュは石の斧を重ねた。

ルージュの放つ闘気が石の斧から伝わり、セラの防御魔法がユキの手を包み込む。そして彼女達の力と想いをユキが一つの力に纏《まと》め上げ、その全てをひのきの棒へ託《たく》した。

――ひのきの棒が仲間達の力と想いと共に眩《まばゆ》い輝きを放つ。

「ネオン、わたし達はあなたに希望を託す。そしてあなたの一撃で――この街を救って」

光《ひか》り輝くひのきの棒を手にネオンは力強く答えた。

「ああ！　任せてくれ！」

巨人の拳が結界を砕き、漆黒に染まる巨大な体がメゼルポートを覆い尽くす。

そしてネオンは仲間達を守るように黒き巨人と対峙《たいじ》した。

巨人の全身から溢《あふ》れ出る禍々《まがまが》しい魔力とその巨大な姿に圧倒《あっとう》されながらも、ネオンは地面を蹴《け》って海の都を覆う巨人に向けて跳《と》び上がる。

「ワガシュクガンヲハタスショウガイ、シヌガヨイ」

巨人の不気味な声が響く。ネオンに向けて振り下ろされる巨大な拳。それを躱《かわ》して巨人の腕に跳び乗ったネオンは、凄まじい勢いで巨人の頭部に向けて駆け上がっていく。

そして仲間達から託された光り輝くひのきの棒を強く握りしめた。

最弱の武器ひのきの棒ではネオンの放つ一撃に耐えきれず壊《こわ》れてしまう。

しかし、このひのきの棒だけは今までと違った。

セラの光壁《プロテクション》によってひのきの棒は決して砕けず、ルージュの闘気はネオンの一撃の威力を更に引き出すだろう。ユキはその力を一つに纏め、武器として機能するようにひのきの棒へと込めた。

ひのきの棒から放たれる眩い光は仲間達の力と想いそのもの。

ネオンは重なり合う仲間達の心と共に渾身《こんしん》の一撃を解き放った。


――ドン。


凄まじい衝撃と共に巨人の頭上へネオンの一撃が降り注ぐ。

仲間達の力と想いが込められた一撃が巨人を貫《つらぬ》き、それは空を裂いて海を割る。

巨人を跡形《あとかた》もなく破壊し尽くし、粉々に弾《はじ》け飛んだ肉塊《にくかい》は海へと落ちていく。

文字通りそれは『最強の一撃』だった。

それを目撃《もくげき》した人々の声がメゼルポートの至る所から聞こえてくる。

黒き巨人を倒したネオンに向けられる住民達のその声は、ひのきの棒しか使えないネオンへの罵倒《ばとう》でも嘲笑《ちょうしょう》でもない、彼を称賛《しょうさん》する心温かな声だった。

仲間達のもとへと降り立つネオン。そんな彼にセラとルージュが抱きついた。

「ネオン様、やりましたね！　本当に凄かったです！」

「凄いじゃない！　あの巨人を一撃で倒しちゃうなんて！」

勝利の喜びを分かち合うネオン達。彼らの瞳《ひとみ》には涙《なみだ》が浮かぶ。

そんな三人の姿を見つめながらユキも嬉しそうに微笑《ほほえ》んだ。

「ネオン、頑張《がんば》ったね」

「俺だけじゃない。みんなと、ユキのおかげだ」

仲間達の絆《きずな》がなければこの勝利はなかっただろう。互《たが》いを信じ合い、支え合い、力を合わせた事で彼らは不可能を可能にし、強大な敵を打ち破ったのだ。

笑顔《えがお》を浮かべて勝利を喜ぶネオン達のもとに、ゆっくりとシャルテイシアが歩み寄る。

「仲間達の想いが込められた一撃……本当に凄まじいものでした。わたくしからも感謝の言葉を。街を救って下さってありがとうございます」

シャルテイシアが頭を下げると、メゼルポートの人々もネオン達のもとへと駆け寄った。

「おい、あんたら！　腹減ってねえか⁉　今朝、脂《あぶら》の乗った良い魚が捕《と》れたんだ！」

「勇者様！　わしの店からも酒樽《さかだる》を山程持ってくるぞ！　好きなだけ飲んでくれ！」

「ウチは極上《ごくじょう》の肉を用意するよ！　この都を守ってくれたお礼だ‼」

住民達の大きな歓声《かんせい》がネオン達を優《やさ》しく包み込む。

こうして海の都を震わせた災厄《さいやく》は幕を閉じ、平和を取り戻したその街は笑顔で溢れる。

その中心には、仲間達に支えられ、この街を救ったネオンの姿があった。

エピローグ

海の都を襲った天魔を討伐した後、夕暮れ時の海の都では勝利の宴《うたげ》が行われていた。

広場の中央には大きな灯火《ともしび》が掲げられ、その周りでは人々が踊《おど》り、酒を酌《く》み交《か》わし、料理を食べ、勝利の宴を楽しんでいる。

「おい、ルージュ……飲み過ぎだって。大丈夫か？」

「う……ううぅ……。ちょっとハメを外し過ぎたかしら……」

「ルージュさん。ほら、水を飲んでください」

「あ、ありがとう、セラ……うぇ……」

宴で酒を飲み過ぎたルージュが顔を青くしてテーブルに突っ伏《ぷ》している。その隣にはそれを介抱《かいほう》するネオンとセラがいて、そんな彼らを見守るシャルテイシアの姿があった。

「お見事でしたわ。漆黒の巨人を一撃で葬るあの活躍《かつやく》、思い出すだけで鳥肌《とりはだ》が立ちます」

「みんなのおかげさ、俺一人じゃ倒せなかった」

「仲間達の力……人の想いは重なり合う事であれ程の素晴《すば》らしいものになるのですわね。

わたくしもあの戦いを通じてそれを思い知りました」

「そうだな。帝都《ていと》から追放された後、俺もずっと一人で戦ってきたから、シャルテイシアの気持ちがよく分かるよ。もし俺一人で戦ったなら倒せない相手だった、仲間達のおかげで倒せたんだ。みんなには感謝してもしきれないな」

ネオンは優しい笑みを浮かべながらセラとルージュを見つめた。

仲間達との繋《つな》がりが生んだ奇跡《きせき》の勝利、それは何物にも代え難《がた》い大切なものだ。

彼女達の想いはひのきの棒を通して大きな力となり、ネオンの一撃は更なる高みへと昇華《しょうか》された。それはまるで無限の可能性を秘《ひ》めているかのように。

仲間の大切さを噛《か》み締《し》めながら、ネオンはこれからの旅の事を思い出す。

「そうだ、シャルテイシアに聞きたい事があったんだ。職人に作ってもらっている防寒具だ。そろそろ陽も落ちてきたし、準備が出来ていても良い頃合《ころあ》いじゃないか?」

「もう少しかかるようです。海から現れた巨人の襲撃によって、防寒具を作る作業も一時中断の事態になっていたそうで」

「分かった。まだかかるなら少しばかり出歩いても良さそうだな」

「何か用事があるのですか?　小間使いならわたくしが代わりに致《いた》します」

「俺が行くよ。宴の途中《とちゅう》で抜《ぬ》け出したみたいでユキがいないんだ。心配だから探してくる」

「ユキの事はネオンに任せた方が良さそうですわね。わたくし達はここで待っています」

「ああ、ユキを見つけたら帰ってくる。ルージュの介抱、よろしく頼《たの》むな」

ネオンは立ち上がり宴の会場を一旦《いったん》後にする。

「さてと。一人で出歩くにしても、そう遠くまでは行っていないはずだが」

道行く街の人から聞いたユキの目撃情報を頼《たよ》りにネオンは砂浜《すなはま》の方へと向かった。

辺りはもう黄昏時《たそがれどき》。

太陽は沈《しず》み始め、夕焼け色に染まった海からは波の音だけが聞こえてくる。

そして白い砂浜の上に少女の足跡《あしあと》が続いていた。

その足跡を追うとユキの姿がある。彼女《かのじょ》は波打《なみう》ち際に足をつけて遠い水平線の向こうを見つめていた。純白の髪《かみ》が潮風で揺《ゆ》れる。その長い髪をかき上げる仕草に見惚《みと》れるネオンだが、すぐに我を取り戻して声をかけた。

「ユキ、ここにいたのか。探したぞ。こんな所で何をしていたんだ？」

ネオンの言葉にユキはゆっくりと振り向いた。

「海を眺《なが》めていた。メゼルポートに来てから大浴場に、美味《おい》しいレストランに、色々連れていってくれたけど海水浴はまだだったから」

「そう言えばそうだったな。泳ぎたいのか？」

「ううん、こうやって波打ち際で遊んでいるだけで十分。とても楽しかった」

ぱしゃっ、と波を素足《すあし》で蹴りながらユキは微笑んだ。

「それじゃあそろそろ戻ろう。旅に必要な防寒具も完成する頃《ころ》だからな」

「最後にもう一度だけ海を見させて。今のうちに目に焼き付けておきたいの」

名残惜《なごりお》しい様子でユキは夕焼けに染まる美しい海を眺めた。

「海が煌《きら》めいて本当に綺麗《きれい》。宝石みたい」

「そうだな、何処《どこ》までも広がる宝石箱みたい光景だ」

海のさざ波を耳にしながら二人は幻想的《げんそうてき》な風景を目に焼き付ける。

それから少し経《た》って太陽は海の向こうに沈んでしまう。冷たい潮風に肌寒《はださむ》さを感じたのかユキは小さく体を震わせて、そんな彼女にネオンは優しく上着を羽織らせた。

「全部終わったらもう一度、今の景色を見に来よう。その時は海水浴も出来るといいな」

「そうだね、出来ればもう一度。ネオンとこの海に」

「ああ、楽しみにしておいてくれ。じゃあ会場の方へ戻ろう」

星が輝き始めた夜の海で二人は約束を交わし、ネオンはユキの小さな手を引いた。

宴の会場に戻ると笑顔でセラが出迎《でむか》え、ルージュも回復魔法のおかげか酔《よ》いから醒《さ》めたようでネオンに近付いてくる。ただシャルテイシアの姿だけがそこにはなかった。

「帰ってきたのね、ネオン。おかえり！」

「ネオン様、ユキちゃんが見つかったようですね。何処まで行っていたんですか？」

「砂浜の方まで行ってきたよ。綺麗な景色だった」

「ネオン様とユキちゃんが楽しめたようで良かったです！　それと、さっき防寒具を作ってくれた職人さんがいらしたんですよ。ほら、これ見てください！」

セラはそう言って極寒《ごっかん》の地で装備する防寒具の入った木箱を見せた。

「これで極寒の地に旅立てるわけだな。でもシャルテイシアはどうしたんだ？　早速、山脈の麓《ふもと》まで転移魔法を使ってもらおうと思ったんだが」

「それがシャルテイシア様は用事があるという事で何処かへ行ってしまいました。代わりにこれを受け取ってあります。すぐに極寒の地へ向かって欲しいと、言伝《ことづて》も一緒《いっしょ》に」

セラは黄色に輝く水晶《すいしょう》を見せた。それには複雑な紋様が刻まれている。

「転移魔法の込められた水晶です。これを使えば極寒の地までひとっ飛びですが、一度使えば戻る事は出来ません。これはネオン様にお渡《わた》ししておきますね」

「シャルテイシアにも色々と礼を伝えたかったんだけどな。そうか、用事か」

「急ぎの用事だったみたいね。お酒の飲み過ぎで具合が悪かった私に治癒魔法《ちゆまほう》を使ってくれた後、すぐにまた魔法で何処かに転移しちゃったみたいなの」

「シャルテイシア様はすぐにメゼルポートを発《た》つよう言っていました。きっと何か理由があるに違《ちが》いません。ここはあの方を信じて転移の水晶を使いましょう」

「ネオン、わたしもそう思う。シャルテイシアにありがとうを伝えたいけど、今は龍王国へ急ぐべき。あの子はわたし達《たち》が平和な未来を掴《つか》み取る事を信じてくれている」

「シャルテイシアとの別れを惜《お》しむ時間はないわけか。なら世話になった礼は世界を救ってからにしよう。今はあいつの言葉を信じて、急いで極寒の地に向かうんだ」

セラから転移水晶を渡されたネオンは仲間達の方へ向き直る。

「よし、じゃあみんな準備はいいか？」

ネオンの言葉に仲間達は力強く頷いた。

そして彼が水晶を掲げると、温かい光が一同を包み込み、魔法による転移が行われる。

目的地は知恵《ちえ》の樹があるとされる龍王国。

彼らの持つべき本当の武器を手に入れる為の新たな旅が始まった――。

※

「……さて、そろそろあの方々も転移を始める頃ですわね」

ネオン達の旅の無事を願いながら、シャルテイシアは街の外に立っていた。

彼女がその旅立ちを見送れなかった理由――それはネオン達の為に時間を稼《かせ》ぐ為。

「あはっ、終わりなのかな？　魔力も残ってなさそうだね？」

「我らを相手にしてこうも時間をかけさせるとは。敵ながらあっぱれよ、シャルテイシア」

シャルテイシアの前には、聖剣《せいけん》エクスカリバーを構えるシオン・グロリアスと、豪華《ごうか》な装飾《そうしょく》の施《ほどこ》された黄金色《こがねいろ》の斧を持つ大男の姿があった。

その男の正体は天斧《てんぷ》トールハンマーに選ばれた英雄《えいゆう》、イゴル・レビオン。

シャルテイシアは未来視によって、今日この日に二人の英雄が現れる事を知っていた。

いくら最強の武器に選ばれた神杖《しんじょう》の英雄でも、同じく最強の武器の使い手二人を同時に相手にして勝機などあるはずがない。だが少しでもネオン達の力になろうと、彼女は決して諦《あきら》める事なく二人の英雄に立ち向かう。

「あの方はわたくしを仲間と言ってくれた……仲間の為ならわたくしは‼」

再び魔法を唱えるが、既に高位の魔法を使うだけの魔力は残されていなかった。

漆黒の巨人との戦い、そして英雄二人を相手にして、既に彼女は限界を迎《むか》えている。

全身は傷付き、自らの血にまみれ、立っているのもやっとの状態だった。

それでもシャルテイシアは自身に残る全《すべ》ての魔力を神杖ヴァナルガンドに込めた。しかし無情にも彼女が放った最後の魔法は、聖剣の青い刃によって軽々とかき消されてしまう。

「今の魔法、ざっこ。リディオンでもボクの邪魔をしてくれたけど、またこうやってお兄ちゃんへの行く手を阻《はば》もうとするんだよね。むかつくなあ……どう斬《き》り刻んでやろうかな」

「やめろ、シオンよ。陛下からシャルテイシアを生け捕《ど》りにせよ、と言われている。いくら帝国《ていこく》に反逆しようとも最強の武器の使い手だ。まだこの女には利用価値がある」

「でも生きているなら何でもいいんでしょ？　シャルテイシアにはいっぱい意地悪されたもん。ちょっとくらい……良いよね？」

聖剣の青い刃がシャルテイシアを襲《おそ》う。

放たれた剣撃によって彼女は斬り刻まれ、赤い血飛沫《ちしぶき》が全身から噴《ふ》き出した。

「……っぐ、うう」

その激痛で倒《たお》れるシャルテイシアを、シオンは笑みを浮かべながら踏《ふ》み潰《つぶ》していた。

「どうー？　痛い？　痛いよね？　でもボクの怒《いか》りはこんなものじゃないんだよ？　もっ

とじっくり痛ぶろうかな！　いっぱい悲鳴を聞かせてね！」

シオンが再び剣を振り下ろそうとした瞬間、天斧トールハンマーがその刃を受け止めた。

「やめろと言っているのだ、シオンよ。それ以上はシャルテイシアが死ぬぞ」

「ああもう！　あとちょっとくらい良いじゃん！」

「馬鹿《ばか》め。この女の処分は帝都に戻った後だ」

「じゃあ後はそっちでやってよね。ボクはお兄ちゃんのいるメゼルポートに急ぐから！」

シオンは馬にまたがり、メゼルポートのある方角へと消えていく。

その様子を見ながら横たわるシャルテイシアは僅《わず》かに笑みを浮かべた。

既《すで》にネオン達は転移魔法で極寒の地へと発ったはずだ。それにメゼルポートを守る兵士達には自身の洗脳魔法で従わされていたように見せる工作も、街に住む人々との口裏合わせも済ませてある。だからきっとメゼルポートは大丈夫なはずだ、と。

「ネオン……わたくしに出来るのはここまでですわ……」

彼らに伝えるべき事は全て伝えた。

彼らの祝福の正体、三大神について、本来の武器の事、全ての元凶《げんきょう》が一体何なのか。

ネオン達ならばやり遂げる。武神を討《う》ち倒し、滅亡《めつぼう》の未来を覆《くつがえ》してくれると信じている。

極寒の地へと旅立った彼らに想《おも》いを託し、シャルテイシアは意識を手放した。

あとがき

一撃の勇者を手に取って頂きありがとうございます。作者の空千秋です。

自己紹介から始めますと、自分は田んぼに囲まれた小さな村で、美味しいお米を作りながら小説を書かせてもらっています。本作はそんなお米作りの最中に頭の中に浮かび上がってきた『ひのきの棒×一撃必殺』というキーワードを元に書き始めました。

ひのきの棒と言えば国民的人気を誇る某大作ＲＰＧに何度も登場している武器です。自分が一番初めにプレイしたナンバリングタイトルでは主人公が初めから装備している『最も弱い武器』であり、幼少時代の自分にその印象は強烈に焼き付きました。

昨今のライトノベルやｗｅｂ小説では最弱のモンスターに転生したり、ハズレスキルを得たりするも、最終的には最強となって活躍する物語が多くあります。

しかし最弱の武器として多くの人に知られている『ひのきの棒』をテーマにした作品は認知度の割に意外と少ない……と思い、ひのきの棒しか装備出来ない主人公が成り上がっていく物語を書いてみようと筆をとりました。

それと同時に、どうしたらひのきの棒でかっこよく戦えるのか？　と考えた結果。

――ドン。


という効果音と共に一撃で敵を殴り倒す、これしかない！　と思いつきました。

そこからあれよあれよと言う間に頭の中で物語は膨らんでいき、ヒロインを登場させるなら主人公と同じような最弱の武器の使い手が良いなとか――敵として立ちはだかる相手は最弱の武器の対となる『最強の武器』を使ってくるのも良いな――と一撃の勇者は徐々に形を成していきました。

そして２０１９年の４月。

某大手小説サイトに投稿したところから一撃の勇者はスタートします。

その際にはたくさんの方に読んで頂いて、作者としても大変嬉しい限りでした。

もしかすると読者の皆様の中には「あれ、この作品見覚えがあるぞ？」なんて思って下さった方もいるかもしれません。

しかし、困った事に一撃の勇者は一度更新がストップしてしまいます。

原因はシンプルに作者の実力不足――たくさんのブックマークや評価を頂いて焦ってし

まったのです。ランキングやポイントばかり気にして、内容よりも更新頻度を重視した結果……作品のクオリティは下がっていく一方でした。やがて読者の皆様の期待に応えられない状況に陥り、作者のモチベーションも低下して執筆が滞りがちに……気が付けば更新が止まって一年以上の月日が流れていました。

そんな時に再び転機が訪れます。

パソコンのファイル整理をしている最中、書きかけになっていた一撃の勇者のファイルを見つけたのです。何となく開いて読み直し――そして気付きました。

やっぱりこの作品は面白い。書きかけのまま放置するなんてもったいない。もう一度この作品を通じて多くの人に楽しんでもらいたい、そう思ったのです。同時に更新頻度を重視し始めた辺りから、やはり目も当てられないほどクオリティが落ちている事を再認識し、面白かった部分だけを残して一撃の勇者を書き直すことを心に決めました。

ネットにはアップせず内容重視でマイペースに、書き上げてから投稿を始めれば以前のように焦る事はない。そう思って毎日のように少しずつ書き直しを続けていきました。

それから数ヶ月、ようやく納得出来るものが完成し、以前とは違う小説サイトにて投稿を再開、そして完結――それからＨＪ小説大賞２０２１後期にて受賞作に選ばれ、書籍化が決まり、コミカライズ企画も進行中……と怒涛の展開を迎えながら今に至ります。

本作の担当をして下さった編集A様から何度も的確で素晴らしいアドバイスを頂きながら、書籍化作業を通じて再び一撃の勇者と真剣に向き合う事が出来ました。魂を込めて書いた本作を読者の皆様が楽しんで頂けたのなら、作者として本当に嬉しい限りです。

これからも全力で頑張りますので、どうぞよろしくお願い致します。

最後に謝辞を述べさせて下さい。

作品を担当して下さった編集A様。

書籍化経験ゼロの自分に一から丁寧に指導をして下さり本当にありがとうございました。お喋りが大好きな自分のせいで打ち合わせの最中に話があっちに行ったりこっちに行ったりして申し訳ありません（土下座）。でもおかげで楽しくお仕事出来ました。これからもよろしくお願い致します。

イラストを担当して下さったGenyaky先生。

素敵なイラストの数々で一撃の勇者を彩って下さり誠にありがとうございました。

これからもGenyaky先生の素晴らしいイラストに相応しい物語が書けるよう、精一杯頑張りたいと思います。

そして読者の皆様。ここまで読んで頂き、本当にありがとうございました。

第二巻でもお会いできる事を楽しみにしています。

次巻予告

小説第⑧巻は2023年10月発売!
作画／大前貴史
原作／明鏡シスイ
キャラクター原案／tef
8
週刊少年マガジン公式アプリ
「マガポケ」にて
好評連載中!!
コミックス
最新第⑧巻も
好評発売中!
作画：大前 貴史
原作：明鏡シスイ キャラクター原案：tef

信じていた仲間達にダンジョン奥地で殺されかけたが
ギフト『無限ガチャ』で
レベル9999の仲間達を手に入れて
元パーティーメンバーと世界に復讐&
『ざまぁ!』します!
「小説家になろう」
四半期総合ランキング
第1位
(2020年7月9日時点)
①～⑦巻
好評発売中!!
レベル9999で
圧倒的無双!!!!!!
明鏡シスイ
イラスト／tef

HJ NOVELS
HJN73-01

一撃の勇者 1
最弱武器【ひのきの棒】しか使えない勇者は、神すらも一撃で粉砕する

2023年6月19日　初版発行

著者――空 千秋

発行者―松下大介
発行所―株式会社ホビージャパン
〒151-0053
東京都渋谷区代々木2-15-8
電話　03(5304)7604（編集）
03(5304)9112（営業）

印刷所――大日本印刷株式会社

装丁―― 木村デザイン・ラボ／株式会社エストール

ISBN978-4-7986-3207-0　C0076